Petra Reategui, geboren 1948 in Karlsruhe, war nach einem Dolmetscher- und Soziologiestudium viele Jahre lang Redakteurin bei der Deutschen Welle. Sie arbeitet heute als freie Journalistin und Autorin in Köln.

Dieses Buch ist ein Roman. Die Handlung ist frei erfunden, wenngleich im historischen Umfeld eingebettet. Einige Personen, Ereignisse und Orte sind historisch, einige sind es nicht. Der Anhang enthält ein Glossar.

PETRA REATEGUI

FILZENGRABEN

HISTORISCHER KRIMINALROMAN

Emons Verlag

Umschlagzeichnung: Heribert Stragholz
Druck und Bindung: CPI – Clausen & Bosse, Leck
Printed in Germany 2009
ISBN 978-3-89705-630-5
Historischer Kriminalroman
Originalausgabe
Abb. Seite 6: Museo dello Spazzacamino,
Santa Maria Maggiore, Vigezzotal, Italien

Das Recht kann aus Übermut verletzt werden oder deshalb, weil der Einzelne sich von der Gesellschaft nicht verstanden fühlt. Die Motivation des Einzelnen ist sehr unterschiedlich. Manchmal geschieht es aus einer sehr tiefen Kränkung heraus oder aus Unverstand. Manchmal ist es auch allein der Wunsch oder der Wille, die Gesetze zu übertreten.

Platz der Grundrechte Karlsruhe,
Standort: Saumarkt, Durlach, Künstler: Jochen Gerz

Für alle Spazzacamini und besonders für Faustino,
der beim Schornsteinfegen ums Leben kam

EINS

Ein Donnerschlag zerriss die ungewöhnliche Schwüle dieses letzten Freitagnachmittags im März des Jahres 1737. Erschrocken fuhr Anna herum. Das dunkelgrüne Fläschchen, das sie eben von einer kleinen Transportkiste in eine größere und sicherere umpacken wollte, entglitt ihren Fingern und zerschellte klirrend auf dem Steinfußboden. Zwischen den zerborstenen Glassplittern bildeten sich winzige Lachen einer wasserklaren Flüssigkeit, dünne Rinnsale versickerten in den Fugen der Fliesen.

Zuerst stand Anna vor Schreck wie gelähmt. Dann kniete sie nieder und sammelte vorsichtig die Scherben ein, die um den Schreibtischstuhl herum verstreut lagen. Sie schnupperte. Das würzige Odeur des ausgelaufenen Aqua mirabilis übertönte den kotigen Mief der Straße, der durch alle Ritzen von draußen ins Haus drang. Sie holte ein Tuch und wischte die Pfütze auf. Der fremde Geruch kitzelte ihr in der Nase. Nie zuvor hatte sie Gelegenheit gehabt, das kostbare Wunderwasser zu riechen. Sie schloss die Augen, sog tief den unbekannten Duft ein. Den sanften Duft von ... Sie zögerte, atmete noch einmal. ... von Orangen, überlegte sie. Und den scharfen der kleinen grünen Zitronen, die die welschen Bauchladenhändler an den Haustüren feilboten.

Da waren noch andere Aromen, zu denen sie keine Bilder fand. War diese schwere Süße, die sie fast mit der Zunge zu schmecken glaubte, Bergamotte, von der sie die Herren Dalmonte und Feminis oft hatte reden hören? Oder Neroli, das Öl, das manchmal in den Warenverzeichnissen aufgelistet war, die zwischen den beiden Geschäftsmännern hin- und hergingen? Neroli. Sie liebte den geheimnisvollen Klang des Wortes, in dem die ganze Welt des Südens verborgen lag. Die gleißende Weite des Mittelmeers, blau-flirrende Luft über Zypressenhainen, tirilierende Lerchen, die hoch in den Himmel stiegen, schattige Alleen von Pomeranzenbäumen, durch die der Wind strich. So stellte sie sich die italienischen Lande vor.

Mit dem zweiten Donnerschlag setzte der Regen ein. Einer Sintflut gleich stürzten die Wassermassen herab, klatschten gegen die Scheiben und schwappten durch das angelehnte Fenster, das zum Filzengraben ging. Eine Windbö stieß die Flügel auf und schlug sie gegen die Wand.

Anna erhob sich, um das Fenster zu schließen. Frauen rannten mit gerafften Kleidern über die Gasse. Männer versuchten, in der vergeblichen Bemühung, nicht nass zu werden, ihre Röcke über den Kopf zu ziehen. Menschen drängten sich in Türnischen und unter Vordächer, wieder andere waren unter den Säulengang des Hauses »Zur gelben Lilie« schräg gegenüber geflüchtet. Sie erkannte die Magd des Pastors von Sankt Georg. Daneben, die Hände in den Taschen, ein hoch aufgeschossener Mann. Er spähte zu ihr herüber.

Rasch legte Anna den Fensterriegel vor. Durch das matte Glas lugte sie nach dem Unbekannten. Er hielt den Kopf schräg zwischen den hochgezogenen Schultern und bibberte am ganzen Körper, was ihn aber nicht davon abhielt, Dalmontes Haus mit unverhohlener Neugier in Augenschein zu nehmen. Mager war der Kerl und erbärmlich dünn angezogen, dachte Anna. Als sein Blick wieder das Fenster suchte, hinter dem sie stand, zog sie sich zurück. Obwohl der andere sie jetzt nicht mehr sehen konnte, fühlte sie sich beobachtet.

Sie hielt noch immer den Lappen und die Glassplitter in der Hand. Im Schrank fand sie einen flachen Zinnteller, auf den sie die Scherben abstreifte. Anna würde ihr Missgeschick Herrn Dalmonte sagen müssen. So konnte die Lieferung für Hartig in Maastricht nicht hinausgehen. Sie würden Feminis' Tochter Johanna Catharina um Ersatz bitten müssen, falls sie selbst nicht mehr genügend Flaschen auf Lager hatten. Ihr war nicht wohl bei dem Gedanken. Nicht dass der Spediteur jemals unfreundlich zu ihr gewesen wäre. Im Gegenteil. Aber sie war wütend auf sich, dass sie die schmale Rosoli mit dem teuren Heilwasser hatte fallen lassen. Nur wegen eines dummen Gewitters. Eigentlich war sie sonst nicht schreckhaft.

Als sie noch mit ihren Eltern auf den Niederländerschiffen unterwegs war, hatte sie alles kennengelernt, vom Sturm zerfetzte Segel, geborstene Mastbäume, verrutschte Lasten, die drohten, das Schiff zum Kentern zu bringen. Donner, Blitze, Wetterleuchten.

Sie konnte sich nicht erinnern, dass sie jemals wirklich Angst gehabt hatte. Sie brauchte nur ihren Vater zu sehen, wie er, breitbeinig den Elementen trotzend, seine Männer befehligte, und sie wurde ganz ruhig. Ihr Vertrauen in ihn war grenzenlos, er würde sie alle heil und unversehrt zu ihrem Zielhafen bringen, nach Düsseldorf, Dordrecht, Rotterdam oder wohin auch immer. So dachte sie damals.

Heute war sie allerdings nicht mehr so sicher, ob ihr Vater wirklich jeden Sturm, jede heimtückische Stromschnelle meistern könnte. Sicher, er hatte die Rheinschifffahrt von klein auf gelernt, er war geschickt und besaß eine Menge Erfahrung. Aber auch Glück und Gottvertrauen gehörten dazu. Anna war jedes Mal erleichtert, wenn ihr Vater wieder heil und gesund in Köln anlegte.

Sie trat vor die Rheinkarte, die zwischen Kontobüchern und Aktenbündeln an der Schrankwand hing. Vor drei Tagen hatte sie den letzten Brief ihres Vaters erhalten und ihn wie immer zusammengefaltet in die Spalte zwischen Papier und Rahmen gesteckt. Er hatte aus Emmerich geschrieben. Die Fahrt verzögere sich um einen Tag, aber wenn sich das Wetter halte, kämen sie pünktlich in Dordrecht an. Mit den Augen verfolgte Anna den Flusslauf bis zu dem niederländischen Hafen. Wahrscheinlich lag der Vater schon längst dort vor Anker. Sie wünschte, sie könnte bei ihm sein wie früher.

Als Kind saß sie am liebsten mitten unter den Schiffsleuten und lauschte fasziniert den verschiedenen Sprachen, in denen die Männer fluchten, stritten, sangen und sich abenteuerliche Geschichten erzählten. Sie schnappte französische Brocken auf und italienische, Letzeburgisch und Alemannisch. Holländisch konnte sie ohnehin vom Vater, und mit der Mutter sprach sie deutsch, wie es die Leute um Bacharach herum redeten. Wenn sie sich dann breitbeinig wie ihr Vater vor den Schiffsknechten aufpflanzte und das Gehörte zum Besten gab, konnten diese sich vor Lachen kaum beruhigen und überboten sich darin, ihr Nüsse, Früchte und andere Leckereien zuzustecken. Anna genoss es, so verwöhnt zu werden. Nur die Mutter schimpfte und holte das kleine Mädchen vom Deck weg in die Küche. Dann saß sie schmollend beim Rübenschnippeln oder Erbsenpulen, zählte leise: »*Un, deux, trois* – *quattro, cinque, sei* – sieben und acht, sag gut' Nacht – *negen en tien*, du bist hin« und schob sich bockig eine Handvoll der süßen grünen Dinger in den Mund.

Mit dreizehn brachte ihr Vater sie zur Familie nach Utrecht. Es schicke sich nicht, dass sie noch länger unter all den rauen Mannskerlen lebte. Also wurde sie in dem kleinen Städtchen zwischen Oudegracht und Nieuwegracht zur Schule geschickt, worüber sie nicht unglücklich war, lernte Lesen und Schreiben und von ihrem Onkel, einem Pfarrer, sogar ein paar Brocken Latein. Am meisten Gefallen aber fand sie zur Überraschung ihres Vaters an Mathematik. Und daher nahm er sie eines Tages mit nach Köln zu seinem alten Freund, dem Spediteur und Kommissionär Paul Dalmonte. Anna war gerade siebzehn Jahre alt. Wäre sie nicht die Tochter seines Schiffsmeisters gewesen, der Lombarde hätte es schlichtweg abgelehnt, eine junge Frau als Kontorgehilfin aufzunehmen. Andererseits wuchs ihm die Arbeit über den Kopf, und alle Versuche, einen guten Schreibergesellen zu bekommen, hatten sich bisher als Reinfall erwiesen. Ein ganzes Jahr später, in einer sehr schwachen Stunde, gestand er ihr, dass sie seine Vorstellungen von weiblichen Fähigkeiten gründlich durcheinander gebracht habe.

Anna wurde warm, als sie daran dachte.

Sie klaubte die letzten Splitter aus der Haut und wischte sich vorsichtig die Hände an einem Leintuch ab. Noch immer stak ihr der Duft des Aqua mirabilis in der Nase. Neroli! Bergamotte! Vielleicht auch ein wenig Lavendel? Nein, eher Rosmarin. Abwechselnd roch sie an der linken und an der rechten Handinnenfläche. Selbst unter den Fingernägeln haftete der zarte Geruch. O ja, es stimmte, was die Leute behaupteten! Das Wunderwasser befreite die verstopften Gänge des Gehirns. Sie fühlte sich plötzlich erfrischt und heiter. Schade um die schöne Flasche, schade um den kostbaren Inhalt, von dem nur noch ein dunkler Fleck auf den Steinfliesen übrig geblieben war.

Mit dem Teller in der Hand machte sie sich auf die Suche nach Herrn Dalmonte. Als sie am Fenster vorbeikam, sah sie, dass der Regen nachgelassen hatte. Es nieselte noch ein wenig, aber die Leute unter den Torbögen waren weitergegangen. Auch der lange Dürre war verschwunden.

Anna fand den Spediteur im Kontor auf der Galerie. Das Mädchen klopfte und blieb an der Tür stehen, bis er sie heranwinkte.

»Gut, dass du kommst. De Ridder will morgen früh um acht ablegen. Kümmere dich um die Fracht und die Zollpapiere. Und dass mir die Träger pünktlich sind! Wenn Melchior Pütz noch einmal betrunken hier auftaucht, hat er das letzte Mal für mich gearbeitet. Ich schwör's bei der Heiligen Madonna von Re.«

Wie zur Bestätigung krächzte der Papagei, der auf Dalmontes Schulter saß. Aufgebracht stieß er einen Schwall unverständlicher Töne aus. Ägyptisch sei das, hatte der Vogelhändler dem Spediteur versichert, als er ihm das Tier vor vielen Jahren aufschwatzte, ein Beweis für seine außerordentliche Klugheit! In weniger als zwei Monaten würde es seine, Dalmontes, Sprache sprechen. Der Lombarde hatte sich überreden lassen, weniger wegen der überragenden Intelligenz des Papageis als wegen dessen Augen, die ihn treu und ergeben anschauten. Und er wurde nicht enttäuscht – der Vogel liebte den alten Mann, kletterte, wenn dieser ihn aus dem Käfig holte, unermüdlich auf seinen Schultern herum, kroch ihm fast in den Kragen seines Hausrocks, knabberte zärtlich an seinem rechten Ohr und zog ihm die wenigen, noch verbliebenen grauen Haare lang, die unter der Hauskappe hervorguckten. Nur Italienisch lernte er nie und Deutsch auch nicht.

»Ich muss fort. Zu Laurenz Bianco.«

Dalmonte zeigte auf einen Brief in seiner Hand. Für einen Augenblick sah es so aus, als ob er ihn Anna vorlesen wollte. Doch er besann sich, schubste den schimpfenden Papagei von seinem angestammten Platz und stand auf. Sein Gesicht war ernst, und Anna wusste, dass wieder etwas passiert war.

Vor ein paar Wochen fehlte ein Weinfass. Die Schröder hatten es in das kleine Lager im Keller getragen, wo Anna es ordnungsgemäß ins Warenbuch aufgenommen hatte. Aber am nächsten Tag war es spurlos verschwunden. Und mit ihm ein Glasballon Spiritus. Irgendjemand musste vergessen haben, die Türen abzuschließen. Wenig später suchten sie im Haus vergeblich nach zwei Kistchen mit mehreren Dutzend Flaschen Aqua mirabilis, die ein Amsterdamer Kunde bei dem Kölner Kaufmann und Parfumeur Johann Paul Feminis bestellt hatte, möglicherweise nicht wissend, dass dieser gerade vor Kurzem verstorben war. Allerdings verfügten die Witwe und seine Tochter Johanna Catharina, die das Geschäft im Haus Neuenburg in der Straße Unter golden Wagen

Ecke Minoritenstraße weiterführten, über Restbestände des gefragten Heilwassers. Eine Weile noch würden Kunden über Dalmonte weiter beliefert werden können.

Die Spedition im Filzengraben war nicht als Einzige Opfer lichtscheuen Gesindels geworden. Auffällig oft hatte es in den letzten Wochen Einbrüche und Überfälle auf Lastenträger und Lieferwagen gegeben. Überall waren die Diebe aufgetaucht. Schnell und geschickt gingen sie vor. Ehe man sich umschaute, waren sie schon wieder weg. Niemand konnte sie beschreiben. Neben alkoholischen Getränken aller Art schienen die Lumpen es hauptsächlich auf Spezereien und ätherische Öle abgesehen zu haben, was die gesamte Kaufmannschaft als ausgesprochen befremdend empfand. Teure Stoffe, Gold- und Silberwaren, Gläser, Spiegel, das alles hätte Sinn gemacht. Aber ätherische Öle? Und dazu Südfrüchte, Weingeist, Lavendel- und Portugalwasser.

Anfänglich schien Dalmonte wegen dieser Ereignisse nicht sonderlich beunruhigt zu sein. Im Speditions- und Kommissionshandel sei man vor derartigen Verlusten nie ganz gefeit, sagte er. Aber seit die Diebstähle überhand nahmen, häuften sich die Beschwerden. Der Lombarde hatte Entgegenkommen gezeigt. Er bot den betroffenen Kunden Entschädigung an und ging zum Tagesgeschäft über. Aber niemand, weder Dalmontes Frau Gertrude noch Anna und die Dienerschaft nahmen ihm seine zur Schau gestellte Gelassenheit ab.

Der alte Herr griff nach seiner Perücke, die unordentlich über der Rückenlehne hing. Das teure Stück!, dachte Anna entsetzt. Herr Dalmonte musste wirklich mit seinen Gedanken ganz woanders sein. Gut, dass Frau Gertrude das nicht gesehen hatte.

Ein wenig umständlich setzte der Spediteur sich das Haarteil auf und rückte es vor dem Spiegel zurecht.

»Es kann länger dauern, esst bitte ohne mich«, sagte er und begutachtete sich prüfend.

Anna wartete, bis er das Kontor verlassen hatte. Sie überlegte, dann stellte sie den Teller mit den Glassplittern auf seinen Schreibtisch. Ein verführerischer Duft stieg von ihm auf. Sie zauderte. Ihre Hände zitterten, als sie die zwei größten Scherben in das Tuch wickelte, mit dem sie den Fußboden getrocknet hatte. Fast kam sie sich wie ein Dieb vor. Noch einmal roch sie die feine

Blume, dann ließ sie das Päckchen in eine der Poschen unter ihren Röcken verschwinden. Sie rief den Papagei herbei, der, beleidigt, dass man ihn nicht gebührend beachtet hatte, auf dem Bücherschrank hin- und herstolzierte. Jetzt flog er bereitwillig in die große Voliere am Fenster zurück.

Anna sah Herrn Dalmonte auf die Straße treten – und da bemerkte sie ihn wieder, den klapperdünnen Fremden. Er beobachtete den Spediteur, wie der den Filzengraben überquerte und gegenüber in das Gässchen Auf Rheinberg einbog. Kaum war er außer Sicht, folgte er ihm. Anna schlug das Herz bis zum Hals.

ZWEI

Kalter Wind fuhr Giacomo ins Gesicht, als er die Rheingassenpforte passierte und den Thurnmarkt erreichte. Täuschte er sich oder folgten ihm die Blicke der Torwächter? Er sah sie miteinander tuscheln, einer lachte. Giacomo schoss das Blut in den Kopf, er zog seinen zerschlissenen Hut tief ins Gesicht und beschleunigte seine Schritte. Der Herr, der sehr viel rascher ging als er, war ihm weit voraus und bog kurz darauf in eine Seitenstraße, die weg vom Rhein führte. Giacomo verlor ihn aus den Augen.

Unschlüssig blieb er stehen. Er war sich sicher, dass dieser Mann im teuren Rock und mit den blitzenden Schnallenschuhen Paolo Luciano Dalmonte gewesen war. Er hatte auf seiner langen Wanderschaft durch das Rheinland oft von ihm reden gehört, von diesem Landsmann, den es wie ihn aus dem engen Vigezzotal in den Alpen nach Köln verschlagen hatte. Er betreibe einen gut gehenden Speditionshandel und sei nicht unvermögend. Aber er sei beileibe nicht der einzige Vigezzino in Köln. Da gebe es auch einen Farina aus dem heimatlichen Santa Maria, auch der ein Spediteur und Kommissionär, der darüber hinaus mit Französisch Kram handle. Und Giovanni Paolo Feminis aus Crana, Destillateur und Hersteller eines wundersamen Heilwassers, das sich gut verkaufe. Ein Mann, den der Pfarrer zu Hause stets in seine Gebete mit eingeschlossen hatte, damit er nie aufhören möge, Geld für die Kirche seines Geburtsorts, für die Armen und den Lehrer zu senden. Giacomo und seine Familie hatten allerdings nie etwas davon abbekommen. Ihm wurde übel.

Vor knapp einer Woche war er auf einem Oberländer in Köln eingetroffen. Zwei Tage lang waren sie damit beschäftigt gewesen, die Ladung Tuffsteine und Basalt zu löschen. Danach hatte der Schiffer nichts Besseres zu tun gehabt, als ihm mitzuteilen, dass er ihn für die Fahrt zurück nach Mainz nicht mehr benötige. Der andere Knecht grinste hämisch, als er seine wenigen Habseligkeiten zusammenschnürte und das Schiff verließ. Vom Ufer schaute er noch einmal zurück. Zwei kräftige Mannsleute, ihre Reisebündel über den Schultern, wurden gerade mit großem Hallo an Bord begrüßt. Sie waren ihm eben noch auf den schwankenden Holzstegen, die die festgemachten Schiffe mit dem Ufer verbanden, entgegengekommen. Giacomo biss sich auf die Lippen. So war es immer. Immer waren es zuerst die Fremden, die Welschen, die italienischen Wanderarbeiter, die geschasst wurden, wenn der Meister Leute loshaben oder jemandem gefällig sein wollte. Da stand er am letzten Montag und wusste nicht, wohin. Die Nacht verbrachte er im Schutz einer dunklen Kirchenmauer.

Sein erster Weg am nächsten Morgen ging zu eben jenem Feminis in Unter golden Wagen. Aber er wurde enttäuscht. Der Mann sei vor vier Monaten gestorben, hatte ihm die Alte von gegenüber gesagt.

»Er war ja auch schon in den Siebzigern.«

»Und das Geschäft?«

Statt einer Antwort hatte sie nur mit der Schulter gezuckt und ihm die Tür vor der Nase zugeschlagen. Nicht einmal nach Dalmonte oder Farina konnte er sie mehr fragen. Unschlüssig ließ er sich durch die Straßen treiben, wich Karren aus, Sackträgern und Waschfrauen, zählte die Kirchen und Klöster hinter den hohen Mauern, bis es ihm zu viele wurden, und versuchte die Worte zu verstehen, die sich die Händler und Verkäuferinnen auf dem Markt zuwarfen. Vergeblich. Dabei hatte er sich immer eingebildet, dass er nach so vielen Jahren auf der Landstraße gut deutsch sprach.

Endlich hielt er auf dem Fischmarkt eine Rothaarige an.

»Dalmonte? Kenne ich nicht«, gab sie ihm schnippisch zur Antwort. Aber immerhin zeigte sie ihm den Weg zu Gerrit, in dessen Wirtshaus sich alle Ausstädtischen und Fremden träfen. Dort könne man ihm sicher weiterhelfen.

»Wenn du keinen Erfolg hast, komm zu mir.« Sie begleitete ihr Angebot mit einer eindeutigen Geste. Aber als Giacomo seine leeren Hosentaschen nach außen stülpte, spuckte sie vor ihm aus und ließ ihn stehen. Er ärgerte sich über sie, aber immerhin fand er Gerrits »Fliegenden Amsterdamer« und von dort Dalmontes Haus »Zum roten Schiff«.

»Etwas weiter oben, auf der anderen Seite des Mühlenbachs,

vermietet eine Frau Schlafplätze«, hatte Gerrit ihm noch nachgerufen. »Vielleicht kannst du dort unterkommen.« Doch Giacomo zog es vor, in dem verborgenen Mauerwinkel zu bleiben, in dem er in der ersten Nacht Unterschlupf gefunden hatte.

In den folgenden Tagen strich er um das Haus des Spediteurs. Kaufleute gingen ein und aus, Knechte und Sackträger kamen mit Waren oder schleppten Kisten, Fässer, Stoffballen und Pakete jeglicher Größe hinunter zum Hafen. Einmal sah er durch die geöffnete Haustür eine eisenbeschlagene Truhe mit drei starken Vorhängeschlössern im Vorhaus stehen.

Wieder spürte er seinen Magen. Außer einem Kanten Brot und einem angefaulten Apfel hatte er seit vorgestern nichts mehr gegessen. Er machte kehrt und ging den gleichen Weg zurück, den er gekommen war. Als er das erste Mal Dalmontes Haus gesucht hatte, war ihm in einer kleinen Seitenstraße eine Kirche aufgefallen, vor der sich Bettler angestellt hatten. Vielleicht würde auch heute Abend Essen ausgeteilt werden?

Der Geruch von Kohl und Rüben in der schmalen Gasse beruhigte ihn. Er stellte sich zu den Wartenden, die mit Schüsseln und Löffeln gekommen waren. Ihre abschätzenden Blicke musterten ihn von oben bis unten, verharrten unangenehm lang auf seiner ausgebeulten Umhängetasche. Sie schämten sich nicht, ihm unverblümt ins Gesicht zu gaffen. Du bist nicht von hier, schienen sie zu sagen, und Giacomo wusste nicht, ob es ein Vorwurf war oder eine Einladung, sich dazuzugesellen. Er blieb.

Schon bald tauchten unter dem Kirchenportal zwei starke Mannskerle auf, die einen großen Suppentopf auf die Küchenbank hievten. Zwei Frauen, mit Schöpflöffeln bewaffnet, folgten ihnen. Die Leute verloren ihr Interesse an Giacomo und drängelten nach vorn, um ja genügend abzubekommen. Als er an der Reihe war, stand er unbeholfen vor den beiden barmherziglichen Matronen.

»Dä, nemm de Ming, ich kann waade.«

Verstanden hatte Giacomo den kleinen Mann nicht, der ihm gutmütig seinen Napf zugesteckt hatte. Aber er löffelte gierig die heiße Kohlsuppe und gab danach dem anderen sein Geschirr wieder zurück. Nachdem alle gesättigt waren, zupfte ihn der Mann, der ihm die Schüssel gegeben hatte, am Ärmel und zog ihn mit hinein in die Kirche. Giacomo ließ es sich gefallen. Zusammen mit den anderen Armen, die vor und hinter ihm in der Essensschlange gestanden hatten, kniete er nieder und leierte ein hastiges »Paternoster« herunter, ein *»Avemaria par ul nést Signur«* und erneut ein »Paternoster«, da die anderen noch immer ins Gebet vertieft waren. Er getraute sich nicht, aufzustehen und zu gehen. Er zog das Kettchen mit dem Amulett unterm Hemdkragen hervor. Eine Madonna mit dem Kind. Damals, als er mit dem Vater das Tal verließ, hatte es ihm die alte Nonna Zanotti um den Hals gelegt und ihn gesegnet.

»Cun la Madona di Re!«

Er erinnert sich. An die vier Zanotti-Jungfern, die vor der Caséla stehen und stumm glotzen. An Giovanna, die weint. An den flehenden Blick, den die Nonna der Mutter zuwirft. Doch diese geht schweigend ins Haus und zieht die Tür hinter sich zu. Die schwere Holztür, die tagsüber immer offen steht, um Licht und Luft in den Raum zu lassen und um sehen zu können, wer draußen vorübergeht. Er hört das scharrende Geräusch des Riegels, als sie die Tür schließt. Jetzt sitzt Mutter im Dunkeln.

Er läuft dem Vater hinterher, der schon ein Stück weit den holprigen, von Steinen übersäten Weg hinunter ins Tal gegangen ist. Giovanna begleitet sie mit ihrem verheulten Gesicht. Unten in Druogno streicht ihr der Vater übers Haar und schickt sie zurück zur Mutter hoch auf die Alm, nach Piodabella. Giovanna gehorcht. Sie umarmt Giacomo, der mit seinen acht Jahren schon fast so groß ist wie sie. »Komm zurück, wenn du ein Mann geworden bist. Bitte!«, flüstert die große Schwester ihm ins Ohr.

Er war kein Mann geworden, er war ein Bettler! Einer, der sich seine Suppe von der Armenbank holte und dafür für das Seelenheil der edlen Almosenstifter beten musste! Immerhin war er satt geworden. Giacomo küsste das Bild der Madonna von Re und schob es wieder zurück unter sein Hemd. Verstohlen stieß er seinen hilfsbereiten Nachbarn an und deutete mit dem Kinn zur Kirchentür.

»Frag nach mir, wenn du was brauchst. Ich bin Tilman«, nuschelte der andere, und wieder verstand Giacomo ihn nur mit Mühe. Dann rückte Tilman noch ein wenig näher an ihn heran und drückte ihm seine Suppenschüssel und den Löffel in die Hand. »Ich hab noch eine«, behauptete er und zog eine Grimasse. Oben in seinem Mund fehlten zwei Zähne.

Vor der Kirche wandte sich Giacomo nach rechts. Schon nach wenigen Schritten sah er wieder das dreigeschossige Haus mit dem von zwei Pfeilern getragenen Überhang, unter dem er noch eine Stunde zuvor Schutz vor dem Regen gesucht hatte. An der Ecke Filzengraben blieb er stehen. Die Sonne hatte sich durch die dunklen Wolken gekämpft, die scheuen Strahlen lockten ihn hinunter zum Rhein. Aber dann bog er doch in die entgegengesetzte Richtung und passierte das »Rote Schiff«. Das Eingangsportal war weit geöffnet. Giacomo ging langsam daran vorbei. Vor dem Nachbarhaus spielten Kinder Murmeln, zwei Frauen kamen ihm mit Wäschekörben entgegen.

»Dich han ich doch ald e paar Mol he gesinn.«

Argwöhnisch setzte die Rundlichere der beiden ihre Last ab und pflanzte sich drohend vor ihm auf.

»Suchst du jemanden, oder warum lungerst du hier ständig rum?«

»Ich arbeite für Signor Dalmonte.«

Es klang nicht überzeugend. Er machte kehrt und hoffte, dass die Frauen ihm nicht folgten. Auf den Eingangsstufen zur Spedition blickte er sich nach ihnen um. Sie standen noch immer an derselben Stelle und beobachteten ihn. Da schlüpfte er leise durch die Tür.

Das fast quadratische Vorhaus war nicht hochherrschaftlich eingerichtet, aber das Mobiliar zeugte doch von Wohlstand. In der Mitte befand sich ein großer Tisch aus dunklem Holz, auf dem Geschäftsbücher und Dokumente lagen. Davor die eisenbeschlagene Truhe mit den drei Vorhängeschlössern. Ein einziger langer Bücherschrank verdeckte die ganze rechte Wand. Hinten links führte ein Gang in den rückwärtigen Teil des Hauses und, wie Giacomo vermutete, in den Hof. Rechterhand konnte man über eine Wendeltreppe auf die Galerie im Zwischengeschoss gelangen. Am Fuß der Treppe wachte eine Heilige aus hellem Holz. Eine Madonna von Re.

Von irgendwoher wehten Stimmen an sein Ohr, aber er konnte nicht verstehen, was geredet wurde. Auf einem kleinen runden Tisch am Fenster lagen Schlüssel in einer Schale. Die Schlüssel zu der Truhe? Da hörte er Schritte, die näher kamen. Schneller als erwartet stand die junge Frau vor ihm.

Sie war groß, das glatte blonde Haar trug sie hochgesteckt, ein zierliches Häubchen bedeckte den Knoten. Seine Anwesenheit hatte sie erschreckt, aber sie schien sich schnell zu fangen. Ohne ihn aus den Augen zu lassen, ging sie langsam zu dem Tisch in der Mitte des Raums und legte die Papiere ab, die sie in der Hand gehalten hatte. Am rechten Arm trug sie einen dünnen Silberreif. Ein ungewöhnliches Schmuckstück. Frauen trugen Bänder ums Handgelenk, mit Silberschnallen oder ohne, mit kleinen Gemmen, gar mit Perlen, aber keine Armreifen. Er hatte bisher nur eine einzige Frau gesehen, die auch einen Reif getragen hatte, einen goldenen. Aber das war vor langer Zeit.

Noch etwas war merkwürdig an der jungen Frau, er wusste nicht sofort, was es war. Dann fiel es ihm auf. Sie hatte blaue Augen, aber im linken leuchtete ein rotbrauner Fleck. Er konnte den Blick nicht davon lassen. Auch sie musterte ihn, ihre Augen tasteten sein Gesicht ab, seine Kleidung, bis hinunter zu den ausgetretenen Schuhen. Abschätzend kam es ihm vor. Er ärgerte sich über sie, wie er sich über die Rothaarige vom Fischmarkt geärgert hatte. Noch bevor sie ihn etwas fragen konnte, verlangte er, den Hausherrn zu sprechen.

»Dalmonte aus Craveggia«, fügte er rau hinzu. Sollte sie doch glauben, dass er mit dem Spediteur verwandt sei!

»Herr Dalmonte …«, das Mädchen betonte das Wörtchen »Herr«, »… Herr Dalmonte ist ausgegangen. Was willst du von ihm?«

Giacomo zog es vor, nicht zu antworten.

Er war erleichtert, als er wieder draußen auf der Straße stand. Er spürte ihre Blicke im Rücken. Eine Magd war sie nicht, dachte er. Vielleicht seine Tochter. Ihre Stimme klang in ihm nach. Angenehm dunkel und weich. Wenn auch nicht unbedingt freundlich.

DREI

Wie er es vorausgesagt hatte, war Paolo Luciano Dalmonte erst spät in der Nacht nach Hause gekommen. Lange hatte er nicht einschlafen können, sondern sich unruhig von einer Seite zur anderen gewälzt. Selbst die Honigmilch, die seine Frau für ihn heiß gemacht hatte, half nicht. Jetzt stand er früh auf, früher als gewöhnlich, und nach einem hastigen Morgenkaffee eilte er zu Filippo Matti in die Straßburgergasse, um sich rasieren zu lassen.

Es herrschte Hochbetrieb beim Barbier wie sonst nur vor Fronleichnam. Oder wenn der Kaiser sich in der Reichsstadt ankündigte. Wer gestern nicht zu Laurenz Bianco kommen konnte, war um so begieriger zu erfahren, was vorgefallen war. Und wer dabei gewesen war, wollte es noch einmal hören. Die Stimmen überschlugen sich, einer fiel dem anderen ins Wort. Ständig ermahnten Matti und sein Gehilfe die Herren still zu sitzen, wenn sie Kinn und Wangen einseiften und das Messer ansetzten. Häufiger als sonst mussten sie zum blutstillenden Alaunstein greifen.

»Die arme Jungfer Johanna. Auf den Tag genau vier Monate nach ihrem Vater!«, sagte Ferraris.

»Menschen leben nun mal nicht ewig. Immerhin war sie schon fast vierzig«, bemerkte Silvanus Testi gottergeben, schlug das Kreuz vor der Brust und überließ sich den geschickten Händen des Barbiers.

Völlig überraschend war Signorina Johanna Catharina Feminis, Tochter des gerade erst verschiedenen Johann Paul Feminis, vor zwei Tagen gestorben. Wie ein Lauffeuer verbreitete sich die traurige Nachricht in Köln. Der Tod der Jungfer erschütterte alle, Händler und Geschäftsfreunde, Nachbarn, die Kirchengemeinde von Sankt Laurenz, wo der Vater begraben lag, vor allem aber die Familien aus italienischen Landen, von denen viele in Köln und Umgebung lebten.

Man kannte sich untereinander. Gemeinsam litt man und freute sich. Eifersüchtig beobachtete einer den anderen, neidete dem Landsmann den Erfolg. War aber Not am Mann, griff jeder in seinen Beutel und half, so gut er konnte. Sie hatten den alten Feminis geschätzt. Für viele war der Lombarde aus dem Vigezzotal Vorbild gewesen. Er hatte ihrer aller Traum gelebt und es mit Beharrlichkeit und ein wenig Glück vom armseligen, herumwandernden Pomeranzenhändler mit Bauchladen zum angesehenen Kaufmann und Destillateur gebracht. Mit eigenem Haus in bester Lage. Einige schworen auf sein Aqua mirabilis. Es sei um ein Vielfaches besser als die unzähligen Heilwässerchen, die zwielichtige Mönche daheim in den Alpen Kranken und Gebrechlichen verkauften und ihnen damit das letzte Geld aus der Tasche zogen.

»Nach Maastricht und Amsterdam soll er es sogar verkauft haben. An Adlige und gut betuchte Geschäftsleute.« Schneidermeister Grevenberg, einer der wenigen rheinischen Kunden des Barbiers, war voll ehrlicher Bewunderung.

»Damit dürfte es nun vorbei sein«, ließ sich Anton Cettini vernehmen, der für die Gazette de Cologne schrieb und am liebsten deutsch sprach. Seine Großeltern waren Mitte des vergangenen Jahrhunderts von Venedig nach Köln gekommen, doch schon seine Eltern unterhielten sich kaum mehr auf Italienisch miteinander. Nur wenn die Kinder nichts verstehen sollten, wechselten sie in ihren venezianischen Dialekt.

»Das ist das Aus für das Handelshaus.«

Die anderen nickten zustimmend. Feminis' Witwe war zu alt, um den Handel und die Wasserfabrikation selbstständig weiterzuführen, Söhne gab es schon lange nicht mehr, und die letzte noch lebende Tochter, Anna Maria Theresia, hatte vor vielen Jahren allen weltlichen Dingen abgeschworen. Sie war Klarissin geworden und ins Kloster Bethlehem am Eigelstein eingetreten.

Die Herren verstummten. Nur der Famulus schabte unbekümmert über Cettinis lang gestreckten Hals und summte dabei leise vor sich hin. Im Raum hing eine Wolke von Muskat und Nelken. Der Tod der Jungfer Johanna Catharina wog schwer.

Als der Gehilfe seine Arbeit beendet hatte, stand Cettini auf und strich sich den Rock glatt. Er zog eine Münze aus der Tasche und drückte sie dem Jungen in die Hand. Schon fasste er nach der Türklinke, da drehte er sich noch einmal um.

»Ich glaube nicht an einen natürlichen Tod der Signorina«,

sagte er in die Stille hinein. Mit einem leisen Klack schnappte die Tür hinter ihm ins Schloss.

Das Portugalwasser, mit dem Matti ihm Hals und Wangen betupfte, brannte auf der Haut. Dalmonte mochte diesen feinen Schmerz. Dann fegte ihm der Barbier rasch mit einem weichen Pinsel über Schultern und Kragen und befreite ihn umständlich von dem großen Umhang. Ganz gegen seine Gewohnheit wehrte er sich fast gegen die Bestäubungsprozedur mit Talkum. Er hatte es plötzlich eilig, nach draußen zu kommen. Aber Matti ließ sich nicht beirren. Unvorstellbar, auch nur einen seiner Kunden ohne den leise duftenden Puder zu verabschieden.

Als Dalmonte endlich den Barbierladen verlassen hatte, schlug er die Richtung zum Hafen ein. Jetzt fuhr er sich doch verstohlen mit der Rechten über das rasierte Kinn. Es fühlte sich weich an, wie Samt. Über der Stadt wölbte sich ein blanker Himmel, im Morgenlicht wirkten die Straßen reingefegt. Die Stadtmauer erhob sich schwarz gegen die Sonne, die bereits hoch über den Deutzer Dächern stand. Doch Dalmonte fröstelte.

An der Rheingassenpforte grüßte ihn die Wachtmannschaft. Dahinter lag das silbrig glitzernde Band des Flusses, die Wellen blitzten und warfen die Strahlen zurück wie von Abertausend winzigen Spiegeln. Der Spediteur hielt sich die Hand über die Augen, um besser sehen zu können. Vor ihm lagen die Oberländer, die darauf warteten, den langen Weg bis Mainz, Straßburg oder Basel zurückgetreidelt zu werden. Es waren Schiffe, die ihn mit ihren hochgezogenen Hecks und den zum Bug hin abfallenden Decks immer wieder seltsam anmuteten. Ein wenig wie aus einer anderen Welt, aber bestens geeignet für die unruhigen und gefährlichen Fahrten auf dem Oberrhein. Im Norden, hinter dem Salzgassentor, konnte er die Masten der Niederländer auf und ab schaukeln sehen. Marktkähne schipperten übers Wasser, dazwischen kreuzten kleinere Nachen und Ruderboote. Gerade fuhr eine Diligence los, der Uhrzeit nach war es das Postboot nach Neuss.

Jedes Mal, wenn er hier stand, dachte er an seine Kindheit. Der Gegensatz hätte nicht größer sein können. Damals trieb er das Vieh auf die Alm. Die Ziege seiner Eltern und die Schafe und Kühe der Borgnis, der Mellerio und der Zampetti, denen das schönste Haus in Craveggia gehörte und ein Schloss im Mailändischen, wo die Familie die Wintermonate verbrachte. Er dachte an die schneebedeckten Berge, die mal in unwirklich bläulichen Dunst, mal in dichten Nebel gehüllt waren. An die Wildbäche, die in den heißen Sommermonaten gemächlich vor sich hin tröpfelten oder gar austrockneten, nach langem Regen aber mit tosendem Lärm über die Abhänge ins Tal stürzten, wo der launische Melezzo sie aufnahm.

Dagegen war der Rhein ein Meer.

Er liebte das Geruchsgemenge von Holz und modrigem Wasser, von Fisch, Öl, Wein und Käse. Das Gewimmel der Wagen und Karren im Hafen, das Geschrei der Träger und Fuhrleute. Meist wechselte er ein paar Worte mit den städtischen Arbeitern, die für den Stapel und das Wiegen und Messen der Waren zuständig waren. Er kannte fast jeden Kranenmeister und Schreiber am Kai, sogar einige der Kettenknechte und Radtreter, die den Antrieb der Kräne besorgten. Und natürlich die Schiffer. Ließ sich doch das ein oder andere Problem so viel leichter lösen, wenn man gemeinsam am Kai stand und über den Fluss guckte. An manchen Tagen ähnelten sich die Gespräche.

»Morgen schon fährst du los?«

»Ja, morgen.«

»Könntest du vielleicht …? Ausnahmsweise?«

»Ich will sehen, was ich machen kann. Wir kriegen das hin …«

Man gab sich die Hand, ein Silberstück wechselte den Besitzer, und jeder war zufrieden, die Schiffsmeister und der Spediteur.

Heute war Dalmonte nicht nach Reden zumute. Dennoch hielt er Ausschau nach einem bekannten Gesicht. Seit zwei Tagen wartete er auf eine Ladung Tee und Kaffee aus Amsterdam, die so schnell wie möglich umgeladen und auf dem Landweg weiter zu Kunden in Stuttgart und Wien gesandt werden musste. Vielleicht fand er jemanden, der ihm sagen konnte, wo der Bönder gerade lag und wann er mit dessen Ankunft in Köln rechnen konnte.

Das Frühjahrsgeschäft hätte besser sein dürfen, dachte er. Zuerst hatte der Eisgang die Rheinfahrten unmöglich gemacht, drei Wochen später das Hochwasser. Überhaupt waren in den letzten Jahren die Winter immer kälter geworden, ein paarmal konnten die großen Lastkähne erst Mitte März wieder fahren. Dann war Schmalhans Küchenmeister in den Familien der Schiffer und Hafenarbeiter, und die Mitglieder der mildtätigen Nikolausbruderschaft an Sankt Maria Lyskirchen hatten viel zu tun, um die ärgste Not in der Gemeinde zu lindern.

Paul Merckenich fiel ihm ein. Mit ihm sollte er sprechen. Es hatte lang gedauert, aber im Laufe der Jahre waren sie Freunde geworden, der Ratsherr und er, vielleicht weil sie denselben Vornamen hatten. Vor allem aber gehörten sie beide der Bruderschaft an. Merckenich war überdies Provisor der Kirche, und er war ein besonnener Mann. Cettinis letzter Satz ging ihm nicht mehr aus dem Kopf.

Ein ungeheuerlicher Verdacht! Das Schlimme war, er hatte ihn auch schon gehabt. Es war sein erster Gedanke gewesen, als Bianco ihnen die traurige Nachricht von Johanna Catharinas Tod verkündete, und er hatte sich dafür geschämt. Sie schien doch gesund, als er sie das letzte Mal gesehen hatte. Vielleicht ein wenig müde, ja. Aber war das ein Wunder, wenn man bedenkt, was sie alles geschafft hatte in den letzten Wochen? Den Vater beerdigt, den Nachlass geregelt und das Handelsgeschäft weitergeführt. Und nicht einmal schlecht, dachte er anerkennend. Innerhalb weniger Wochen hatte sie mehr Kolonialwaren umgesetzt als ihr Vater im ganzen letzten Jahr. Aber vielleicht war doch alles zu viel für sie gewesen.

Der Spediteur ging zu Gerrit. Seit Feminis tot war, musste er seinen Wein allein dort trinken. In Gedanken stieß er jedes Mal auf den alten Freund an. Er schalt sich einen sentimentalen Trottel. Je älter er wurde, desto mehr hing er der Vergangenheit nach.

Fast zeitgleich waren die beiden Männer, Giovanni Paolo Feminis und Paolo Luciano Dalmonte, vor über vierzig Jahren, Ende 1693, nach Köln gekommen. Sie waren buchstäblich übereinander gestolpert, als Dalmonte einem Schwall Wasser ausweichen wollte, den eine tüchtige Kölner Hausfrau im hohen Bogen auf die Straße schüttete. Dabei war er gegen einen Mann gestoßen, den er im Fallen mit zu Boden riss.

»Porca vaca dul Blitz«, entfuhr es ihm. Er rieb sich den Ellbogen, mit dem er aufs Pflaster aufgeschlagen war.

»... *dul Blitz?*«, wiederholte der andere und starrte Dalmonte verblüfft an. »*Dul Blitz! Non mi dire!* Du musst Vigezzino sein!« Und dann fingen beide an zu lachen, die Seifenlauge hatte längst ihren Hosenboden durchnässt, aber sie saßen noch immer auf der Straße, wiederholten ein ums andere Mal »*Porca vaca dul Blitz!*«, umarmten sich und konnten nicht aufhören zu lachen. Die Kölner rümpften die Nase. Eine Frechheit, wie diese Leute mit den welschen Gesichtern sich benahmen! Als ein zweiter Eimer Wasser auf die Straße gekippt wurde, stoben sie auseinander, und auch die beiden Männer erhoben sich endlich, klopften sich gegenseitig den Dreck aus den Kleidern und beschlossen, bei Gerrit im »Fliegenden Amsterdamer« unten am Hafen ihre neue Freundschaft zu begießen.

Achtzehn war er damals und gerade vier Jahre von zu Hause weg, erinnerte sich Dalmonte.

Mit einer Gruppe Pomeranzenhändler, den Bauchladenkasten um den Hals gehängt, war er durch die Lande gezogen, bei Wind und Wetter und oft genug mit leerem Magen. Auf Märkten, an Küchentüren und in Gastwirtschaften hatten sie ihre Waren angeboten. Orangen und Zitronen, Spezereien und Rosinen, manchmal auch Kramwaren. Die billigen Knöpfe, Schnüre und Schnallen waren bei den Frauen beliebt. Den Gewinn strich der Padrone ein.

Er war der Älteste von dreizehn, trotzdem hatte die Mutter geweint, als er ging. Der Hunger war das eine gewesen, das ihn von zu Hause fortgetrieben hatte. Da waren aber auch seine Neugier und sein Drang nach Abenteuer. Jenseits des Tals auf der anderen Seite der Berge lockte ihn der Norden. Basel, wo der Onkel sich niedergelassen hatte. Dann Straßburg. Lyon. Die Niederlande mit Rotterdam und Amsterdam, von wo die Schiffe in ferne Länder abfuhren. Und natürlich das Rheintal mit den großen Handelsstädten Frankfurt, Mainz und der freien Reichsstadt Köln, von der alle Auswanderer vollmundig berichteten, wenn sie, selten genug, die Familien besuchten, die in den Alpen zurückgeblieben waren.

Dass er in dieser Stadt hängen geblieben war, lag sicher auch an diesem Feminis. Er verstand sich auf Anhieb gut mit ihm, obgleich der Mann aus Crana fünfzehn Jahre älter war als er und das mühsame Hausiererleben längst aufgegeben hatte. Eine Deutsche habe er geheiratet, im August 1687, Anna Sophia Ryfarts aus Rheinberg am Niederrhein. Das erste Kind habe es besonders eilig gehabt. Feminis hatte amüsiert den Mund verzogen, als er es dem viel Jüngeren beim vierten Becher Wein beichtete. Nur sechs Monate habe es die kleine Elisabetha im Mutterleib ausgehalten! Und leider auch nicht lange auf dieser Erde, hatte er leise hinzugesetzt.

Aber fast jedes Jahr kam ein neues Kind, und Feminis war mit Sack und Pack zuerst nach Mainz und eben vor Kurzem hierher nach Köln gezogen, wo er in Unter golden Wagen mit Französisch Kram handelte. Er war ein leidenschaftlicher Kaufmann. Daneben, fuhr er fort, stelle er im Keller seines Hauses ein wenig Aqua mirabilis her, dieses duftschwere Wasser, von dem die Alten erzählten, es sei ein wahres Wundermittel und kuriere Schmerzen aller Art. Er warb nicht dafür, aber die Wirkung seines Heilwassers sprach sich herum. Feminis war es zufrieden.

Mit den Jahren waren die Augen seines Freundes trüber, die Schritte langsamer geworden. Aber dennoch trafen sie sich bis zu dessen Tod mit weit über siebzig fast täglich im »Fliegenden Amsterdamer«, wo Gerrit, inzwischen selbst ein alter Mann, ihnen ohne große Worte den gewohnten Krug Wein vorsetzte. Die beiden hätten sich ein besseres Wirtshaus leisten können. Aber hier schmeckte ihnen der Bleichert besonders gut, hier trafen sie andere Lombarden, auch Piemontesen, Mailänder, Venezianer, Elsässer, Leute vom Niederrhein. An warmen Sommerabenden stand man mit den Bechern in den Händen vor der Tür der Wirtsstube und blickte wehmütig auf die Schiffe, die vor Anker lagen. Die neugierigen oder missbilligenden Blicke der Passanten, die sich über das laute Gerede der Ausstädtischen erregten, ertrug man mit stoischer Gelassenheit. In dieser Umgebung fühlten sich Dalmonte und Feminis seltsam geborgen. Dabei besaßen sie längst das große Bürgerrecht und durften sich Kölner nennen.

»Aber wer die ›kölsche Sproch‹ eben nicht mit der Muttermilch aufgesogen hat, wird immer ein Fremder bleiben«, hatte Dalmonte stets gespottet.

»Eh, che cosa vuoi? Qui dentro, siamo vigezzini«, pflegte Feminis zu erwidern und schlug sich dabei auf die Brust. Dann hoben

sie ihre Becher, tranken auf ihr Tal, auf ihr Valle Vigezzo, und betrachteten die Gäste im »Fliegenden Amsterdamer«, die jedes Jahr jünger wurden.

Dalmonte grübelte. Was, wenn Cettinis Anschuldigung und seine eigene Verdächtigung stimmten und Johanna Catharinas Tod nicht gottgewollt war? Aber wer, um Himmels willen, sollte so etwas Unbegreifliches getan haben? Und wie? Und warum? Er fühlte sich mit einem Mal sehr einsam. Feminis fehlte ihm. Langsam trank er seinen Wein aus.

VIER

Warum hatte ihm niemand gesagt, dass diese Stadt stank? Alle hatten sie immer nur von den unzähligen Kirchen erzählt. Dass in jeder Straße, an jeder Ecke eine stünde. Manchmal sogar zwei oder drei, aneinandergereiht wie Perlen auf einer Schnur. Mit in den Himmel ragenden Glockentürmen, die sich gegenseitig an Höhe überböten. Und von der mächtigen Stadtmauer hatten sie ihm vorgeschwärmt, mit ihren Basteien und Torburgen, von den bunten Märkten und dem Mastenwald im Hafen, von den vielen Menschen, den süffigen Bieren und süßen Weinen. Feixend und hinter vorgehaltener Hand hatten sie ihm von Winkelwirtschaften erzählt, draußen vor der Stadt hinterm Bayenturm. Dort müsse er hin. Unbedingt. Dollbier probieren. Es mache so herrlich wunderselig. Nur zwei Becher, und schon sei das Leben ein Paradies und die Augen der Mädchen funkelten wie Juwelen.

Aber keiner hatte von den Gerüchen geredet. Von den Ausdünstungen der Kloaken, der beißenden Luft in den engen Vierteln der Gerber und Färber, vom bestialischen Gestank nach Blut und Innereien, der vom Tiermarkt und aus den Schlachtereien kam, und von dem Mief faulender Fische im Hafen. Er wusste nicht, was schlimmer war, der Atem dieser Stadt oder der beißende Geruch von Ruß, der ihm jahrelang in die Nase stach, in Mund und Kehle drang und sich auf die Bronchien legte. Als der Husten ihm fast die Brust zerriss, hatte er es nicht mehr ausgehalten. Mitten in der Nacht war er damals auf und davon gerannt, mit nichts anderem am Leib als seiner dreckigen Schornsteinfegerkluft und seinem Sacchettino, einem grauen, speckigen Beutel, in dem er das wenige Geld versteckte, das er dem Patron, dem Faìsc, verheimlicht hatte. Der würde toben, wenn er bemerkte, dass er weggelaufen war, und die anderen Jungs würden es büßen müssen. Mit Schlägen und Essensentzug, aber er konnte einfach nicht mehr. Noch heute verfolgten ihn der Ruß und die schwarze Enge der Kaminschächte bis in seine Träume.

Giacomo saß auf einem Stein am Fluss. Trotz der Kälte hatte er die Schuhe ausgezogen und seine Füße in den feuchten Sand gegraben. Auf dem grünbraunen Wasser dümpelten Enten und Blässhühner. Gegenüber auf der kleinen Rheininsel stand unbeweglich ein Reiher im Schilfdickicht. Rechts, wo die Stadt zu Ende war, erhob sich der trutzige Bayenturm. Hier draußen vor der Stadtmauer fühlte er sich wohl. Die Luft war sauber, fast so sauber wie im Valle. Zum Leben reichte das allerdings nicht, er hatte schon wieder Hunger.

Am Nachmittag war er bei Farina gewesen. Der Laden war schnell gefunden. Wen er auch fragte, alle zeigten ihm sofort den Weg zur Straße Obenmarspforten. Der Diener aber, der ihm die Tür öffnete, versperrte ihm den Eintritt, kaum dass er die Löcher in seiner Kleidung sah.

»Ein Landsmann? Das behaupten sie alle. Aber Signor Farina stellt niemanden ein«, naselte der Kerl von oben herab. Als Giacomo seinen Fuß zwischen die Tür schob, trat ihm das Faktotum vors Schienbein und stieß ihn zurück auf die Straße.

»Va al diavolo!«, giftete er hinter ihm her.

»Der Hinkefuß hat mehr Herz als ihr alle zusammen«, schrie Giacomo zurück. »Wenn ihr erst mal Geld in der Tasche habt, vergesst ihr, dass ihr auch mal aus der Gosse gekommen seid. Dreckskerl, dreckiger! *Cuiún!*«

Das Schienbein schmerzte noch immer, er konnte zusehen, wie sich die Haut verfärbte.

Der Reiher gegenüber hatte mit einer blitzschnellen Bewegung einen Fisch gefangen und ihn hinuntergewürgt. Jetzt breitete er seine Flügel aus und hob schwerfällig vom Boden ab. Eine kurze Strecke flog er langhalsig übers Wasser, dann gewann er an Höhe, nahm den Kopf zurück und zog über Giacomo hinweg. Um ihn herum war es still, nur ein paar Vögel zirpten in den Abend, das Wasser klatschte leise schmatzend ans Ufer. Von einem nahen Kirchturm schlug es sechs.

Giacomo wischte sich den Sand von den Füßen und rieb sich die Zehen warm. Dann schlüpfte er in seine Schuhe und machte sich auf den Weg zurück in die Stadt. Für Dollbier hatte er kein Geld.

Es war erstaunlich ruhig auf dem Holzmarkt. Die Sonne verschwand eben hinter den Häusern und tauchte die heruntergekommenen Fassaden in gnädiges Dämmerlicht. Ein paar abgerissene Subjekte lungerten um den Eingang eines Gebäudes herum, das auch einmal bessere Tage gesehen hatte.

»He, du!«

Der Ruf schreckte Giacomo aus seinen Gedanken.

»Tilman?«

»Ja, ich. Du hast wohl keine Augen im Kopf.«

»Ich hab dich nicht gesehen.«

»Oder nicht sehen wollen! Willst dich vielleicht mit einem wie mir nicht abgeben.«

Er bleckte die Zähne, zog sein langes Hemd aus der Hose und kratzte sich lustvoll die schrundige Haut über dem nackten Bauch.

»Nein, nein!« Giacomo tat es leid, dass er Tilmann nicht sofort erkannt hatte.

»Komm, setz dich!« Der Bettler klopfte auf die Steinbank, auf der er saß. »Mach mal Platz für unseren Bruder«, schnauzte er einen vor Schmutz starrenden Kumpan an, der sich fast die ganze Sitzfläche angeeignet hatte.

Erschreckt fuhr dieser hoch, rückte murrend zur Seite und sackte dann wieder in sich zusammen. Giacomo wehte eine Alkoholfahne ins Gesicht, gemischt mit dem Geruch von Erbrochenem, aber er setzte sich. Eigentlich freute er sich, Tilman wiederzusehen.

»Willst du mir deinen Namen verraten? Ich hab dir meinen gesagt, aber du mir nicht deinen.«

»Giacomo.«

»Giacomo!« Tilman schnalzte mit der Zunge und wiederholte den Namen ein paarmal, bis er ihm geläufig über die Lippen kam. »Hab mir ja gleich gedacht, dass du nicht von hier bist. Sondern ...?«

»Wohnst du hier?«, fragte Giacomo und deutete auf das heruntergekommene Haus. Er hatte keine Lust, Tilman von sich zu erzählen. Natürlich verriet ihn seine Aussprache, er konnte es nicht verhindern, aber er hasste es, dass jedes Gespräch früher oder später in die Fragen mündete: Woher kommst du und was machst du hier? Am Anfang hatte er es noch erklärt, aber wenn die Leute dann hörten, dass er aus den Alpen kam, guckten sie ihn schräg an. So, aus dem Welschland, schimpften sie dann. Du denkst auch, bei uns liegt das Geld auf der Straße. Wir haben selbst nicht genug zu essen. Unsere Kinder hungern, weil ihr uns die Arbeit wegnehmt. Geht zurück, wo ihr hergekommen seid!

Tilman schien es Giacomo nicht übel zu nehmen, dass der nicht auf seine Frage antwortete. Er lachte.

»Und wenn es mir noch dreckiger gehen würde, zwischen den Mauern wollt ich nie und nimmer hausen. Zu viele Arme hier im Armenhaus. Und das Armenbrett von Sankt Johann Baptist ist lang nicht so üppig wie das Lyskirchener. Nein, nein, ich wohn in der Holzgasse, eine gute Seele versorgt mich dort mit Stroh und einer Decke, dafür reinige ich die Latrinen. Eine saubere Arbeit!« Wieder lachte Tilman laut heraus. Er schien das Leben von der heiteren Seite zu nehmen.

»Aber ich komme oft hierher, man kennt sich«, setzte er nach einer Pause hinzu und deutete auf den Banknachbarn, der schon wieder leise vor sich hin schnarchte.

Giacomo überlegte, ob er Tilman von seinem Erlebnis bei Farina erzählen sollte. Der andere schien kein unangenehmer Zeitgenosse zu sein.

»Kennst du außer dem ›Fliegenden Amsterdamer‹ noch andere Orte, wo Landsleute von mir verkehren?«, fragte er stattdessen.

Tilman kratzte sich am Kopf und dachte nach.

»Es gibt ein paar Schenken. Eine liegt hinterm Neumarkt, eine andere in der Spielmannsgasse.«

Er deutete vage auf einen unsichtbaren Punkt hinter dem Armenhaus.

»Aber ich warne dich. Meine Latrinen stinken besser als das Essen, das dort auf den Tisch kommt«, flachste Tilman und schlug Giacomo aufmunternd auf den Rücken.

Es war die Rothaarige, die ihn zuerst wiedererkannte. Mit einem süßen Lächeln kam sie auf ihn zu, hakte sich bei ihm ein und zog ihn zu ihrem Tisch, ohne dass er sich wehren konnte.

»Du hast mich also gefunden«, triumphierte sie und fuhr wie zufällig mit der Hand seinen Oberschenkel entlang. »Bring uns was zu trinken, Griet!«, rief sie der jungen Frau hinter der Theke zu und kuschelte sich dann an Giacomo, als ob sie sich schon ein Leben lang kannten.

»Ich hab noch immer kein Geld.«

Giacomo wollte aufstehen, aber sie hielt ihn fest.

»Nein, nein, so leicht kommst du mir dieses Mal nicht davon, du hast mich doch gesucht«, hauchte sie ihm ins Ohr. Es kitzelte ihn bis in den Nacken, unwillkürlich zog er den Kopf zwischen die Schultern.

Noch einmal wollte er protestieren, aber sie legte ihren Zeigefinger auf seinen Mund und küsste den Nagel. Ihre Augen waren ganz nah, ihr Mund, die Kuhle zwischen ihren Brüsten. Er roch ihren Schweiß, ihre Lippen streiften seine Haut, sie waren feucht und heiß.

»Du bist mein Gast«, wisperte sie, dann richtete sie sich auf und prostete ihm zu.

Als Griet mit einem Augenzwinkern zum dritten Mal frisches Bier brachte, rutschte die Hand der Roten in seine Hose. Er wollte sie festhalten, doch dann ließ er sie gewähren.

»Von woher kommst du?«, fragte sie ihn.

»Von weither.«

»Von dort, wo man italienisch spricht.«

Sie kicherte amüsiert, als sie sein verblüfftes Gesicht sah.

»Woher weißt du das?«

Statt einer Antwort fuhr sie ihm mit der Zunge ins Ohr.

»Können wir nicht irgendwohin gehen?«, fragte er leise.

»Griet wohnt hier, wir könnten zu ihr.« Sie machte Griet ein Zeichen, dann stand sie auf. »Komm!« Ihre Stimme war jetzt wieder so schnippisch wie tags zuvor auf dem Fischmarkt, aber nun war es zu spät. Er wollte sie.

Sie ging ihm voraus in den Hausflur, die Treppe nach oben. Die anderen Gäste, die um die Theke herumstanden, kümmerten sich nicht um die beiden.

Draußen war es dunkel geworden, als er sich wieder anzog. Sie hatte einen Kerzenstummel angezündet, ihr Körper warf groteske Schatten an die Wand. Ihr halb entblößter Busen wippte aufreizend, während sie Unterrock und Rock ordnete. Erst danach zog sie die Kordel am Ausschnitt ihres Hemdes zusammen. Sittsam gekräuselt zierte er jetzt ihre Brust. Vor der Zimmertür knarzte die Holztreppe.

»Einen halben Gulden bekomm ich.«

Das Mädchen lächelte nicht mehr, ihr Gesicht war kühle Berechnung.

»Aber ... Du hast doch gesagt ...«

»Das Bier. Ich zahle das Bier für dich, habe ich gesagt. Du warst es, der mehr wollte. Einen halben Gulden!« Fordernd streckte sie die Hand aus.

Giacomo schluckte. »Ich habe kein Geld ...«

»Dann wirst du dir's verdienen.«

Sie prüfte noch einmal den Sitz ihres Hemdes und öffnete die Tür. Zwei Männer standen davor, der eine hatte die Ärmel seines Rocks hochgekrempelt, in der Rechten hielt er ein Messer. Giacomo erkannte ihn wieder. Er hatte neben der Tür gesessen, als er mit dem Mädchen nach oben verschwand. Das Gesicht des anderen war ihm fremd. Unter schwarzen, schimmernden Haaren lauerten dunkle Augen. Ein Römer, dachte er, oder von noch weiter südlich.

»Accomodati!«, sagte der Dunkle sehr sanft und zeigte auf einen Schemel. Er hatte ein überraschend feines Gesicht mit einer auffällig hohen Stirn.

»Du willst also arbeiten. Ich glaube, wir hätten da etwas für dich.«

Der Mann mit dem Messer drückte Giacomo unsanft auf den Hocker. Seine Finger gruben sich so tief ins Schlüsselbein, dass Giacomo aufschrie.

FÜNF

Nach der Totenmesse am Sonntagmorgen in Sankt Laurenz kam es zum Eklat. Cettini stellte sich Johann Maria Farina in den Weg.

»Ihr wagt es, hierherzukommen und fromm zu tun! Ihr seid es doch, der sie auf dem Gewissen hat.«

Er hatte fast gebrüllt, alle hatten es gehört.

Niemand rührte sich, keiner sagte etwas, auch Dalmonte war wie gelähmt.

Im ersten Moment befürchtete er, dass der Kaufmann sich auf den Journalschreiber stürzen wollte. Doch der drehte sich weg und ging, die Menge teilte sich und ließ ihn durch. Dalmonte bemerkte, dass Farina ihn mit den Augen suchte. Oder bildete er es sich nur ein? Hoffte er auf Unterstützung, weil sie Landsleute waren und im Valle irgendwie jeder mit jedem versippt war?

Aber er kam Farina nicht zu Hilfe. Er ließ ihn stehen wie einen Sack fauler Pomeranzen, inmitten der Leute, die schon jetzt anfingen, sich den Mund über ihn zu zerreißen. Gierig hatten sie Cettinis Worte aufgegriffen. Wisperten, tuschelten, zischelten, zeigten mit den Fingern auf den Mann, dessen Haus gerade an der nächsten Ecke lag und, wie man sich hinter vorgehaltener Hand erzählte, auf Schulden gebaut war.

1709 hatte Giovanni Battista, der Älteste der Farina-Brüder, zusammen mit Balthasar Borgnis in der Großen Budengasse ein Lädchen für französische und italienische Waren eröffnet. Die Kölner drängten sich vor ihrer Tür, um die feinen Tücher, Knöpfe, Schnallen, Bänder, Handschuhe, die aus Katzendarm geflochtenen, mit Perlmutt, Gold, Silber und Steinen verzierten Reitgerten, die Seifen und Lavendelwasserfläschchen zu bewundern. Vor allem die Frauen flanierten gern an dem Geschäft vorbei, kicherten und gerierten sich wie unreife Jungferndinger, selbst dann noch, als längst bekannt wurde, dass die beiden gut aussehenden Lombarden in ihrer Heimat treue Ehefrauen hatten.

Ein paar Jahre später waren die beiden jüngeren Brüder Johann Maria und Carl Hieronimus nach Köln gekommen und ins Geschäft eingetreten. Aber wieder wurden die ledigen Kölnerinnen enttäuscht. Auch Carl Hieronimus war schon vergeben und zog bald nach Düsseldorf, wo er sich mit einem eigenen Laden selbstständig machte. Und der unverheiratete Johann Maria schien aus unerfindlichen Gründen die schönen Rheinländerinnen zu meiden. Dabei konnte er so außerordentlich liebenswürdig und zuvorkommend sein.

Aber mit Freundlichkeit allein lässt sich kein Geschäft führen, dachte Dalmonte. Da war ein winziger Hauch Schadenfreude in ihm. Er spürte es, sie tat ihm gut. Und gleichzeitig schämte er sich. Während er ziellos durch die Straßen wanderte, dachte er über Cettinis Worte nach. Hatte der Skribent Beweise, oder war die Bemerkung nichts als haltloses Geschwätz, mit dem er sich wichtig machen wollte? Sollte er Cettini aufsuchen, um ihm auf den Zahn zu fühlen, oder würde er damit dessen Behauptung mehr Bedeutung beimessen, als sie es tatsächlich verdiente?

In den ersten Jahren hatten die Fratelli Farina ums wirtschaftliche Überleben kämpfen müssen. Aber wer musste das nicht? Sie hatten sich Geld geborgt, keine kleinen Summen, wie man hörte, und der Aufschwung, den sie sich von dem neuen Standort auf Obenmarspforten gegenüber dem Jülichplatz versprochen hatten, ließ auf sich warten. Als ob das noch nicht genug wäre, gab es Krach mit einem Verwandten in Maastricht, Borgnis stieg aus dem Geschäft aus – »... oder wurde gegangen«, wie Dalmonte vermutete –, und vor fünf Jahren starb, viel zu früh, der arme Johann Baptist. Seitdem stand Johann Maria Farina allein mit dem Laden da, und die Gläubiger pochten auf die Einhaltung der Zahlungsverpflichtungen. Die Fünfzig hatte Farina inzwischen längst überschritten. Wenn er es im Leben noch zu etwas bringen wollte, musste er sich beeilen. Der Tod war der unbarmherzigste aller Gläubiger.

Ohne dass er auf den Weg geachtet hatte, war der Spediteur zum Alter Markt gekommen. Er bog in die Bechergasse und blieb vor Engels Apotheke stehen. Durch die Scheiben sah er auf der Theke Mörser, Flaschen und Waagen stehen. Auf dem Boden lagerten Säcke, deren Inhalt er von hier nicht erkennen konnte. In den offenen Wandschränken reihte sich Gefäß an Gefäß.

Wann hatte Farina begonnen, Heilwasser herzustellen?

War es noch vor oder erst nach 1727 gewesen, als Doktor Seutter von der Kölner Universität dem Aqua mirabilis seines Freundes Feminis ganz auserlesene Qualitäten attestierte? Bei böser Luft und Pest solle man es anwenden, bei Herzklopfen, Kopf- und Zahnschmerzen. Selbst gegen Skorbut, Leberverstopfung oder Unpässlichkeiten des Darms helfe es. Wer es sich leisten konnte, kaufte sich das Wunderwasser. Feminis ließ das Haus in Unter golden Wagen neu verputzen und spendete reichlich Almosen für die Armen im heimatlichen Crana. Auch Kölner Klöster und Kirchen wurden wohlwollend bedacht.

In den ersten Jahren hatte Dalmonte noch die Lieferaufträge der Farinas getätigt; unter Landsleuten arbeitete man zusammen. Er erinnerte sich an die Pomeranzenlieferungen, an die Kisten mit Ölen und Essenzen, wie man sie für die Herstellung eines Aqua mirabilis brauchte. Aber dann stiegen sie selbst ins Speditions- und Kommissionsgeschäft ein und beendeten die Zusammenarbeit mit ihm. Kunden waren ihm abgesprungen, zu den Farinas übergelaufen. Und Johann Maria Farina baute diesen Geschäftszweig stetig aus. Neue Besen kehren besser. Glaubt man. Es hatte ihn gewurmt, sehr sogar, und die Beziehung zwischen ihnen war abgekühlt. Nur nach dem Kirchgang verabsäumte man es nie, ein paar Worte miteinander zu wechseln. Das gebot die Höflichkeit – und die gemeinsame Herkunft. Aber jedes Mal hatte Dalmonte das Gefühl, in Farinas Augen blitze Triumph auf. Dalmonte gab es ungern zu, aber er war neidisch. Dem Jüngeren schien inzwischen alles so leicht zu gelingen, wofür er Jahre gebraucht hatte. Und der Mann schnitt ihn, wahrscheinlich wegen seiner Freundschaft zu Feminis.

Dalmonte schritt schneller aus. Es waren bittere, sündige Gedanken, die er da hegte. Sie gehörten sich nicht. Reg dich nicht auf, du hast es doch nicht nötig, würde sein Freund Paul Merckenich sagen, und natürlich hätte er recht. Seit fast vier Jahrzehnten behauptete er sich als einer der besten Speditions- und Kommissionshändler von Köln. Im Grunde wusste er, dass er geschätzt war. Aber da war er schon wieder, dieser Stich in der Brust, dieser winzige Neid gegen seinen Landsmann. Er ist ein Parvenü, hatte er einmal zu seiner Frau gesagt.

Irgendwann hatte ihm Feminis von Farinas ersten Versuchen mit Aqua mirabilis erzählt. Die neue Konkurrenz bekümmerte seinen Freund nicht. Oder er ließ es sich nicht anmerken. Schließlich war auch das Rezept alles andere als ein Geheimnis, wusste doch im Vigezzo jedes Kind, was darin war. Orangen, Zitronen, Limetten, Bergamotte, Rosmarin, Neroli. Seit Jahrhunderten wurden so oder so ähnlich Heilwässer daraus hergestellt, mal besser, mal schlechter. Es kam auf die Zusammensetzung an. Und auf die Qualität der Zutaten. Feminis mischte die Ingredienzien mit schlafwandlerischer Sicherheit, und Dalmonte hatte ihn darum bewundert.

Seit Feminis' Tod im vergangenen November war Farina zum alleinigen Hersteller von Aqua mirabilis in Köln avanciert. Hatte Dalmonte zumindest bisher geglaubt. Was, wenn Johanna Catharina die Arbeit ihres Vaters hatte weiter fortführen wollen?

Der alte Herr erschrak über die eigenwilligen Wege, die seine Gedanken gingen.

Schon im Hausflur roch er den verlockenden Duft.

»Ei, wie schmeckt der Coffee süße, lieblicher als tausend Küsse«, trällerte er, während er die Treppe zu Pfarrer Forsbachs Arbeitszimmer emporstieg. Ein Ohrwurm, den dieser Johann Sebastian Bach in die Welt gesetzt hatte! Seine Frau hatte einen Narren an der Kantate gefressen und sang sie stundenlang Noten hoch und Noten runter. Anna musste sie auf dem Spinett begleiten.

Sie warteten schon auf ihn, und nachdem Dalmonte die Runde begrüßt und Platz genommen hatte, beeilte sich die Haushälterin, ihm einzuschenken. Zarte Dampfwölkchen stiegen aus der Tasse auf, mit geschlossenen Augen nahm Dalmonte den ersten Schluck. Was wären die Sitzungen der ehrwürdigen Nikolausbruderschaft ohne dieses bittere schwarze Getränk!

Eines Tages war er mit einem Säckchen Kaffeebohnen erschienen, hatte der Küchenmamsell ein paar Anweisungen gegeben und seine Mitbrüder überzeugt, dass der Kaffee ihren Geist belebe und ihren Versammlungen nur dienlich sein könne. Der Einzige, der sich dem neumodischen Trinkvergnügen verweigerte, war der Pfarrer.

»Ein Teufelssud«, zeterte der, »erfunden, um die Seelen der Menschen zu verderben.«

»Nein«, widersprach Dalmonte und freute sich, Forsbach ein klein wenig in Harnisch bringen zu können. »Ein Geschenk des Himmels, und keine Kirche dieser Welt wird mich je davon abhalten können. Selbst wenn ich dafür in der Hölle schmoren muss.«

Der Geistliche haderte mit Gott und dem Bösen, aber es half nichts. Mit Entsetzen musste er feststellen, dass sogar seine Haushälterin, eine ansonsten durch und durch vernünftige Frau im gesetzten Alter von fünfundsechzig Jahren, dem verführerischen Zeug zum Opfer gefallen war. Um es sich mit ihr nicht zu verderben – was einer Katastrophe gleich gekommen wäre, denn niemand kümmerte sich besser um sein leibliches Befinden als sie –, presste er die Lippen aufeinander und schimpfte fortan nur noch wortlos in sich hinein. Er gab es auf, die Herren der Nikolausbruderschaft zu bekehren, und sie dankten es ihm mit großzügigen Spenden für die armen Schäfchen des Kirchspiels.

Dalmonte setzte seine Tasse ab, griff nach der Kanne, die Margaretha auf dem Tisch hatte stehen lassen, und schenkte sich nach.

»Und?«, fragte Seibold gespannt.

Dalmonte zuckte mit der Schulter.

»Eine Totenmesse wie jede andere auch. Margarethe Rainers war gestern bei mir und bittet um Hilfe. Ihrem Mann geht es wieder schlechter, er wird wohl nicht mehr auf die Beine kommen.«

Er hatte keine Lust, über die Begräbnisfeier zu sprechen. Paul Merckenich, der neben ihm saß, musterte ihn prüfend. Für gewöhnlich war der Spediteur nicht so kurz angebunden.

»Der Vater der Toten war doch sein Freund«, zischte auch Bäckermeister Glaasen ein wenig beleidigt seinem Tischnachbarn zu. Er hätte zu gern erfahren, was sich in und vor der Kirche abgespielt hatte. Vor einer Stunde, der Gottesdienst war längst vorbei, war er an Sankt Laurenz vorbeigekommen und hatte sich gewundert, wie viele Trauernde noch immer vor der Kirche zusammenstanden. Etwas Außergewöhnliches musste vorgefallen sein, die Leute hatten erregt debattiert, aber er hatte nichts von dem italienischen Gemauschel verstanden.

»Jeder, dä en Kölle wonnt, sollt deutsch schwaade«, empörte er sich. Sein Nachbar schaute ihn verwundert an und fragte sich, was der tote Feminis mit der deutschen Sprache zu tun hatte. Aber da Glaasens umständliche Erklärungen gefürchtet waren, fragte er lieber nicht nach, sondern stimmte dem anderen der Einfachheit halber zu.

Merckenich griff zu dem Blatt Papier, das vor ihm auf dem Tisch lag, und begann vorzulesen.

»Die Witwe Hochberg und der Schifferknecht Floss erhalten seit vier Wochen Brot und Brühe und, wenn die Fastenzeit vorbei ist, wieder jeden Sonntag ein Stück Fleisch. Katharina von Roermond hat eine Anstellung als Magd gefunden, aber das Geld, das sie von der Herrschaft bekommt, reiche nicht für sie und ihre kleinen Geschwister. Sie bittet, dass man sie noch so lange unterstütze, bis es ihr besser geht, und verspricht, jeden Morgen ein Gebet für die Stifter zu beten. Anna Gruser aus der Holzgasse bräuchte Schuhe, Gisbert Kebel fragt, ob wir ihm bei der Reparatur seines Daches helfen können. Seit letztem Winter regnet es durch, und mit seinen zwei lahmen Beinen schafft er die Reparatur nicht mehr selbst.«

Adriaan ter Steen, ein gebürtige Rotterdamer und Eigner mehrerer Schiffe, unterbrach den Ratsherrn.

»Wir sollten auch ein Auge auf die Kinder von Hermine Gehlen haben. Den einen habe ich neulich beim Stehlen erwischt.«

Dalmonte merkte auf. Ter Steen wiederholte sich.

»Ja, doch. Seit ihr Mann nicht mehr aus Amsterdam zurückgekommen ist …«

Er sprach nicht weiter, die anderen wussten ohnehin, wie es um Hermine stand. Pfarrer Forsbach würde ihr einmal ernsthaft ins Gewissen reden müssen.

Es dämmerte schon, als die Herren sich verabschiedeten. Man war mit sich zufrieden. Für das Armenbrettessen der nächsten Woche war gesorgt, der Kaffee hatte geschmeckt und auch der Wein, den Forsbach zum Abschluss noch aus dem Keller geholt hatte. Dalmonte bat Merckenich, ihn noch ein Stück zu begleiten.

»Du sprichst von Mord. Weißt du, was du da sagst?«, fragte der Ratsherr, nachdem sie ein paar Schritte gegangen waren und Dalmonte ihm von seinen Befürchtungen erzählt hatte. Der Spediteur nickte. Er war sich der Schwere des Vorwurfs bewusst.

»Da ist noch etwas«, sagte er. »Ende Dezember, also nur einen Monat nach Feminis' Tod, soll Farina einem Kunden erzählt haben, dass mein Freund ihm kurz vor seinem Ableben seine Wasserrezeptur übergeben habe. Und nicht nur das, er soll ihm auch gezeigt haben, wie er sein Aqua mirabilis herstellt. Inzwischen aber leugnet Farina das. Aufs Heftigste. Nie habe er so etwas behauptet. Er ganz allein habe das Rezept für sein eigenes Wunderwasser entwickelt. Es sei einmalig, einzigartig, und überhaupt sei er der Erste gewesen, der in Köln Aqua mirabilis hergestellt habe. Aber, frage ich dich, was ist mit den Flaschen, die ich für Feminis und danach noch immer für seine Tochter verschickt habe?«

Dalmonte hatte sich immer mehr in Rage geredet. »Man weiß gar nicht mehr, was man denken soll. Es kursieren die wildesten Gerüchte.«

»Mit anderen Worten: Johanna Catharina hätte Farina auf Dauer sehr unbequem werden können?«

»Es fällt mir schwer, das zu sagen, aber genau das meine ich.«

Die beiden waren vor dem Haus »Zum roten Schiff« angekommen.

»Unvorstellbar!« Merckenich wiegte ungläubig seinen Kopf hin und her. »Ein Kölner Kaufmann unter Mordverdacht! Die Spatzen werden es bald von den Dächern pfeifen. Was werden die Düsseldorfer sich freuen, wenn sie davon erfahren!«

Er seufzte. Die anderen Städte entlang des Rheins warteten doch nur darauf, sich eine Schwäche der freien Reichsstadt zunutze zu machen und Teile des lukrativen Handels an sich zu reißen.

»Vielleicht sollten wir den Rat benachrichtigen. Aber lass uns zuerst mit Bianco sprechen. Am Mittwoch, nach der nächsten Ratssitzung.«

Dalmonte war einverstanden. Der langjährige Ratsherr und gebürtige Genuese, der seine italienischen Pappenheimer kannte, war sicher die richtige Person für diese heikle Angelegenheit. Er selbst, das musste er zugeben, spürte, wie befangen er war. Als Feminis' alten Freund hatte ihn Johanna Catharinas Tod viel zu sehr mitgenommen, und sein Misstrauen gegenüber Farina wuchs. Obwohl der doch auch sein Landsmann war.

SECHS

Sie hatten ihn in der letzten Nacht in einen gemauerten Verschlag im Hof gebracht und die Tür hinter ihm verriegelt. Er holte sich blaue Flecken, als er vergeblich versuchte, sie aufzubrechen. Zwischen leeren Fässern und einem halb zersplitterten Tisch ertastete er ein paar dreckige Lumpen, aus denen er sich einen Schlafplatz herrichtete. Es war wärmer als unter der Kirchenmauer. Dafür war der Gestank in diesem Gefängnis bestialischer als die fäkaliengeschwängerte Luft der Gasse. Bis vor Kurzem musste der Spelunkenwirt hier Hühner gehalten haben. Das ausgediente Gestänge erspähte er, als am frühen Morgen fahles Licht durch die dünnen Ritzen in der Tür fiel. Mit dem morgendlichen Angelusläuten kam der Mann mit dem Messer und brachte ihm etwas zu essen. Kein üppiges Mahl, aber wenigstens hatten sie nicht die Absicht, ihn verhungern zu lassen. Der Faìsc war geiziger gewesen.

Nur einmal am Tag gibt es etwas zu essen. Eine dünne Suppe, einen Kanten Brot, vielleicht ein trockenes Stück Käse. Damit sie nicht zu schnell groß werden. Manchmal bekommen sie in den Häusern, in denen sie die Kamine fegen, eine Wurst, einen Apfel oder etwas Milch. Je kleiner und schmaler die Buben sind, desto größer das Mitleid der Herrschaften. Der Faìsc rechnet damit.

Einmal darf Giacomo baden.

Es ist eine Villa, zu der er geschickt worden ist. Die Eingangshalle ist groß wie eine Kirche. Er steigt den Küchenschornstein innen hoch, wie er es gelernt hat. Knie und Rücken gegen das pechschwarze Mauerwerk gedrückt, stemmt er sich mit Schultern, Armen und Füßen Stück für Stück nach oben. Die Holzpantinen hat er ausgezogen, sie warten unten auf ihn. Auf dem Kopf trägt er die Fegerhaube, um den Hals ein Tuch, das er mit einer schnellen Handbewegung über Mund und Nase ziehen kann. Kaum, dass er etwas sieht in dem engen Schlund. Er hat Angst, aber es nützt nichts. Als der Rauchfang einen Knick macht, wird es heller. Durch die Schorn-

steinmündung dringt Licht ein. Während er so nach oben steigt, fegt er die Wände mit dem Reisigbesen über sich im Dreierschlag, kratzt mit dem gebogenen Eisen den Ruß ab. In kleinen Brocken rieselt die schwarze Masse in die Tiefe. Es dauert eine Ewigkeit, bis er oben angelangt ist und den Kopf zum Schornstein hinausstrecken kann. Er atmet auf, reißt die Haube vom Kopf, schwenkt sie in den Himmel und schreit:

»Spazzacamino, spazzacaminooooooo!«

Jetzt wissen sie es unten: Er hat die Arbeit beendet.

Langsam steigt er an der Schornsteininnenwand wieder hinunter und kehrt den Ruß zusammen, den der Faìsc als Dünger verkaufen wird. Von dem Geld werden die Jungen nie etwas zu sehen bekommen.

Giacomo reibt sich den Ruß aus dem Gesicht, der trotz Haube und Mundtuch in Augen, Mund, Nase und Ohren klebt. Mitten in der Küche steht ein großer Waschzuber, in dem warmes Wasser dampft. Ein kleines Kind, jünger als er, sitzt darin und klatscht mit seinen Händen auf das Wasser, das nach allen Seiten hin spritzt. Das Kind ist vielleicht so alt, wie sein Bruder wäre, wenn er noch lebte. Giacomo merkt nicht, dass er friert.

Die Köchin fackelt nicht lange. Sie packt ihn, zieht ihm die Kleider vom Leib, holt das Kind aus dem Zuber und setzt ihn hinein. Das Wasser geht ihm bis zum Bauchnabel. Er taucht den Kopf unter, schluckt und blubbert, kommt prustend wieder hoch, holt Luft, reibt sich die Tropfen aus den Augen. Auf dem Wasser tanzen winzige schwarze Punkte. Er schnuppert. In die Seifenlauge mischt sich der schwache Duft von Melisse, wie er ihn von der Nonna her kennt.

Die Köchin hat versucht, Koller und Hose auszuklopfen. Vergeblich. Der Ruß klebt fest an den Kleidern. Als er geht, schenkt sie ihm noch eine dicke Wurst und winkt ihm hinterher. An diesem Tag steigt er keine Kamine mehr hinauf, sondern strolcht durch die Stadt und lässt auf einem kleinen Bach Schiffchen aus Ästen fahren. Als er am Abend dem Faìsc kein Geld abliefern kann, hagelt es Schläge, aber es ist ihm egal.

Es musste schon später Nachmittag sein, als die Männer wiederkamen. Der mit den schwarzen Augen, der Römer, stellte eine

Kanne Wein auf den wackeligen Tisch, der andere postierte sich hinter ihm und säuberte sich die Fingernägel mit seinem Messer.

»Dann wollen wir also mal über den Preis deines Schäferstündchens reden«, sagte er von oben herab und stieß ihm ein Knie ins Kreuz. Giacomo linste nach dem Krug. Er hatte nicht die Absicht, sich zu widersetzen.

Als der Faìsc sie damals nicht nur zum Schornsteinfegen losschickte, hatte er sich am Anfang noch gewehrt und ihm den Kopf in den Bauch gerammt. Aber der Patron hatte den Neunjährigen an den Ohren gepackt, sie einmal fest vor und zurück gedreht und ihm drei Tage lang nichts zu essen gegeben. Damals wollte er zum ersten Mal davonlaufen. Doch es war tiefster Winter, und sie waren weit weg von zu Hause in einem Land, wo er die Sprache der Leute nicht verstand. Faustino war nicht so feige gewesen wie er. Aber am nächsten Morgen fanden sie seinen schmächtigen Körper im Schnee. Um ihn herum Wolfsspuren. Auf dem weißen Boden war das Blut zu krausen Mustern gefroren.

Also war er mit den anderen mitgegangen, wenn sie irgendwo einsteigen und nach silbernen Tellern, Geld und Schmuck suchen sollten. An ertragreichen Tagen fielen die Brot- und Käseportionen größer aus als sonst, und er hörte auf, nachzudenken. Wenigstens war er nie allein, wenn er nach getaner Arbeit mit den anderen Schornsteinfegerjungen nachts in einem Stall, in einer Hütte lag. Manchmal fing dann Pierino mit seiner hellen Stimme zu singen an, oder Giuseppe machte die Töne nach, die er einmal gehört hatte, als er mitten in einem Kamin steckte. Er wollte herausfinden, was es mit den seltsamen Geräuschen auf sich hatte, kletterte vorsichtig nach unten und überraschte die Hausfrau im Bett mit einem Mann. Weiß wie Milch sei ihr Busen gewesen, flüsterte er heiser. Sie konnten diese Geschichte immer wieder hören, dann quiekten und stöhnten sie mit Giuseppe um die Wette und hielten sich die Bäuche vor Lachen.

Er dachte an die Rothaarige, während der Römer ihm erklärte, was er zu tun habe. Wenn er nicht sofort Zustimmung erkennen ließ, drückte ihm der andere das Messer zwischen die Rippen oder fuhr ihm mit der Klinge sanft den Hals entlang.

Der Römer goss die Becher voll, die sie mitgebracht hatten.

Dann beugte er sich vor, seine Augen formten sich zu schmalen Schlitzen.

»Du warst doch sicher mal Spazzacamino? Oder wie sagt man dort bei euch in den Bergen? Rüsca, habe ich mir sagen lassen, ja? Hab ich doch richtig geraten. Ich hab's dir an den Händen angesehen.« Giacomos Gesichtsausdruck schien ihn zu belustigen, er griente höhnisch.

»Dann bist du's ja gewohnt, die Drecksarbeiten zu machen. Und wenn dir dein Leben lieb ist, mach sie gut!«

Der Wein roch nach Essig. Giacomo trank.

Es lief alles viel leichter, als er gedacht hatte.

Eine Stunde nach Sonnenaufgang stand er am nächsten Morgen an der Ecke Unter Goldschmied. Farinas Französisch Kramladen war noch geschlossen, aber durch Obenmarspforten schnauften Sackträger hinunter zum Hafen und keuchten mit neuer Ware zurück in die Stadt. Eierverkäuferinnen balancierten ihre zerbrechliche Ware zum Alter Markt. Korbmacher schoben sich mit hoch beladenen Karren durch die Menge. Frechener mit irdenem Geschirr bahnten sich ihren Weg. Ölhändler und Gewürzkrämer waren unterwegs, ein Kuchenbäcker, Fleisch- und Fischhändler, nur selten ein Bauer, für frisches Gemüse war es noch zu früh im Jahr. Gegenüber auf dem Jülichplatz stand ein rechteckiger Steinsockel, aus dem ein Eisenstab herausragte. Darauf aufgespießt der in Bronze gegossene Kopf eines Mannes. Niemand achtete auf das Schandmal. Niemand interessierte sich für Giacomo.

Als der Fuhrknecht mit seinem Paket auftauchte, stellte er sich ihm in den Weg, noch bevor dieser an Farinas Tür klopfen konnte, schnauzte ihn an, wo er denn so lange bliebe, der Herr warte schon ungeduldig, nahm ihm die Kiste ab, kritzelte ein paar Striche auf die Empfangsbestätigung, die ihm der Bote völlig verdattert hinhielt, und verschwand drei Häuser weiter in einem Hauseingang. Das Ganze hatte kaum länger gedauert, als ein Schulkind bräuchte, um bis zehn zu zählen.

Eine Weile blieb Giacomo in seinem Versteck. Dann buckelte er sich den Kasten auf die Schulter und machte sich davon. An der nächsten Ecke drehte er sich noch einmal um. Der hochnäsige

Ladendiener stand unter der Tür und musterte jeden Fuhrmann, der mit seinem Karren vorüberholperte.

»Da kannst du lange warten.« Giacomo kostete seine Schadenfreude voll aus.

Wie der Römer den Hinweis auf die Lieferung für Farina bekommen hatte, wollte er nicht wissen. Auch nicht, was sich in der Kiste befand. Als sie ihm gesagt hatten, er solle den Kerl abpassen – sie nannten es: die Ladung in Empfang nehmen! –, hatte er nicht lange überlegt. Gift und Galle würde der Kaufmann spucken und es den Lackaffen von Diener hoffentlich tagelang spüren lassen.

An mindestens acht oder neun Kirchen war er vorbeigekommen. Irgendwann hatte er die Gasse überquert, in der er unfreiwillig die Nacht verbracht hatte. Von dort sollte er noch einmal ein gutes Stück stadtauswärts gehen, bis zu den letzten Kirchen vor dem Tor, dann am Severinskirchplatz nach rechts abbiegen, vorbei an der kleinen Kirche Sankt Maria Magdalena, bis er die Häuser hinter sich gelassen haben würde. Den Weg zuerst geradeaus weiter, dann zweimal rechts und noch einmal links, dort fände er, verborgen zwischen Feldern und eingezäunten Gärten, das Haus des Dottore, eher ein Gartenhäuschen, eine Hütte. Von außen kaum zu entdecken. Aber sie hatten ihm das Eingangstor beschrieben, eine Brettertür in der Mauer, mit drei Querlatten. Dahinter wachse eine Fichte. Er könne es nicht verfehlen.

Durch Löcher und Hecken hindurch erblickte er kahle Weinstöcke. Auf schmalen Ackerstreifen spross das erste Grün. Dann entdeckte er die ausladenden Zweige der Fichte. Weiß der Himmel, wer diesen seltenen Baum einst hier gepflanzt haben mochte. Giacomo klopfte an das Gatter, zweimal, dreimal, nichts rührte sich. Erst als er mit einem Stein gegen das Schloss hämmerte, hörte er, wie sich drinnen jemand dem Eingang näherte. Die Tür öffnete sich einen Spalt, das Gesicht eines alten Mannes linste hindurch.

»Ich soll zum Dottore.« Giacomo deutete auf die Kiste, die er auf dem Boden abgesetzt hatte. Der Alte war kaum größer als ein zwölfjähriger Junge. Mit ausdruckslosen Augen glotzte er an Giacomo hoch.

»Ja?«, krächzte er.

»Ich komme wegen der Kiste«, wiederholte Giacomo lauter als vorher, aber es war nicht klar, ob der Mann ihn jetzt verstanden hatte. Denn er verriegelte die Tür wieder und schlurfte davon. Giacomo wusste nicht, was er tun sollte. Vielleicht gab es hier mehrere solcher Häuschen, und er hatte sich in der Pforte geirrt. Er dachte daran, mit seiner Beute aus der Stadt zu verschwinden. Aber er fürchtete, am Tor angehalten und durchsucht zu werden. Er müsste sich eine Ecke suchen, von wo aus er unbemerkt die Pforte beobachten könnte, um in einem günstigen Augenblick an den Wachen vorbeizuschlüpfen. Da hörte er die Schritte zurückkommen. Der Alte öffnete und ließ ihn ein.

Der Garten war voller Gerümpel. Bretter lagen herum, Lumpen, Holzschuhe, Krüge, Töpfe, Scherben. Nur an der rechten Mauer waren einige Kisten ordentlich übereinandergestapelt, daneben zwei schlampig abgedeckte Tuchballen. Als der Alte die Gartentür wieder schloss, fiel Giacomos Blick auf ein von Kieselsteinen säuberlich eingefasstes Beet.

»Zwiebeln?«, fragte er auf gut Glück und deutete auf die winzigen Pflänzchen, die kaum aus der Erde herausguckten, aber er bekam keine Antwort.

Das Haus war wirklich eher ein Schuppen. Der Boden schien, soweit Giacomo es von außen erkennen konnte, wenigstens an einigen Stellen aus Steinen zu bestehen, die Wände darüber waren aus Holzlatten zusammengezimmert. Über den Brettern, die das Dach bildeten, lag eine dünne Schicht Stroh. Es hatte sich schon lange niemand mehr die Mühe gemacht, sie auszubessern. An der Tür wartete der Dottore. Es war der Römer. Giacomo wunderte sich nicht. Schon gestern hatte er dessen lange, sehr saubere Finger gesehen. Die groben Arbeiten ließ der Mann von anderen verrichten.

»Setz die Kiste ab!«, wies er ihn jetzt an. Dann beugte er sich darüber, hebelte den Deckel mit einer Stange auf und begann den Inhalt zu durchsuchen.

»*Bene, rüsca, ben fatto.* Ist dir jemand nachgegangen?«

Giacomo verneinte.

Der Römer nahm die Kiste und verschwand mit ihr im Haus.

»Warte gefälligst«, befahl er, als Giacomo ihm folgen wollte.

Durch die halb offene Tür fiel kaum Licht ins Innere. Wenn es an der Rückfront Fenster gab, waren die Läden vorgeklappt. Nur schemenhaft gewahrte Giacomo eine vollbepackte Stellage an einer Wand und einen Stuhl. Vermutlich verdeckte die Tür den dazugehörigen Tisch. Leise trat er näher, ein Dufthauch berührte ihn, aber da kam der Römer schon wieder zurück und schob ihn nach draußen.

»Du hast gute Arbeit geleistet. Griet weiß Bescheid, sie wird dir zu essen geben. Schlafen kannst du wieder im Hinterhof. Morgen reden wir weiter.«

Der hutzelige Greis war nirgends zu sehen, als Giacomo zur Gartentür ging.

»Und schlag dir die rote Cristina aus dem Kopf. Sie gehört mir«, rief der Römer hinter ihm her und lachte wieder dieses eigenartige Lachen, das sanft begann, aber in einem kehligen Ton endete, dessen bedrohliche Schärfe nicht zu überhören war.

Giacomo atmete die kalte Nachtluft ein. Das Essen war nicht so schlecht gewesen, wie Tilman es prophezeit hatte. Auch das Bier hatte geschmeckt. Besser als das Gesöff, das Cristina ihm vorgesetzt hatte. Griet hatte ihn freundlich begrüßt, als er nach dem Besuch beim Dottore aufgetaucht war.

Man kann sich seine Arbeit nicht aussuchen, dachte er. Er saß auf einem Holzklotz vor seinem Verschlag und starrte Löcher in die Dunkelheit. Tilmans Latrinen kamen ihm in den Sinn. Er stand auf und pinkelte gegen den einzigen dürren Baum, der den Hof zierte. Irgendwo sangen Frauen, ein Säugling kreischte. Dann glaubte er, Cristina zu hören, ein Mann schien ihr zu antworten, aber es war nicht die Stimme des Römers. Vielleicht war der andere bei ihr, der mit dem Messer? Der Dottore hatte ihn einen Bastard geschimpft, vom Akzent her musste er von hier aus der Gegend sein.

Das waren keine Zwiebeln dort im Garten, dachte Giacomo, aber er hatte keine Ahnung, was es gewesen sein könnte. Die Schösslinge waren noch nicht groß genug, als dass er irgendetwas hätte erkennen können. Dann roch er wieder diesen Duft, den er unter der Tür der Hütte wahrgenommen hatte. Er schloss die Augen und drehte langsam den Kopf nach rechts und links. Vorsichtig atmete er ein. Nichts. Um ihn herum nur harte Erde, feuchtes Holz, eine Katze, die miauend um seine Beine strich. Aber der Duft war noch immer da. Er war in seiner Nase. Er kam aus seiner Erinnerung. Er legte sich sogar über das Rußgedächtnis.

SIEBEN

Als Dalmonte die »Vulle Kanne« im Quatermarkt betrat, wo er sich mit Paul Merckenich verabredet hatte, waren die meisten Tische besetzt. Die Mägde flitzten hin und her, schleppten Krüge mit Bier und Wein, trugen Suppen, Braten und Brot auf, und der Wirt rieb sich die Hände. Es war ein offenes Geheimnis, dass er diese sprudelnde Geldquelle in erster Linie seinem Vetter Henrich, Weinhändler, Ratsherr und Bannerherr der Gaffel Himmelreich, verdankte. Aber er zeigte sich erkenntlich. Nicht nur, dass er alle seine Weine, die zugegebenermaßen vorzüglich und einer Schenke in der Nähe des Rathauses würdig waren, von seinem lieben Verwandten bezog. Er wartete auch an den Sitzungstagen des Rats mit dem Besten auf, was Fisch- und Fleischmarkt zu bieten hatten, und ging mit immer gleichbleibendem Lächeln auf die absonderlichsten Wünsche ein, um die die Stadtväter ihn ersuchten. Selbst wenn er sie möglicherweise erst beim nächsten oder übernächsten Mal würde erfüllen können. Und er ließ es sich nicht nehmen, den Bürgermeistern und Ratsherren am Ende eines feucht-fröhlichen Abends höchstpersönlich die letzte Runde Wein oder Bier zu bringen, auf Kosten des Hauses selbstverständlich, was stets mit freundlichem Applaus belohnt wurde. Dafür fiel für andere Gäste die Suppe dünner aus, war das Stück Schweinebraten kleiner und der Wein allzu wässrig. Aber niemand beschwerte sich, denn wer hierherkam, kam in der Hoffnung, den hohen Herren ein höchst dringliches Anliegen vortragen zu können. Und dafür war man bereit, fast jeden Preis zu zahlen.

Merckenich winkte dem Spediteur von seinem Platz aus zu und deutete auf den letzten freien Platz neben sich. Mit ihm am Tisch saßen Peter Bürvenich, Gernot Wittmann und noch einige andere Ratsherren, die in einer Lautstärke miteinander stritten, die kaum zu überbieten war.

Merckenich wirkte müde. Der Tag sei lang gewesen, klagte er, und zum allgemeinen Verdruss sei kurz vor Ende der Ratssitzung noch ein Streit darüber entflammt, ob die Stadt im Leinenkaufhaus am Alter Markt einen Prunksaal einrichten solle oder nicht. Einige Ratsherren hätten den Vorschlag überschwänglich begrüßt, andere wetterten gegen die ihrer Meinung nach unnötige Geldverschwendung.

Auch der vorzügliche Braten des Kannenwirts hatte die Gemüter nicht beruhigen können.

»Wir sind eine freie Reichsstadt. Wozu brauchen wir ein Schloss?«, polterte Ratsherr Beiwegh und langte mit dem Messer über den Tisch, um ein zweites Stück Fleisch aufzuspießen.

»Ein Schloss? Du übertreibst mal wieder maßlos«, schnauzte Wittmann zurück. »Warum soll sich die Stadt nicht einen einzigen Raum für würdevolle Empfänge leisten?«

»Du willst ja nur den Bauauftrag bekommen«, rief jemand dem Maurermeister zu.

Dalmonte bemerkte Merckenichs unmutiges Gesicht. Es würde Jahre dauern, brummte der, bis der Rat zu einer vernünftigen Einigung käme. Wenn überhaupt!

»War übrigens am Sonntag jemand bei der Totenmesse für die Jungfer Feminis?«

Victor Brückmann hatte eine winzige Pause in der aufgebrachten Debatte genutzt, um das Thema zu wechseln. Dalmonte wollte etwas sagen, aber Merckenich hielt ihn zurück.

»Warte, Bianco ist noch nicht da. Er wollte noch etwas erledigen und dann nachkommen.«

Dalmonte schloss den Mund wieder. Da er am Sonntag bald nach Cettini gegangen war, dürfte ihn kaum jemand bemerkt haben. Er fiel auch jetzt nicht auf, da er halb verdeckt hinter Merckenich saß.

»Eine beeindruckende Trauergemeinde«, erinnerte sich Bürvenich.

»Mir tut es leid«, bemerkte einer am anderen Ende des Tisches. »Mit dem Tod der Jungfer wird Feminis' Geschäft sterben. Meine Frau schwört auf sein Aqua mirabilis. Ohne ein paar Tropfen jeden Morgen fängt sie den Tag gar nicht erst an.«

»Am Schluss hat es ja vor der Kirche ziemlichen Lärm gegeben.« Gottfried Thelen spuckte verächtlich seinen Kautabak aus. Dalmonte musste sich beherrschen, um nicht dazwischenzufahren.

»So ein plötzlicher Tod kann einem aber auch auf den Magen schlagen«, entgegnete Brückmann.

Johann Badorf stimmte ihm zu, dann blickte er suchend in der Runde herum.

»Wollten die Herren Bianco und Gallo heute nicht kommen?«, fragte er.

»Ach, was gehen uns die Ausstädtischen an. Ich bin nicht unglücklich, dass wir mal wieder unter uns sind«, knurrte Thelen. Merckenich wurde stocksteif. Er blickte kurz zu Dalmonte, der die Stirn runzelte und rot geworden war.

»Wieso Ausstädtische? Bianco und Gallo sind Kölner Ratsherren«, gab Badorf zurück.

»Welscher bleibt Welscher«, beharrte Thelen. »Guckt ihn euch doch an, wie er aussieht, dieser Bianco! Die Haare rabenschwarz und kraus und die Haut so dunkel, dass man meinen könnte, seine Mutter habe ihn in Karthago auf dem Markt gekauft. Wer weiß, vielleicht heißt er nicht einmal Bianco, sondern hat sich den Namen nur gegeben, um sich reinzuwaschen.«

Diedrich von Merzen, der neben Thelen saß, schlug sich auf die Schenkel. Er schien einen Sinn für besondere Scherze zu haben.

»Du bist ja nur neidisch, weil du selbst keine Haare mehr auf dem Kopf hast«, höhnte Badorf und zupfte Thelen an seiner silbrig weißen Perücke.

»Unter gepuderten Köpfen stecken meist die kleinsten Gehirne«, raunte Merckenich Dalmonte zu. Er war aufgebracht. Aber der Lombarde konnte schon wieder lachen. Der handfeste Krach begann ihm sogar Spaß zu machen. Er musste sich unbedingt das ein oder andere Argument merken, um es bei passender Gelegenheit bei Forsbach anzuwenden. Auch der Pfarrer neigte dazu, kleine Spitzen gegen seine Landsleute abzuschießen, vor allem dann, wenn sie die Gottesdienste schwänzten.

Bürvenich schaute Thelen spöttisch an. »Ist deine Mutter nicht auch schwarz wie eine sizilianische Schönheit? Was müssen wir daraus schließen?«

Thelen schob gereizt seinen Bierkrug von sich weg.

»Ihr habt gut lachen. Euch macht keiner von den hergelaufenen Hausierern euer Geschäft kaputt. Aber was soll ich sagen?

Kaum stehen die Pomeranzenjungen auf dem Markt, rennen alle Weiber zu ihnen, und keine will mehr meine Äpfel. Ich weiß nicht, warum die ihr Zeug so billig verkaufen können. Die verderben das Geschäft, nehmen uns unser ganzes Einkommen.«

Von Merzen pflichtete dem Kaufmann bei: »... und verdienen sich eine goldene Nase mit ihren Spezereien und Kramwaren.«

»Genau!« Einer der Ratsherren, der bisher etwas abseits gesessen hatte, jetzt aber näher rückte, fiel von Merzen ins Wort. »Die schicken ihr ganzes Geld zu ihren Familien ins Lombardische oder nach Venedig oder wo immer sie herkommen. Dort leben sie dann in Saus und Braus, und bei uns geben sie keinen einzigen Heller aus.«

»Nun mal langsam, meine Herren!« Bürvenich klopfte auf den Tisch, aber es gelang ihm nicht, sich bemerkbar zu machen.

Es waren immer dieselben erregten Wortgefechte. Dalmonte hatte sie sich schon tausendmal anhören müssen. Immer wieder die Frage, ob man wirklich jedem Fremden erlauben sollte, sein Gewerbe an Rhein und Mosel auszuüben. All diesen hergelaufenen Krämern, Maurern, Steinmetzen oder Kaminkehrern von jenseits der Alpen, wie hinter vorgehaltener Hand getuschelt wurde! In Köln, Mainz und Frankfurt wetterten die einheimischen Geschäftsleute gegen die Konkurrenz, die städtischen Räte stritten und erließen neue Edikte, nur die Bürgermeister freuten sich im Stillen über die fleißigen Südländer, stockten sie doch mit ihren guten Abgaben die Rentkammern auf. Der Kurfürst stand ohnehin auf ihrer Seite. Im Übrigen gab es kaum noch jemanden, der auf die Waren und Dienste der Forestiers verzichten wollte. Ob es etwas nützen würde, dass Mainz und Köln die Vorschrift erlassen hatten, jeder Fremde, der in den beiden Kurstädten Handel treiben möchte, müsse sich ordnungsgemäß niederlassen und binnen Jahresfrist Frau und Kinder nachholen? Jawohl! Damit das Geld im Land bleibe!

»Ach, Papier ist geduldig«, schnaubte Thelen. »Die geben doch vor, nicht verheiratet zu sein, und wenn sie dann alle zwei, drei Jahre nach Hause gehen, lachen sie sich schlapp über unsere Gesetze und machen ihren Weibern gleich wieder dicke Bäuche.«

Es schmerzte Dalmonte, aber er konnte nicht umhin, dem Meckerer ein kleines bisschen recht zu geben. Leider waren nicht alle Leute, die vom Ausland hierherkamen, Unschuldsengel. Und wenn die Sache mit Farina erst einmal publik werden würde, hätten die Großschwätzer Oberwasser.

Auch von Merzen mischte sich wieder ein. »Habt ihr sie schon mal unten am Hafen beobachtet, wie sie die Köpfe zusammenstecken? Ob Bürgerrecht oder nicht, sie bleiben immer Welsche. Auch Bianco.«

Da hielt es Merckenich nicht mehr aus. Scharf fuhr er von Merzen über den Mund: »Laurenz Bianco lebt schon fast ein ganzes Leben in Köln, der ist mehr Kölner als du. Seit über dreißig Jahren hat er das große Bürgerrecht und ist Zunftmitglied. Hörst du, seit über dreißig Jahren. Und jetzt sag mir, seit wann darfst du dich Kölner Bürger nennen? Na?«

Er hätte von Merzen beinah an der Halsbinde gepackt. Er beherrschte sich gerade noch einmal und schlug stattdessen erregt mit der Hand auf den Tisch.

»Du sagst nichts? An deiner Stelle würde ich auch nichts sagen. Aber ich sage es dir. Seit genau fünf Jahren bist du Bürger, und im Rat bist du, weil dein Onkel dir den Ratssitz unter den Arsch geschoben hat. Verzeiht den derben Ausdruck, aber bei so viel Ignoranz finde ich keine vornehmeren Worte.«

Merckenich griff nach seinem Becher, leerte ihn in einem Zug und knallte ihn auf den Tisch zurück.

»Wir sind hier immer gut gefahren mit den Welschen, wie du sie nennst. Wenn ich allein an die Maurer denke! Guck dir doch die Schlamperei unserer eingesessenen Handwerker an! Ja, Wittmann, guck nicht so! Es ist doch so: Komm ich heut' nicht, komm ich morgen. Hätten wir nicht ein paar Muratori aus den Alpen an der Hand gehabt, würde es noch heute in Sankt Maria Lyskirchen reinregnen. Unsere Leute sind doch selbst schuld, wenn sie morgens nicht aus den Betten kommen und dafür auch noch hohe Preise verlangen. Von den vielen hervorragenden Stuckateuren, die an unseren Fürstenhöfen arbeiten, oder gar von Baumeistern wie Frisoni oder Retti will ich gar nicht erst reden.«

Merckenich war wütend wie selten. Selbst Dalmonte war über den Ausbruch seines Mitbruders überrascht. Victor Brückmann hatte die ganze Zeit eifrig genickt.

»Ich weiß nicht, was du dafür bekommst, dass du die Welschen verteidigst«, erregte sich Thelen wieder. »Ich weiß nur, dass sie auf den Märkten und an den Haustüren alle möglichen Waren verkaufen, die sie nicht verkaufen dürfen. Dass sie sich über Verordnungen hinwegsetzen und uns ehrliche Kaufleute in den Ruin treiben.«

Merckenich hohnlachte. »Euch ehrliche Kaufleute in den Ruin treiben! Ich glaub, ich hör nicht richtig. Soviel ich weiß, hast du doch gerade erst das Grundstück neben deinem Haus gekauft und bist dabei, neu zu bauen. Ein paar der Arbeiter sahen mir übrigens sehr südländisch aus, oder sollte ich mich getäuscht haben?«

Thelen rutschte unruhig hin und her und wollte aufstehen, aber Merckenich hielt ihn fest.

»Nein, bleib nur sitzen, ich will dich nicht ärgern. Mir ist es egal, wer für dich baut und wie viel du bezahlst. Und natürlich stimmt es, wenn du sagst, dass sie unsere Gesetze nicht immer beachten und der eine oder andere sich sogar mit fahrendem Volk einlässt. Da würde mir sicher auch Paul Dalmonte zustimmen«, sagte der Ratsherr etwas versöhnlicher und drehte sich zu dem alten Lombarden um, der sich nun halb von seinem Sitz erhob und freundlich verbeugte. Er war froh, dass er nichts zu sagen brauchte. Merckenich vertrat ihn gut. Peinlich berührt erwiderten die Ratsherren seinen Gruß.

»Im Übrigen ...«, fing Merckenich noch einmal an und richtete sich dabei vor allem an von Merzen: »Du verdienst doch auch an ihnen mit deinem Kommissions- und Speditionshandel. Hättest nur halb so viel Gewinn ohne die ganzen Waren aus Frankreich, Spanien, Mailand, Venedig und sonst woher.«

Von Merzen nuschelte irgendetwas vor sich hin, aber die Worte drangen nicht bis zu Dalmonte. Merckenich zog seinen Geldbeutel unterm Rock hervor und schickte sich an zu zahlen. Auch die anderen tranken schweigend ihren Wein aus und erhoben sich.

»Pack schlägt sich, Pack verträgt sich.« Badorf stupste von Merzen versöhnlich in die Seite. Der verzog verlegen sein Gesicht und machte eine Geste, die Dalmonte als Entschuldigung deutete.

In diesem Moment betrat Laurenz Bianco die Schankstube.

»Du kommst spät«, wollte Merckenich ihm zurufen, aber als er dessen ernstes Gesicht sah, besann er sich.

Bianco zog sich einen Stuhl heran.

»Schon wieder einer dieser unsäglichen Diebstähle. Dieses Mal hat es Farina getroffen.«

Während die anderen noch einmal Platz nahmen und der Kannenwirt neue Getränke austeilte, begann der alte Ratsherr zu erzählen. Von dem dreisten Überfall auf den Frachtboten, bei dem der Dieb mehrere Dutzend Flakons erbeutet hatte, ganz frisch aus der Glasbläserei, wahrscheinlich aus Murano. Und, nachdem er sich mit Merckenich und Dalmonte kurz durch Blicke verständigt hatte, schilderte er auch die Messe für Johanna Catharina und den unerfreulichen Vorfall auf dem Laurenzkirchplatz danach.

»Cettini beharrt auf seinen Vorwürfen gegenüber Farina«, beendete er seinen Bericht.

Den Ratsherren hatte es die Sprache verschlagen.

»Kann der Diebstahl etwas mit dem Tod der Jungfer zu tun haben?«, fragte Peter Bürvenich in die ungewöhnliche Stille hinein.

Merckenich schüttelte den Kopf.

»Ich kann es mir nicht vorstellen. Es hat davor doch schon eine ganze Reihe derartiger Diebstähle gegeben.«

»Wozu haben wir eigentlich Bürgerhauptleute, wenn die nicht besser aufpassen?«, begehrte Wittmann auf, aber das interessierte im Augenblick niemanden.

»Hat ein Medicus den Leichnam der Jungfer untersucht?«, wollte Badorf wissen.

»Vielleicht ist sie ja vergiftet worden«, warf Wittmann aufgeregt dazwischen. »Mit Schierling ist es ja ein Kinderspiel, Sokrates hat schon dran glauben müssen. Auch Wolfswurz ist ein beliebtes ...«

Bianco brachte seinen Ratskollegen mit einem Blick zum Schweigen.

»Nein, die Tote wurde nicht untersucht. Die Mutter glaubte, und glaubt es noch immer, dass ihre Tochter eines natürlichen Todes gestorben ist. Nun ist sie unter der Erde, da ist nichts mehr zu machen.«

»Gott sei ihrer Seele gnädig. Amen«, sagte Dalmonte.

Thelen räusperte sich. Er neigte sich zu von Merzen hinüber und zupfte ihn am Rockärmel.

»Hab ich's nicht gesagt? Das ist ein unberechenbares Pack, diese Welschen. Jetzt bringen sie sich schon gegenseitig um ...«

Er lachte, er hatte sich nicht die Mühe gemacht, leise zu sprechen.

ACHT

Die Stimmung war gedrückt, als sie sich wie an jedem ersten Sonntag eines Monats gemeinsam um den Abendbrottisch in der Küche versammelten, die Knechte mit geputzten Fingernägeln und die Mägde frisch gekämmt mit sauberen Häubchen und Schürzen. Johanna, die Köchin, hatte Suppe und Fleisch aufgetragen, Frau Gertrude kam mit einem großen Krug Bleichert aus dem Keller und schenkte jedem ein.

Schon seit Beginn ihrer Ehe bestand Dalmonte auf dieser Zeremonie, obwohl seine Frau mit ihm zankte. Im Haus ihrer Eltern an der Hohen Pforte hätte es so etwas nicht gegeben. Ein- oder zweimal im Jahr, ja! An kirchlichen Feiertagen. Aber einfach so, jeden Monat! Was sollten denn die Nachbarn denken!? Aber der Lombarde ließ sich nicht beirren. Zu Hause in Craveggia war die Küche immer voll gewesen, auch die Nachbarskinder durften mitessen und die uralte Elsa Torini, die niemanden mehr hatte, aber die wunderlichsten Geschichten erzählen konnte. Wie ruhig waren dagegen die Mahlzeiten mit seiner Frau im Salon. Seit Anna bei ihnen lebte, waren sie wenigstens zu dritt.

Dalmonte stand auf und sprach das Tischgebet.

»*Cun Cristo Salvatur e cun la Madona Santa*«, endete er und schlug das Kreuz. Dann griff er nach dem Schwarzbrot und schnitt jedem eine Scheibe ab.

Auch das war ein Kampf gewesen.

»Wir können uns doch Weißbrot leisten«, hatte sich seine Frau aufgeregt und bei ihrer Mutter ihr Herz ausgeschüttet. Aber Dalmonte bestand auf Schwarzbrot, ein Schwarzbrot, wie sie es im Valle aßen. Wenigstens einmal im Monat. Und die Köchin buk einmal im Monat Roggenbrot. Im Laufe der Jahre wurde sie so gut darin, dass sie es mit den besten Bäckerinnen im Vigezzotal hätte aufnehmen können.

Draußen rauschte der Regen, klatschte gegen die Fenster, rann gurgelnd durch die Abflussrinne im Hof. Drinnen aßen sie schweigend, bis der Spediteur seinen Teller leer hatte und den Kopf hob. »So kann es nicht mehr weitergehen.«

Keiner sagte etwas, auch Frau Gertrude nicht, nur der alte Bonifaz öffnete und schloss den Mund, als ob er stumm vor sich hin redete. Er hatte bei ihrem Vater, Tuchmeister Esser, gedient und sie schon als Säugling in den Armen gehalten. Nachdem sie diesen Fremden geheiratet hatte, bestand er darauf, ihr in den Filzengraben zu folgen. Er war der Älteste im Haus, aber seine Arme waren noch immer kräftig genug, um Holz zu hacken und die Karren zu schmieren. Und es wurde ihm zugestanden, als Erster zu antworten.

»Nein, so kann es wirklich nicht mehr weitergehen. Am Mittwoch ein Sack Pomeranzen weg und gestern zwei Ballen Tuch und Tabak! Kaum, dass ich die Stapelgebühren bezahlt habe.«

»Dieser letzte Diebstahl fällt aus der Reihe«, sagte Dalmonte. Er beugte sich vor und suchte Moritz, der verdeckt zwischen Anna und der Köchin saß.

»Hast du wirklich niemanden gesehen?«

Der Junge zuckte zusammen. Dann fing er an zu weinen.

Anna, die neben ihm saß, legte den Arm um das Kind und versuchte es zu beruhigen.

»Nein«, schluchzte es. »Ich hab gerade den Käse auf die Karre geladen, und als ich mich umdrehte ...« Wieder schluchzte Moritz auf und zog die Nase hoch.

»... ich hab doch auch sofort laut geschrien«, sagte er kaum hörbar.

Die anderen Knechte bestätigten, was der Junge gesagt hatte. An den Hafenpforten war so viel Betrieb, jeder halbwegs geschickte Dieb konnte, ohne gesehen zu werden, blitzschnell zugreifen und dann in der Menge untertauchen. Der Kleine tat ihnen leid. Er war erst vor ein paar Wochen ins Haus gekommen, eine Nachbarin hatte gefragt, ob der Spediteur den Zehnjährigen nicht nehmen könne. Die Eltern seien tot, das Kind wisse nicht wohin, und ihre eigenen acht Kinder machten ihr schon genug zu schaffen. Im Übrigen sei er protestantischen Glaubens und die Anna doch auch.

Dalmonte hatte Moritz genommen.

»Noch ein Maul, das gefüttert werden muss«, hatte Frau Gertrude an jenem Nachmittag Anna angeschnauzt und wütend den Packen frisch geplätteter Wäsche auf den Tisch geknallt.

»Warum hat Gott mich mit diesem Mannsbild gestraft? Ein Herz wie ein Nönnchen. Und wenn du was sagst, dann heißt es gleich, du bist kalt wie Stein.« Sie schimpfte laut vor sich hin, während sie schnell und geschickt die Wäsche in die Schränke sortierte und dabei nachzählte, ob auch kein Stück fehlte.

»Und immer sind sie aus Craveggia wie mein Dalmonte! Oder aus Crana, Zornasco, Santa Maria oder wie die Nester alle heißen!«

»Aber Moritz' Eltern kamen aus Kleve«, wagte Anna dagegenzuhalten, doch Gertrude winkte ab.

»Als ob das einen Unterschied macht! Gleich nach unserer Heirat hat es angefangen. Ein Giovanni war unser erstes Kind. Dreizehn war der Kerl und ist nach einer Woche mit der Geldkassette auf und davon. Aber wenn du glaubst, Dalmonte hätte daraus gelernt, nein, mitnichten, der nächste Giovanni stand schon vor der Tür, da war unser Carl Baptist noch gar nicht geboren.«

Frau Gertrude schluckte. Der Gedanke an ihren einzigen Sohn, dem sie es erlaubt hatte, mit fünfzehn Jahren auf einem Überseesegler nach Java anzuheuern, ließ sie verstummen. Das Schiff war Monate später mit Mann und Maus in einem Sturm vor Afrika gesunken. Sie hatte sich nie verziehen, dass sie ihn hatte gehen lassen.

»Aber mit den anderen hat es doch nie Probleme gegeben«, wandte Anna vorsichtig ein. »Franz war Herrn Dalmonte eine große Hilfe und auch Giovanni Luca ...«

»Ja, ja, nimm du ihn nur in Schutz«, brummte Frau Gertrude und fuhr sich über die Augen. »Wenn Carl Baptist noch bei uns wäre ...«

Sie streckte sich zum nächst höheren Wäschefach und zerrte an den akkurat liegenden Tischdecken. Dann klappte sie unversehens mit einer heftigen Bewegung die Schranktür zu und fuhr zu Anna herum.

»Nun steh nicht rum und hol Decken und Bettlaken für den Jungen. Und gib ihm ordentlich zu essen, in der Küche sind Eier und süßes Brot. Das Kind muss ja erst mal wachsen, dass es Dalmonte überhaupt eine Hilfe sein kann.«

»Quäl ihn nicht!«, sagte sie jetzt zu ihrem Mann und schenkte ihm noch Wein nach. »Es ist bestimmt nicht seine Schuld.«

»Das tu ich doch nicht«, protestierte er vorwurfsvoll. Dass seine Signora ihm das zutraute? Nach so vielen Ehejahren!

»Ich werde mit dem Bürgerhauptmann sprechen. Vielleicht hat er Männer, die die Waren im Hafen und auf dem Weg zum Stapel und zu den Kaufhäusern begleiten können. Es wird mich eine Stange Geld kosten«, murmelte er gottergeben und mehr zu sich selbst. Dann schaute er jeden Einzelnen seiner Leute an.

»Und ihr achtet darauf, dass bei uns Vorder- und Hintereingang immer verschlossen sind. Ist das klar?«

Alle nickten, Moritz schniefte ein letztes Mal und stopfte sich schnell noch ein Stück Käse in den Mund.

Ein lautes Pochen am Hauptportal ließ sie hochschrecken. Bonifaz erhob sich ächzend, da schlug schon wieder jemand ungeduldig an die Tür. Matthias sprang auf und rannte durch den Gang ins Vorhaus. Sie hörten ihn den Schlüssel umdrehen, dann einen Schrei.

»Herr Dalmonte, kommt! Kommt schnell!« Matthias' Stimme überschlug sich.

Sie trugen Anton Cettini in die Küche und legten ihn auf die Ofenbank. Sein Gesicht war blutverschmiert, der graue Rock schmutzig und nass, die Halsbinde zerrissen. Falls er eine Perücke aufgehabt hatte, hatte er sie verloren. Aus einer Wunde an der Schläfe rann Blut, Johanna versuchte, es mit einem Lappen zu stillen. Dalmonte schickte Moritz zum Medicus. »Lauf so schnell du kannst!« Frau Gertrude flößte dem Verletzten heiße Brühe ein, aber nach zwei Löffeln konnte Cettini nicht mehr schlucken, die Flüssigkeit lief ihm aus dem Mund den Hals hinunter.

»Es waren Farinas Leute«, sagte er schwach. Dalmonte musste sich hinunterbeugen, um ihn zu verstehen.

»Wie kommt Ihr darauf?« Aber er hatte selbst den starren Blick gesehen, mit dem Farina Cettini nachgeschaut hatte. Ein Blick, der ihm Angst gemacht hatte.

»Ich …« Cettini stockte, er bemühte sich lauter zu sprechen, aber es strengte ihn an. Wo blieb nur Moritz mit dem Medicus?

»… war auf dem Weg zu Euch.«

Anna wischte ihm mit einem kalten Tuch übers Gesicht, die anderen standen hilflos herum. Man hätte einen Strohhalm fallen hören können.

»Farina war heute bei mir. Er hat mir Geld geboten. Damit ich nicht mehr behaupte, er hätte Johanna Catharina …«

Cettini versuchte sich aufzurichten. Dalmonte stützte ihn.

»Ich habe ihn ausgelacht. Dann hat er mir gedroht …«

Erschöpft sank er wieder zurück. »Er sagt, Ihr hättet ihm die Kiste mit den Rosolien gestohlen …«

»Was soll ich getan haben?«

Der Spediteur war fassungslos, seine Frau zog ihn am Ärmel.

»Er soll nicht reden. Er braucht Ruhe.«

Aber Cettini bedeutete mit einer Handbewegung, dass er weitersprechen wolle.

»… ich wollte zu Euch. Deswegen! … Farina … er sinnt auf Rache. Bestimmt.«

Die vielen Worte hatten Cettini zugesetzt, er schloss die Augen und atmete in kurzen Stößen. Dalmonte setzte sich neben ihn.

»Besser, Ihr schlaft erst ein wenig. Wir können immer noch später reden.«

»Sie haben auf mich eingeprügelt. ›Farina lässt grüßen‹, haben sie gesagt.« Zwischen jedem Wort machte Cettini eine lange Pause.

»Ich bin dann auf die Treppe … auf ein Stück Eisen … ich weiß nicht …«

»Wie viele waren es? Habt Ihr jemanden erkannt?«

Aber Cettini antwortete nicht mehr, der Medicus kam zu spät. Sie konnten nur noch den Bürgerhauptmann rufen, um ihm den gewaltsamen Tod des Journalschreibers der Gazette de Cologne zu melden.

Fassbindermeister Simon Kall nahm sein Hauptmannsamt ernst. Dreimal ließ er sich Cettinis letzte Worte wiederholen. Dann bat er um Papier und Feder und begann eifrig zu schreiben. Eine solche Gelegenheit bot sich selten, hatte er es doch sonst meistens mit läppischen Diebstählen, Schlägereien unter Betrunkenen, Beleidigungen oder kratzbürstigen Weibern zu tun. Er weidete sich an den Blicken der Umstehenden, die ihm ehrfürchtig zuguckten, wie er eine Zeichnung von dem toten Körper machte und darauf die Verletzungen vermerkte. Immer wieder stand er auf und begutachtete den Leichnam von allen Seiten. Schraffierungen in der Skizze bedeuteten Hautabschürfungen, er fand sie im Gesicht und an der Schulter. Kringel standen für Prellungen, die der Schreiber an Armen und im Gesicht erlitten hatte.

»Vor allem aber im Bauchbereich«, stellte Kall fachmännisch fest, nachdem er den Frauen bedeutet hatte, sich umzudrehen, damit er die Hose des Toten aufmachen und das Hemd herausziehen konnte. Wer immer die Täter waren, sie mussten ihn mit Fäusten und Schuhen, wahrscheinlich auch mit einem Knüppel oder einem dicken Stock bearbeitet haben. Ob sie ihn gestoßen hatten, sodass er stürzte, oder ob er selbst das Gleichgewicht verlor, das hätte Kall nicht sagen können. Seiner Meinung nach war es die Platzwunde an der rechten Schläfe, die den Tod herbeigeführt hatte. Er markierte sie auf dem Papier mit einem kurzen, breiten Strich.

»Wir sollten ihn zur Universität bringen. Wenn sie ihn dort sezieren, finden sie vielleicht heraus, woran er gestorben ist, an der Wunde am Kopf oder wegen der Stöße in Bauch und Magen. Wir würden damit der Wissenschaft einen Dienst leisten.«

Seine Augen leuchteten, als er das sagte. Er wäre wahrscheinlich lieber Doktor der Universität geworden als Fassbinder. Aber Dalmonte wehrte ab.

»Was nützt das? Tot ist tot. Der Arme soll ein ehrliches Begräbnis bekommen. Ich glaube, er hat hinter Sankt Andreas gewohnt. Ich werde mich darum kümmern.«

Kall zuckte mit der Achsel. »Wie Ihr meint ...« Es war ihm anzusehen, dass er die Entscheidung des Spediteurs zutiefst bedauerte. Wenigstens den Eingangsbereich wolle er aber noch inspizieren, sagte er ein wenig verstimmt und bat um eine Laterne. Dalmonte und Matthias, der dem Verletzten geöffnet hatte, begleiteten ihn. Noch immer schüttete es aus allen Himmeln, die Straße vor dem Haus glänzte wie frisch geschrubbt. Am Rand der untersten Treppenstufe lag ein Stein, wahrscheinlich der, auf den

Cettini gefallen war. Ob er schon längere Zeit an dieser Stelle gelegen hatte, vermochten weder der Spediteur noch der Knecht zu sagen. Vielleicht hatten die Täter auch den Schreiber damit angegriffen. Darüber hinaus aber fanden sie nichts, was auf die Lumpenkerle hätte schließen lassen. Nicht einmal den Knopf eines Rockes oder ein Stück Ärmelspitze, sodass man wüsste, ob die Täter Bettler oder Herren waren. Der Regen hatte alle Spuren des Kampfes verwischt.

In dieser Nacht ging niemand zu Bett. Stumm saßen sie in der Küche, hielten Totenwache. Maria und Resa, die beiden Mägde, hatten Angst, in ihre Kammer zu gehen. Matthias und Severin lehnten an der Wand auf dem Boden, weil sie den Leichnam auf die Bank gebettet hatten. Die Köchin döste am Tischende, neben ihr der alte Bonifaz, und irgendwann war auch Moritz eingeschlafen. Anna hatte seinen Kopf auf ihren Schoß gebettet und ihm ihr Schultertuch übergelegt. Sie merkte nicht, dass sie selbst fror.

»Was hat das zu bedeuten?«, fragte sie, als sie das Schweigen nicht länger aushielt.

»Und was hat Farina damit zu tun?«, wollte auch Frau Gertrude wissen.

Dalmonte setzte sich müde zu ihnen. Er hatte eigentlich nicht darüber sprechen wollen. Nun tat er es doch. Berichtete von Cettinis unglaublicher Behauptung und seinen eigenen Zweifeln. Und von seinem Besuch in der »Vullen Kanne«, wo Bianco von dem Überfall auf den Fuhrknecht erzählt hatte. Als die Lieferung am Ende des Tages noch immer ausstand, habe Farina den Burschen ausfindig machen lassen und so erfahren, was passiert war. Der Knecht hatte wirklich geglaubt, er hätte die Ware einem Diener von Farina ausgehändigt. Das hässliche Gerede einiger Ratsherren über Kölner und Nicht-Kölner Bürger behielt Dalmonte für sich. Es würde seine Frau nur unnötig aufregen.

»Cettini hat also sterben müssen, weil er Farina beschuldigt hat?«

Anna war jetzt wieder hellwach. Sie strich Moritz eine Haarsträhne aus der Stirn. Er schlief so tief, dass er die Berührung nicht merkte.

»Es sieht fast so aus«, antwortete Dalmonte.

»Wegen des Aqua mirabilis?«

»Anscheinend.«

Frau Gertrude schnaubte entrüstet. »Aber warum beschuldigt er dich, ihm seine Kiste mit Rosolien gestohlen zu haben? Das ist doch lächerlich.«

»Vielleicht sagt er es nur so. Aus Verbitterung darüber, dass ich ihn in dem Streit mit Cettini allein gelassen habe.«

»Das ist doch noch lange kein Grund, dich so infam zu beleidigen. Wenn dieser Mensch mir über den Weg läuft ...«

Frau Gertrude brach ab. Sie schlug sich mit der Hand auf den Mund und blickte ihren Mann erschrocken an. Dann sagte sie langsam: »Cettini war auf dem Weg zu dir. Vielleicht sollte sein Tod eine Warnung sein. Eine Warnung für dich.«

Dalmonte sah ihre Angst, es rührte ihn. Immer polterte und schimpfte sie durchs Haus, aber wenn es drauf ankam, stand sie zu ihm. Er streichelte ihr ungeschickt die Hand und versuchte sie zu beruhigen.

»Man bringt nicht jemanden um, um einen anderen zu warnen. Vielleicht hatte Cettini Beweise in der Hand, die ihm zum Verhängnis wurden.«

»Und wenn Farina glaubt, dass Cettini dir davon erzählt hat?«

Er schaute seine Frau entgeistert an, dann schüttelte er heftig den Kopf.

»Hat er aber nicht.«

Geistesabwesend zupfte er sich am Ohr.

»Nein«, sagte er übergangslos, »... das passt alles nicht zusammen.«

Der Spediteur senkte die Stimme, als ob er befürchtete, jemand könne mithören, der nicht mithören sollte.

»Nehmen wir an, es ist etwas dran an Cettinis Behauptung – wer könnte es Farina nachweisen? Johanna Catharina liegt unter der Erde und kann nicht mehr reden. Oder ...«, Dalmonte wurde wieder lauter, »... oder er hat mit ihrem Tod nichts zu tun, und sie ist ganz natürlich an Herzversagen, Melancholie oder Überanstrengung gestorben. In beiden Fällen wäre doch Farina am Ziel seiner Wünsche angelangt. Warum sollte er das durch einen unüberlegten und noch dazu so aufsehenerregenden Mord aufs Spiel setzen? Das wäre doch viel zu gefährlich. Ausgerechnet jetzt, wo er endlich, wie er es immer angestrebt hatte, der einzige Hersteller von Aqua mirabilis ist und damit freie Hand hat?«

»Und keine Jungfer Catharina ihn mehr beschuldigen kann, sein Rezept sei abgekupfert«, ergänzte Anna nachdenklich. »Das würde bedeuten, dass Cettini von jemand anderem überfallen wurde? Nur, von wem und warum? Aber hatten die Angreifer nicht gesagt: ›Farina lässt grüßen‹?«

Es war ihr anzusehen, dass sie völlig durcheinander war.

»Ja, das hat Cettini gesagt, und warum sollte er gelogen haben?«

»Aber der Diebstahl der Flaschen? Was hat der mit Cettinis Tod zu tun? Hat er überhaupt etwas damit zu tun? Und was ist mit all den anderen Diebstählen, bei uns und überhaupt?«

»Ich weiß es nicht, ich weiß es wirklich nicht. Ich wollte, ich könnte euch eine Antwort geben.«

Dalmonte blickte ratlos von einem zum anderen. Moritz schrie im Schlaf auf, Anna streichelte und wiegte ihn, bis er wieder ruhig war.

»Schluss für heute«, sagte der alte Spediteur, »in der Nacht lässt sich schlecht denken.«

NEUN

Über Deutz dämmerte der Morgen. Durch das oberste Dachfenster des Hauses »Zum roten Schiff« im Filzengraben fiel gräuliches Licht. Anna öffnete die Augen ohne sich zu bewegen. Nur langsam nahm sie die Umrisse der Möbel in ihrem Zimmer wahr, das Fußende des Bettes, dahinter den Kleiderschrank. Der Konsoltisch an der gegenüberliegenden Wand lag noch in fast völliger Dunkelheit. Sie ahnte die Gegenstände, die darauf standen, mehr, als dass sie sie sah. Eine Schale mit Haarspangen. Federn, Tinte und Papier. Das Gesangbuch ihrer Mutter. Der ovale Spiegel auf einem Schubladenkästchen, der eigentlich Frau Gertrude gehörte, den sie aber benutzen durfte, seit sie im Haus war. In dem Fach bewahrte sie die früheren Briefe ihres Vaters und jetzt auch die tuchumwickelten Scherben der Aqua-mirabilis-Flasche. Jeden Tag roch sie daran. Die kleine Lade war erfüllt von dem Duft.

Sie schloss die Augen wieder, unter den geschlossenen Lidern zuckten die Pupillen hin und her, hüpften schwarze Punkte auf und ab. Sie drehte sich zur Wand, aber es half nichts. Das Gesicht des toten Cettini kehrte zurück, er blutete, Speichel lief ihm aus dem Mund, er versuchte eine Hand zu heben. Schlaff fiel sie wieder zurück.

Warum musste der Journalschreiber sterben? Was würde die Witwe Feminis mit dem Laden ihres verstorbenen Mannes machen? Was hatten die Überfälle der letzten Wochen mit all dem zu tun? Seit Kurzem schien es besonders Dalmontes Spedition zu treffen, Farina dagegen nur einmal. Zumindest hatte man von keinen weiteren Diebstählen dort gehört. Was war das für ein Mensch, dieser Farina, der Herrn Dalmonte frechweg des Diebstahls bezichtigte? Sie kannte ihn nur vom Sehen.

Mit einem Ruck fuhr Anna hoch. So etwas musste sich der alte Herr nicht gefallen lassen!

Sie konnte nicht mehr länger hier herumliegen, sie musste etwas tun. Irgendetwas. Sie zog sich ihr Wolltuch über die Schultern und setzte sich auf die Bettkante. Die abgetretene Maserung der Bodendielen schimmerte blank, das Astloch unter ihren Füßen war so groß, dass sie ein Acht-Albus-Stück darin hätte verstecken können. Jeder Knochen tat ihr weh, die wenigen Stunden Schlaf hatten keine Erholung gebracht. Aber sie stand auf, wusch sich das Gesicht über der Waschschüssel, zog sich an und ging hinunter in die Küche. Im Treppenhaus roch es nach frisch gekochtem Kaffee. Johanna hatte also auch nicht länger schlafen können.

Vier Fässer Moselwein an Kommissionär Gambetti in Rotterdam.

Nach Amsterdam für van Borch drei Ballen Seide, zweiunddreißig Formen für Wachskerzen und ein Fass mit Bologneser Wurst.

Spanischer Senf, Fischbein, Korinthen, Honig, Unschlitt und ein Zentner Stockfisch für das Frankfurter Handelshaus Guaita.

Anna beeilte sich, die Warenpapiere zusammenzustellen.

Noch die drei Säcke Kaffee für Huber in Nürnberg. Per Frachtpost.

Sie nahm einen Schluck heiße Schokolade, die sie sich zur Stärkung aus der Küche geholt hatte, und pries den Himmel, dass Dalmontes Speditions- und Kommissionshandel ihr diese paradiesische Köstlichkeit hin und wieder möglich machte. *»Lekkerbekje!«*, hatte ihr Vater immer zu ihr gesagt, als sie noch ein Kind war. Sie kratzte mit dem Löffel die letzten Tropfen aus der Tasse. Am liebsten hätte sie sie mit der Zunge ausgeleckt.

Jetzt nur noch die Berechnung von Zoll und Steuern, die Kranen- und Waagegebühren, Schreiber- und Trägerlöhne, Briefporto und die Provision. Fertig.

Sie wollte früh aufbrechen, früher als sonst, um danach Zeit zu haben. Sie rief Resa, die sie begleiten sollte. Als es von Sankt Maria Lyskirchen elf schlug, hatten sie zwei Körbe vollgepackt mit Nüssen, Pomeranzen und Bündeln von getrocknetem Rosmarin und Kamille. Die Köchin hatte ein großes Stück geräucherten Aals fest in sauberes Tuch geschlagen und obenauf gelegt. Frau Gertrude kam mit einer Flasche Wein und frischem Brot.

»Da habt ihr gut zu schleppen. Resa, binde dein Brusttuch fester! Immer wieder muss ich dir das sagen. Mach es langsam, mi

Leevche«, wandte sie sich dann an Anna, »... und grüß mir et Jannche. Ich hoffe, es geht ihr bald wieder besser.«

Draußen lag Frühling in der Luft. Kinder jagten sich lachend und kreischend durch den Filzengraben. Der Schuhmacher im Haus gegenüber arbeitete unter der weit geöffneten Tür seiner Werkstatt, Frauen standen zusammen und schwatzten, man konnte meinen, die Tagesarbeit sei schon getan. Nur Hermine Gehlen kauerte auf den Stufen eines verwahrlosten Hauses, im Schoß ein winziges Bündel Kind, das vor sich hin jammerte. Neben der Mutter saß mit ausdruckslosen Augen Lisbeth und lutschte am Daumen. Nachbarn, die vorbeikamen, warfen den dreien aus den Augenwinkeln scheele Blicke zu, und wenn sie dann glaubten, außer Sichtweite zu sein, steckten sie zischelnd die Köpfe zusammen.

»Das wird noch ein böses Ende mit ihr nehmen.«

»Den Ältesten haben sie heute Nacht bei den Hübschlerinnen aufgegriffen. Mit gerade mal vierzehn!«

Anna hatte die letzten Worte mitbekommen. Sie setzte ihren Korb ab und wischte sich die Haare aus der Stirn. Es würde warm werden, und der Weg bis hinter das Dörfchen Kriel, wo Janne wohnte, war lang. Gut eine Stunde musste sie rechnen. Sie schaute hinüber zu Hermine und den beiden Kindern. Ein Anblick zum Gotterbarmen.

Ohne zu überlegen, überquerte sie die Straße.

»Willst du uns tragen helfen, Lisbeth?«, fragte sie das Mädchen.

Hermine hob den Kopf und stierte Anna verständnislos an. Das eine Auge hielt sie mühsam offen, über dem anderen hing schief das Lid. Das Gesicht aufgedunsen, schwammig. Ein einzelner Zahn blitzte zwischen den offenen Lippen.

»Ja«, hauchte Lisbeth, einen Wimpernschlag lang hatten ihre Augen aufgeleuchtet, dann wurden sie wieder matt und ausdruckslos.

»Hermine, ich nehm sie mit, ich bring sie dir heute Abend wieder.«

Ohne eine Antwort abzuwarten, nahm sie Lisbeth bei der Hand, die ihr bereitwillig folgte. Anna packte das Brot und den Fisch in ein Tuch und knotete es so, dass sie das Bündel dem Mädchen auf den Rücken binden konnte.

»Wie alt bist du, Lisbeth«, fragte sie die Kleine, während sie an den Bächen entlang in südwestlicher Richtung zum Weyertor gingen.

»Ich weiß nicht.«

»Bist du denn schon zur heiligen Kommunion gegangen?«

»Ich weiß nicht.«

»Magst du eine Pomeranze?«

Lisbeth antwortete nicht. Kurz entschlossen nahm Anna dem Kind das Essen vom Rücken, sie setzten sich auf einen Baumstamm am Wegrand, Resa hinter ihnen ins Gras. Anna begann eine der Früchte zu schälen und reichte sie dem Kind.

»Und iss auch Brot!«

Kaum waren sie angekommen, wäre Anna am liebsten sofort wieder aufgebrochen. Es war nicht allein der giftige Brodem der Krankheit, der im Raum stand wie abgestandener Brei und ihr das Atmen unangenehm machte. Sie wollte vielmehr schon längst wieder zurück in Köln sein. Sie hatte es sich in den Kopf gesetzt, diesen Herrn Farina in Augenschein zu nehmen, sich die Ecke anzuschauen, wo der Fuhrknecht überfallen worden war. Vielleicht würde ihr dann etwas einfallen. Du musst genau die Wellen beobachten, den Himmel, die Wolken, den Wind, dann verstehst du, wie alles zusammenhängt, hatte ihr Vater gesagt, wenn sie neben ihm am Ruder stand. Und sie hatte beobachtet. Was für die Rheinschifffahrt galt, konnte auch anderswo nicht falsch sein. Doch Janne war so glücklich über ihren Besuch, dass sich Anna ihrer Eile schämte. Sie riss sich zusammen. Die Freundin hatte es böse erwischt. Fieber. Durchfall. Ganz durchsichtig sah sie aus, wie sie so dalag.

»Geh mit Henrik spielen.« Anna schickte Lisbeth zu einem Jungen, der in der offenen Eingangstür saß. Mit seinen nackten Füßen stieß er Murmeln an. Stand auf. Schob sie zurück. Schoss wieder. Traf er sein Ziel, ein Holzstäbchen in der Erde, jubelte er laut. Resa war schon vorher verschwunden; sie kannte die Magd im Pfarrhaus, und wenn sie Anna nach hierher begleiten musste, ging sie regelmäßig dorthin.

Anna hatte Wasser heiß gemacht, sie ließ die Kräuter darin ziehen und schüttete einen guten Schuss Wein dazu. Dann setzte sie sich neben Janne aufs Bett und flößte ihr löffelweise den Sud ein.

»Du musst trinken und auch essen«, ermahnte sie sie, und Janne nickte artig. Aber sie bekam kaum etwas hinunter, und nach zwei Bissen Brot und einem Stückchen Aal, so winzig, dass es in einen Spatzenschnabel gepasst hätte, drehte sie den Kopf zur Seite.

Anna nahm Jannes Hand, sie schien ihr seit ihrem letzten Besuch noch dünner geworden zu sein. Das kupferne Ringchen, das sie gemeinsam einem fahrenden Händler abgekauft hatten, war ihr viel zu groß geworden und rutschte auf dem knochigen Mittelfinger hin und her. Das Gegenstück an ihrer eigenen Hand saß fest am linken Ringfinger. Manchmal griff sie danach, um zu sehen, ob es noch da war.

Wie schön war Jannes Hand gewesen, als sie in Utrecht zusammen am Kanal gesessen und sich gegenseitig ihre kleinen Geheimnisse erzählt hatten. Weich und zart fühlte sie sich damals an, wie die Haut eines Neugeborenen. Überhaupt war Janne immer die Hübschere von ihnen gewesen, und als eines Tages der Jupp auftauchte, war Anna sofort klar, dass er sich nicht in sie verlieben würde.

»Ist Jupp auf dem Feld?«, fragte sie.

Janne schüttelte den Kopf.

»Das Geld hat nicht gereicht für neues Saatgut. Er ist wieder zum Rhein.«

Das Reden fiel Janne schwer.

»Will er wieder aufs Schiff?«

»Ja.«

»Warum habt ihr mir's nicht gesagt? Ich hätte doch meinem Vater schreiben können, du weißt doch, er wollte ihn damals gar nicht gern gehen lassen.«

»Er will es allein schaffen. Du hast schon so viel für uns getan.« Janne wich Annas Blick aus.

»Ach, Janne …« Sie nahm die Freundin in den Arm. Lange saßen sie so und hielten sich fest, die eine an der anderen.

»Weet je nog …?«, sagte Janne. Ohne dass sie es beide merkten, waren sie ins Niederländische gerutscht. Die Zeit schien zurückgedreht, wieder saßen sie gemeinsam am Kanal und ließen die Beine überm Wasser baumeln.

»Wenn ich nicht mehr gesund werde, kümmere dich um Henrik, Anna! Bitte!«

Anna schluckte, trotzdem war ihr ganz feierlich zumute.

»Ja, Janne, ich kümmere mich um ihn. Aber du wirst wieder gesund, ganz bestimmt.« Ihre Stimme zitterte, sie hoffte, dass die Kranke es nicht gemerkt hatte. Als der die Augen zufielen, stand Anna leise auf.

»Schlaf gut«, flüsterte sie und zog ihr behutsam die Decke über Rücken und Schultern.

Ein Knacken ließ Anna herumfahren. Fast lautlos war die Haushälterin des Pfarrers hereingekommen und hatte eine Schüssel Milch auf den Tisch gestellt. Immer wenn Anna sie sah, wurde ihr etwas unheimlich. Das Gesicht der Alten glich einem verdorrten, runzeligen Apfel, aber ihre Augen blitzten wie die eines jungen Mädchens. Vielleicht war sie noch gar nicht so alt.

»Komm, mein Herzchen, ich hab was für dich«, rief sie Henrik zu. Mit einem Augenzwinkern zauberte sie hinter ihrem Rücken ein Päckchen hervor.

»Ja, du kriegst auch was ab«, kicherte sie, als Lisbeth an Henrik vorbeischlüpfte und erwartungsvoll zusah, wie die Wirtschafterin ein Küchentuch auseinanderfaltete und braungoldene Apfelküchlein zum Vorschein kamen. Jetzt erst merkte Anna, wie hungrig sie war. Seit dem frühen Frühstück hatte sie nichts Richtiges mehr gegessen.

»Wir müssen nach Hause«, sagte sie nach dem letzten Bissen und wischte Lisbeth mit dem Tuch über den Mund.

»Ihr könnt gehen, ich bleib bei ihr«, beruhigte sie die Alte.

Als Anna und Lisbeth schon vor der Haustür waren, kam sie noch einmal hinter ihnen hergelaufen. »Warte nicht zu lange, bis du wiederkommst. Es könnte sonst zu spät sein.« Sie fasste Anna am Arm und ließ sie nicht gehen. »Schön bist du, mein Täubchen. Schön wie der helle Tag.« Sie keckerte leise, dann fuhr sie Anna mit ihrer knorrigen Hand ins Gesicht und streichelte ihre Wange. »Aber vor schönen Männern nimm dich in Acht!«

Erschrocken sah Anna der Alten nach, wie sie in der Kate verschwand und die Tür schloss. Sie hatte schon immer zu Janne gesagt, dass, wäre sie noch ein Kind, sie sich so eine Hexe vorstellte. Aber die Freundin lachte sie jedes Mal nur aus.

Resa wartete an der Kirche auf sie.

Während des ganzen Wegs zurück nach Köln überlegte sie, wie sie ohne die Magd zu Farina gehen könnte. Sie wollte nicht, dass irgendjemand von ihrem Vorhaben erführe. Dann kam ihr die rettende Idee. An der Hohen Pforte schickte sie Resa zum Eierholen, Johanna hatte sie darum gebeten. Sie selbst müsse nach Haarnadeln schauen, die sie dringend benötige. Da es nun aber spät geworden sei, sollten sie sich trennen, Lisbeth nehme sie mit, um nicht unbegleitet durch die Stadt zu gehen.

»Du wartest an Klein Sankt Martin auf mich!«, befahl sie Resa.

Lisbeth jammerte nicht, dass sie nicht geradewegs nach Hause gingen. Im Gegenteil. Sie hüpfte vergnügt neben Anna die Straße Vor den Augustinern entlang, überall entdeckte sie Neues. Dem Kind schien der Ausflug zu gefallen. Und wann bekam es schon einmal Apfelküchlein zu essen? Die knittrige Alte hatte ihm noch zwei Stück in die Hand gedruckt.

»Darf ich?«, fragte sie und zog das Päckchen aus dem Tuch, das Anna an ihrer Schürze festgesteckt hatte.

»Aber ja.«

»Anna, was machen die?«

Die Kleine war vor einer Schmiedewerkstatt stehen geblieben und beobachtete die Männer, die mit scheinbar leichter Hand ihre Hämmer auf schüsselförmige Bleche heruntersausen ließen. Der Lärm war ohrenbetäubend, aber Lisbeth machte es nichts aus. Ihr rechter Arm fuhr hoch und runter, im selben Rhythmus wie die Arme der Schmiede. Auch ihr Kopf ging unablässig auf und ab, auch der hämmerte.

»Das sind Pfannenschläger. Aber komm, wir müssen weiter.«

Nur ungern ließ sich Lisbeth fortziehen, überall entdeckte sie etwas, was sie noch nie zuvor gesehen hatte.

»Was ist das?«

»Bienenwachs für Kerzen.«

»Und das?«

»Ein Elefantenzahn.«

»Was macht man damit?«

»Ich erklär's dir später, aber jetzt hör auf zu fragen!«

Als sie in Obenmarspforten einbogen, verlangsamte Anna ihren Schritt. Schon von hier sah sie Farinas Ladengeschäft an der übernächsten Ecke. Ihr Herz klopfte. Sie hatte keine Ahnung, was sie sich erhoffte, wenn sie dort vorbeiging, aber umkehren wollte sie auch nicht mehr. Sie packte Lisbeth so fest an der Hand, dass diese aufschrie, und wechselte auf die andere Straßenseite. Vor der Auslage des Lombarden blieb sie stehen.

»Guck mal, Anna, Gold!«

Lisbeth deutete aufgeregt auf die glänzenden Schnüre, die im Ladeninneren über Ständern hingen. Anna nickte. Sie wollte es sich nicht eingestehen, aber sie war selbst beeindruckt von den bunten Borten und Bändern, den Seidentüchern, Schmucknadeln und Pelzkrägen, die sie durch die Scheiben erkennen konnte. In einer Vase staken lange Pfauenfedern, über einem Holzgestell hing eine sorgfältig gepuderte Perücke.

»Wenn die Demoiselle hereinkommen möchte ...«

Die dünkelhafte Stimme schreckte Anna aus ihren Träumen, fast hatte sie vergessen, warum sie hierhergekommen war. Der Ladendiener nahm die ganze Türbreite ein. Sein Kopf stieß fast an den oberen Türrahmen.

»Aber die Kleine muss draußen bleiben«, befahl er und zeigte auf deren schmutzige nackte Füße. Dann stutzte er und betrachtete Anna prüfend.

»Ist die Demoiselle nicht ...?« Er wusste nicht, wie er sich ausdrücken sollte.

»Gehört Ihr nicht zum Haus Dalmonte?«

Neugierig kam er die Stufen herunter und pflanzte sich vor Anna auf. Sein eitles Gesicht verzog sich spöttisch.

»Ihr habt eine aufregende Nacht gehabt, letzte Nacht, habe ich gehört.«

Schlechte Nachrichten verbreiten sich in Köln schneller als der Blitz, dachte Anna und wich einen Schritt zurück. Lisbeth hatte sich hinter Annas Röcken versteckt und hielt sich daran fest.

»Tonino?«, hörte sie jemanden rufen. Ein älterer Herr erschien unter der Ladentür und schaute sich suchend um. Die weiße Perücke ließ eine hohe Stirn frei, unter dem dunkelbraunen Justaucorps aus feinem Tuch trug er eine weinrote Weste. In der sorgfältig gelegten weißen Halsbinde steckte eine Perle. Ein schöner Mann, dachte Anna und erschrak.

»Mit was für einer hübschen Signorina unterhältst du dich, Tonino? Warum bittest du sie nicht herein?«

»Es ist das Mädchen, das bei Dalmonte arbeitet.«

»Bei Dalmonte? So, so.« Er wandte sich Anna zu. »Du hast uns noch nie besucht. Warum gerade heute? Oder hat dich dein Herr geschickt? Will wohl wissen, was ich zu dem Tod von Cettini sage. Aber ich werde nichts sagen, kein Wort werde ich sagen.« Er presste die Lippen so fest aufeinander, als ob er schon zu viel gesagt hätte. Dann schien ihm etwas einzufallen.

»Warte«, rief er gönnerhaft. Sein Gesicht erstrahlte in geschäftstüchtiger Freundlichkeit. »Warte, ich werde dir etwas geben.«

Er verschwand in seinem Laden und kam gleich darauf mit einem kleinen Fläschchen wieder zurück, das er Anna in die Hand drückte.

»Damit du weißt, was ein echtes Aqua mirabilis ist. Mein Aqua mirabilis! Und grüße Signor Dalmonte von mir!«

Anna packte Lisbeth und eilte davon. Die Kleine hatte die ganze Zeit über nichts mehr gesagt. Jetzt zupfte sie Anna am Ärmel.

»Warum hat der Mann so laut gelacht zum Schluss?«

Es war genau die Frage, die sich auch Anna stellte. »Farina lässt grüßen«, hatte Cettini gesagt, bevor er starb. Es waren fast dieselben Worte.

ZEHN

Drei Tage später, am Donnerstagnachmittag, klopften Johannes Forsbach und Paul Merckenich an die Tür im Filzengraben. Anna bat die Herren herein. Den dritten Besucher, der hinter dem Pfarrer und dem Ratsherrn ins Vorhaus trat, hatte sie noch nie gesehen.

»Diedrich von Merzen«, stellte dieser sich vor und verbeugte sich gewandt. Es überraschte sie nicht. Jeder, der zum ersten Mal in Dalmontes Haus kam, hielt sie für die Tochter des Hauses, wenn auch Merckenich und Forsbach ihm in diesem Fall gesagt haben dürften, wer sie war. Dagegen beließen Herr und Frau Dalmonte die Kunden in ihrem Glauben – gern sogar, wie Anna bemerkt hatte. Es machte sie immer ein wenig unbeholfen. Aber auch stolz. Erst nach längerer Zeit wurden die meisten ihres Irrtums gewahr, aber da hatten sie schon so oft mit Anna verhandelt, dass sie es nun auch weiterhin taten, fast lieber als mit Dalmonte.

»Es muss an deinen blauen Augen liegen«, pflegte der alte Spediteur zu sagen und freute sich diebisch, wenn sie rot wurde und nicht wusste, wohin mit diesen ihren Augen.

»Aber ich kann sie verstehen. Was würdest du lieber essen? Einen saftigen roten Apfel oder einen braunen verschrumpelten, der vom letzten Jahr übrig geblieben ist?«, neckte er sie.

»Dalmonte, schäm dich was! Das Kind so in Verlegenheit zu bringen ...«, schimpfte dann seine Frau, wenn sie es mitbekam, nahm Anna in den Arm und drückte sie in einer Woge mütterlicher Gefühle an sich.

»Ja, ja, ich schäme mich ja«, brummelte er jedes Mal zurück und lockte den Papagei mit einer Nuss aus dem Käfig. »Hast du gehört, was sie gesagt hat? Schämen sollen wir uns. *Eh, le donne, che mistero divino!* Machen wir ihnen keine Komplimente, sind sie unglücklich. Machen wir Komplimente, ist es auch nicht recht.« Und er lachte still in sich hinein.

Anna kannte Diedrich von Merzen vom Hörensagen. Er besaß

die kleine Spedition unten am Fischmarkt, war aber erst wenige Jahre im Geschäft. Anscheinend erfolgreich, auch wenn er sich längst nicht mit dem Handelshaus im Filzengraben messen konnte. Sie war stolz, für eines der größten Kölner Speditions- und Kommissionsgeschäfte zu arbeiten. Dass Dalmonte nie in den Rat gewählt worden war, lag einzig und allein daran, dass er es selbst nicht wollte.

»Der Fluss ist meine Welt, der Fluss und der Hafen. Von der Kunst des Regierens verstehe ich nichts«, sagte er immer und goss seiner Frau, die ihren Dalmonte nur allzu gern im schwarzen Ratsherrenhut und noch lieber mit weißem Bürgermeisterstab gesehen hätte, einen bittersüßen Orangenlikör ein. *»Carissima, mia carissima Signora!«*, sagte er, während er ihr das Glas kredenzte, und damit war die Sache wieder mal vom Tisch – bis zum nächsten Mal.

Es kam selten vor, dass sich die Herren Spediteure untereinander besuchten. Wenn allerdings außergewöhnliche Dinge eintraten, taten sie sich zusammen und verteidigten ihren Berufsstand. Was in letzter Zeit geschehen war, konnte man getrost als außergewöhnlich bezeichnen.

Im Vergleich zu Dalmonte wirkte von Merzen farblos. Sie musterte ihn unauffällig. Der Lombarde bestach durch seine lebhaften Augen. Auch Merckenich war ein stattlicher Mann, dachte sie, einer, der Würde ausstrahlte. Von Merzen dagegen wirkte unscheinbar. Aber höflich war er gewesen!

Sie begleitete die Herren die Treppe hinauf zum Kontor. Wie alt mochte der Mann sein? Fünfunddreißig? Vierzig? Fast doppelt so alt wie sie selbst! Dumme Gans, schalt sie sich und klopfte an die Tür des Arbeitszimmers.

»Hermines Ältester sitzt im Turm, ich konnte es nicht verhindern.«

Pfarrer Forsbach wirkte bekümmert, dennoch schielte er begehrlich auf den Teller mit in Honig gerösteten Mandeln und Nüssen, die Dalmontes Magd zuvor aufgetragen hatte. Er würde es büßen müssen. Schon mehr als einmal waren ihm die süßen Kerne schwer wie Rheinkiesel im Magen gelegen, sodass er nachts kein Auge schließen konnte. Jedes Mal war er am nächsten Tag wie gerädert gewesen. Aber wie sie da so appetitlich vor ihm lagen, konnte er der Verführung nicht widerstehen. In Gedanken schlug er ein Kreuz, dann schnellte sein Arm vor, und schon hatten sich seine Finger in die Leckerei hineingegraben. Er steckte sich eine Nuss nach der anderen in den Mund und zerkaute sie genussvoll. Der alte Lombarde war um seine Köchin zu beneiden.

»Seit wann und was hat er dieses Mal ausgefressen?«, fragte der Spediteur. Er hätte mit dem Pfarrer lieber über theologische Fragen disputiert oder über die Vor- und Nachteile von Lebensversicherungen für Schifferfamilien. Aber die Geschehnisse im Kirchspiel hatten Vorrang.

»Vorgestern, also Dienstagabend. Er hat sich ausgerechnet an unserem Messwein vergriffen. Der Hund hatte angeschlagen und ließ ihn nicht mehr durch.«

»Der Junge hatte doppeltes Pech«, berichtete Paul Merckenich weiter. »Denn just da kam Kall vorbei. Der hörte das Gebell und ging nachschauen. Stolzgespreizt wie ein Pfau hat er den armen Tropf an den Haaren aus dem Keller gezerrt. Endlich ist es ihm gelungen, einen Bösewicht auf frischer Tat zu ertappen. So viel Glück, glaube ich, hat er in seiner ganzen Zeit als Bürgerhauptmann noch nie gehabt.«

Ob man die Gehlen-Kinder ins Waisenhaus stecken sollte?, fragte sich Dalmonte. Und Hermine ins Arbeitshaus? Aber dazu war es wahrscheinlich schon zu spät. Wenn sie weiter so trank, würde sie das Pfingstfest nicht mehr erleben. Die Frau tat ihm leid. Einerseits. Andererseits war er böse mit ihr. Sie war doch nicht die Einzige, deren Mann auf und davon gegangen war. War das ein Grund, sich derart gehen zu lassen und darüber die Erziehung der Kinder zu vergessen? Aber wer weiß, was den Mann bewogen haben mag, nicht mehr aus den Niederlanden zurückzukommen. Vielleicht war Hermine am Ende selbst schuld an ihrem Elend.

Gleich schämte er sich wieder für seine unchristlichen Gedanken. Als Mitglied der Nikolausbruderschaft hatte er versprochen, bedürftigen Schiffern in der Pfarre und deren Familien zu helfen, und er tat es gern. Aber was, wenn die Hilfe nicht angenommen wurde? Er dachte an seine verschwundene Weinlieferung. Vielleicht hatte der Junge sie geklaut. Vielleicht aber auch nicht. Und was war mit den Tuchballen und den Pomeranzen und dem Aqua mirabilis? Gehörte der Bengel zu einer Bande oder steckten andere dahinter?

Merckenich schien seine Gedanken lesen zu können.

»Er behauptet, mit den Diebstählen in deinem Haus nichts zu tun zu haben. Dabei hat ihm Kall ganz schön zugesetzt. Aber er blieb dabei, selbst als sie ihm drohten, ihn ins Loch zu werfen.«

Dalmonte zuckte nur mit den Schultern. Er hielt nicht viel von Kalls Befragungsmethode. Vielleicht sollte er selbst mit dem Jungen reden.

Diedrich von Merzen hatte den Herren schweigend zugehört. Jetzt räusperte er sich.

»Ihr verzeiht, dass ich es mir erlaubt habe, mich Pfarrer Forsbach und Ratsherrn Merckenich anzuschließen. Ich war ohnehin auf dem Weg zu Euch. Ihr könnt Euch vorstellen, dass mich die Vorkommnisse in Eurem Haus und bei Farina beunruhigen. Es kann jeden von uns treffen.«

Tatsächlich hatte sich Dalmonte gewundert, was von Merzen bewogen haben mochte, ihn zu besuchen. Beim Ratsherrenstammtisch in der »Vullen Kanne« vor gut einer Woche hatte er sich nicht gerade durch Taktgefühl ausgezeichnet, und auch geschäftlich kreuzten sich ihre Wege selten. Er, Dalmonte, arbeitete überwiegend mit Kaufleuten aus den Niederlanden und Übersee, hin und wieder auch mit Händlern vom Oberrhein. Von Merzen hatte sich mit Lieferungen vor allem nach Kassel, Göttingen, Halle und neuerdings auch nach Wien und Krakau ein bescheidenes Monopol geschaffen.

»Die Zeiten sind bedrohlich, wir müssen uns heutzutage alle vor Diebespack schützen. Ich bin gekommen, um zu fragen, ob ich Euch in irgendeiner Weise helfen kann?«

Er sprach leise und zurückhaltend, sein Ton verriet Respekt vor dem älteren und erfahreneren Konkurrenten. Paul Merckenich unterstützte ihn: »Es stimmt, Dalmonte, Ihr müsst Euch schützen. Vielleicht könnt ihr Spediteure euch zusammentun und gemeinsam Patrouillen aufstellen.«

»Genau an so etwas hatte ich gedacht. Allerdings dürften der

Rat und die Regimentsobersten dabei noch ein Wörtchen mitzureden haben«, meinte von Merzen.

Das Gespräch wurde nun lebhafter, jeder der Herren kam mit eigenen Vorschlägen, man sprach über die Rondiergänge, eine bessere Bewachung der Lager und des Hafens, stärkere Türschlösser, bis der Hausherr ein wenig ungeduldig stöhnte: »Als ob ich das nicht schon alles auch mit Kall besprochen hätte.«

Genutzt hatte es nichts. Erst gestern, als Hermines Sohn schon auf dem Turm gefangen saß, wie er gerade erfahren hatte, war ihm wieder Ware abhanden gekommen. Matthias hatte gemeinsam mit einem städtischen Träger Salz aus Portugal aus dem Kaufhaus geholt, um es zum Hafen zu bringen – aber so schnell, wie einer der drei Säcke von der Ladefläche verschwunden war, hatten die beiden gar nicht gucken können. Bisher hatte er noch niemandem von diesem neuen Diebstahl erzählt. Nicht einmal Merckenich. Je mehr Buhei, desto mehr Schaden für sein Geschäft. Da klopfte es an der Tür zum Kontor, und bevor Dalmonte »Herein!« rufen konnte, erschien kurzatmig und nach Luft schnappend Gerwin Noithuven. Hinter ihm Anna mit unglücklichem Gesicht.

»Ich habe gesagt, Ihr seid in einer Besprechung, aber er insistierte.«

»Es reicht! Gestern schon wieder ... Ihr könnt nicht aufpassen.« Noithuven richtete den Zeigefinger anklagend auf Dalmonte. »Meine Ware, ich will meine Ware zurück. Sie ist ja hier keinen Tag länger sicher.«

Dalmonte biss die Zähne zusammen, um nicht ausfällig zu werden, aber er hütete sich, den aufgebrachten Seilermeister seine Wut merken zu lassen. »Beruhigt Euch, ich bitte Euch. Wir bemühen uns nach besten Kräften, dem Spuk ein Ende zu bereiten. Habt Vertrauen.«

Aber Noithuven beruhigte sich nicht.

»Spuk? Vertrauen? Wollt Ihr Euch über mich lustig machen?« Hektisch wedelte er mit einem Papier, das er in der Rechten hielt.

»Ich arbeite doch nicht dafür, dass meine Ware bei Euch gestohlen wird. Trossen und Segelleinen habe ich Euch anvertraut, meine Kunden werden sich bedanken, wenn die Lieferungen ausbleiben. Alles will ich wieder haben, alles, und zwar sofort! Ich werde mir einen anderen Spediteur suchen. Einen Spediteur, auf den ich mich verlassen kann«, tönte er. Dann griff er sich an die linke Brust und fiel erschöpft in einen Besuchersessel. Aber kaum hatte er das Wasser hinuntergestürzt, das Anna ihm gereicht hatte, sprang er schon wieder auf.

»Bis morgen Mittag will ich alles zurückhaben. Sorgt dafür. Und wehe, wenn auch nur ein Fädchen verschwindet! Ihr müsstet mir dafür aufkommen, Signor Dalmonte.«

Noithuven spuckte das Wort »Signor« aus seinem Mund wie einen fauligen Fisch. Plötzlich bemerkte er die Besucher. Für einen Moment schien er sich seines Auftretens zu schämen, aber er fing sich rasch wieder.

»Jawohl!«, sagte er zu Pfarrer Forsbach wie zur nochmaligen Bestätigung. Dann erkannte er Merckenich und von Merzen, deutete einen Gruß an und rauschte mit erhobenem Haupt an Anna vorbei zur Tür. Dalmonte hörte ihn die Treppe hinunterpoltern. Durch die Fenster auf der Empore konnte er ihn sehen, wie er unten im Vorhaus eine der Mägde beiseite stieß, die gerade beim Saubermachen war, bevor er endgültig nach draußen verschwand. Der alte Herr kratzte sich nachdenklich am Kopf.

»Wenn alle so reagieren wollten wie Noithuven ...« Er sprach nicht weiter. Keiner wusste, was er sagen sollte. Forsbach schob sich, ohne dass er es zu merken schien, Nüsse in den Mund, Merckenich bewegte lautlos seine Lippen, als suche er nach Worten, und von Merzen knetete angestrengt seine vor dem Bauch gefalteten Hände.

»Was meint Noithuven mit ›gestern schon wieder‹?«, fragte er schließlich.

Es war Dalmonte unangenehm, aber nun blieb ihm nichts anderes übrig, als von dem gestrigen Diebstahl zu berichten. »Ich hatte niemandem davon erzählt«, sagte er am Schluss.

»Seltsam. Wie konnte Noithuven dann davon wissen?«, überlegte von Merzen. Die anderen waren sprachlos. Der Mann hatte recht.

Von Merzen erhob sich.

»Es ist spät geworden, meine Herren, wir sollten in Ruhe über alles nachdenken. Aber überlegt Euch mein Angebot, Herr Dalmonte, ich möchte Euch gern helfen.«

Er verbeugte sich und griff nach seinem Dreispitz. An der Tür lächelte er Anna zu, die noch immer die Klinke in der Hand hielt.

»Mademoiselle!«

Sie knickste.

ELF

Gleich nach dem Frühstück hatte Anna die beiden Knechte damit beauftragt, Noithuven die Reepwaren zurückzubringen, die dieser erst tags zuvor nach Erledigung aller Formalitäten hatte anliefern lassen.

»Darf ich auch mit?«, bettelte Moritz.

»Bleib du mal besser hier.« Bonifaz war damit beschäftigt, die Taue auf den Karren zu hieven. »Zieh kein Maul, sondern hilf mir lieber!«

»Anna, bitte!« Moritz ließ nicht locker.

»Nein, tu, was Bonifaz dir sagt! Außerdem brauch auch ich dich hier.« Dann drehte sie sich dem alten Knecht zu.

»Ich verstehe immer noch nicht, woher er wusste, dass man uns Salz gestohlen hat. Nicht einmal seiner Frau und mir hat Herr Dalmonte davon erzählt.«

Bonifaz kratzte sich nachdenklich am Kopf.

»Und wenn er es wusste, weil er es wusste?«

Anna begriff nicht. »Was meinst du?«

»Vielleicht wusste er es, weil er wusste, dass der Diebstahl stattfinden wird.«

»Dass er es von dem- oder denjenigen wusste, die das Salz gestohlen haben?«

»Oder damit beauftragt waren, es zu stehlen.«

»Willst du damit sagen, dass Noithuven mit den Dieben gemeinsame Sache gemacht hat? Nein, Bonifaz, das kann ich mir nicht vorstellen. Noithuven! Was soll er mit so viel Salz? Er ist Seiler und kein Händler.« Sie verstand das alles nicht. Unzufrieden mit sich ging sie Severin und Matthias suchen.

»Seid vorsichtig, wenn ihr durch die Stadt geht. Einer zieht vorn, der andere muss hinten schieben.«

»Wenn wir überfallen werden, wissen wir wenigstens genau, dass der olle Reepschläger seine Hände im Spiel hat. Er ist der Einzige, der weiß, dass wir heute Morgen zu ihm kommen.«

»Dat es Dress, wat do verzälls, Severin«, belehrte Matthias den anderen. »Wenn er wirklich dahintersteckt, wird er nicht so dumm sein und sich damit verraten, dass er uns ausgerechnet jetzt irgendwelches Gesindel auf den Hals hetzt. Nee, heute Morgen werden wir so sicher sein wie in Abrahams Schoß.«

»Haltet trotzdem die Augen offen«, ermahnte sie Anna. »Fahrt nur durch Straßen, in denen viele Menschen sind, auch wenn es dort mühseliger ist, durchzukommen. Und lasst euch die Papiere quittieren, am besten von Noithuven persönlich, nicht dass er hinterher sagen kann, es fehle etwas.«

Severin und Matthias stießen sich gegenseitig an und feixten. Anna biss sich auf die Lippen. Besserwisser, schalt sie sich. Irgendwann würde sie eine keifende Alte sein, die glaubte, sich in alles einmischen zu müssen. »Benutzt euren Verstand, der Herr hat ihn auch den Frauen mitgegeben, und denkt immer drei Schritte voraus«, hatte Juffrouw de Haan ihren Schülerinnen am Ende ihrer Schulzeit mit auf den Weg gegeben. Anna hatte sie abgöttisch geliebt. Für ihren Scharfsinn und das Wissen, das sie ihr vier Jahre lang vermittelte. Manchmal fragte sich Anna, ob sie mit diesem Leitspruch in Utrecht nicht besser aufgehoben gewesen wäre als hier im erzkatholischen Köln. Hätte sie nicht das Glück gehabt, für Dalmonte, der zwar auch katholisch, aber irgendwie ganz anders war, zu arbeiten, wäre sie vielleicht schon längst auf und davon. Nicht immer behagte ihr diese Stadt, in der einzig und allein die Zünfte und einige wenige Familien das Sagen hatten. Die Männer dieser Familien, korrigierte sie sich. Sie wollte Herrn Dalmonte bitten, Hermines Lisbeth in die Schule zu schicken. Wenn nötig, würde sie selbst für das Schulgeld aufkommen. Irgendwo musste man ja mal anfangen, dachte sie aufsässig.

»Ist ja gut, Anna«, sagte Matthias und legte versöhnlich den Arm um sie. »Mer passen op, maach der kein Sorg.«

Als Anna das Kontor betrat, stand der alte Herr vor der geöffneten Voliere und fütterte den Papagei. Der Vogel hielt seinen Kopf schief, linste auf die Obststücke, die ihm sein Herr eines nach dem anderen hinstreckte, grabschte dann jedes Mal blitzschnell mit dem scharfen Schnabel nach dem Leckerbissen und verspeiste ihn geräuschvoll. Zwischendurch drehte er seinen Kopf nach allen Seiten und wippte und verbeugte sich vor einem unsichtbaren Publikum. Wenn er nicht gerade fraß, spuckte er unverständliches Geplapper aus.

»Er spricht wieder ägyptisch«, bemerkte Dalmonte spöttisch.

Kaum war der Napf leer, flatterte der Papagei empört krächzend auf, flog verschnupft zwei Runden durch das Zimmer und landete auf dem Schrank, von wo aus er seinen Herrn und Anna aufmerksam beäugte.

Dalmonte ging zu seinem Schreibtisch. Langsam und schleppend waren seine Schritte. So kannte sie ihn gar nicht.

»Lies das! Noch einer, der mir die Freundschaft kündigt.«

Er reichte Anna den Brief, den ein Bote vor zwei Stunden gebracht hatte.

»Er krümmt und windet sich«, bemerkte Anna, nachdem sie das Schreiben zu Ende gelesen hatte.

»Du sagst es. Seit zwanzig Jahren ist Wollheim mein Kunde. Nun geht einmal etwas schief, und schon springt er ab. Dabei gehört er noch nicht einmal zu den Geschädigten.«

Er kratzte sich hinterm Ohr und setzte sich müde.

»Was soll ich ihm antworten? Dass ich mehr und mehr den Eindruck habe, dass das alles kein Zufall ist? Dass das Methode zu haben scheint?« Mutlos schob er den gläsernen Briefbeschwerer von einer Seite zur anderen. »Warum häufen sich die Diebstähle gerade bei mir, Anna? Will mir jemand an den Kragen?«

Er schien keine Antwort zu erwarten. »Vielleicht Farina? Weil ich ihn wegen des Tods von Feminis' Tochter schräg angeschaut habe? Ja, ich gebe zu, die Gefühle gehen manchmal mit mir durch ...«

Genau aus diesem Grund mochte Anna den alten Herrn, aber sie würde sich hüten, etwas zu sagen.

»Vielleicht hat er auch erfahren, was ich Merckenich gesagt habe, aber ruiniert man deswegen einen Landsmann?«

»Habt Ihr bemerkt, dass Noithuven Euch gestern nicht mit ›Herr‹ angesprochen hat wie sonst, sondern mit ›Signore‹? Aber nicht in der Art, wie es Eure Landsleute tun, höflich und mit Respekt, sondern irgendwie verächtlich. Es kam mir vor, dass er es absichtlich getan hat. Mit Fleiß.«

»Es ist mir nicht aufgefallen. Aber jetzt, wo du es sagst ... Ja, kann sein.«

Eine Windbö stieß das halb geöffnete Fenster auf und fuhr durch die Papiere. Er hielt sie mit einer Hand fest und suchte mit der anderen nach der Glaskugel, um sie damit zu beschweren. Als er weiterredete, sprach er mehr zu sich selbst.

»Seit über vierzig Jahren wohne ich in Köln, bin Bürger dieser Stadt, zum Schrein qualifiziert, habe, wie es sich gehört, als junger Mann meinen Wachtdienst geleistet, spreche Deutsch besser als unser Hochitalienisch, und dann kommt einer und will mich in die Ecke der Fremdlinge abschieben? *Cu vaia a cà du diaul!* Zum Teufel mit ihm! Ich lass mich nicht unterkriegen.«

»Vielleicht habe ich mich auch getäuscht«, lenkte Anna ein. Es tat ihr weh, Herrn Dalmonte so bedrückt zu sehen. »Es gibt immer welche, die herummäkeln und glauben, Schwierigkeiten machen zu müssen. Die meisten Kunden haben Euch doch ihr Vertrauen ausgesprochen.« Aber sie spürte, dass ihre Stimme nur wenig überzeugend klang, und Dalmonte ging auch nicht darauf ein.

»Diedrich von Merzen bittet darum, dich an einem der nächsten Tage ausführen zu dürfen«, sagte er unvermittelt und klopfte auf ein Schreiben, das ebenfalls mit der Morgenpost gekommen war. Er hob den Kopf und hielt ihr den Bogen hin.

»Möchtest du?«

Sie antwortete nicht sofort. Wenn sie ehrlich war, konnte sie sich an sein Gesicht schon nicht mehr erinnern. Wässrige Augen hatte er gehabt. Nimm dich in Acht vor gut aussehenden Männern! Schön war er nicht gewesen. Aber so manierlich.

»Er sagt, er schätze deine Klugheit«, fuhr Dalmonte fort und suchte die entsprechende Briefstelle.

»›… habe ich es nicht lassen können, meiner Feder zu folgen und zu schreiben, was mir in den Sinn kommt.‹ Hm! ›… wäre mir eine außerordentliche Ehre, alsobalden …‹ Und so weiter, und so weiter! Du sagst nichts, was meinst du?«

»Ich weiß nicht, ob das gerade der richtige Zeitpunkt für Vergnügungen ist.«

»Wenn du danach gehen willst, Anna – den richtigen Zeitpunkt gibt es nicht. Man muss ihn machen. Wie alt bist du inzwischen?«

»Zweiundzwanzig«, antwortete sie unangenehm berührt. Das Gespräch nahm eine Wendung, die ihr nicht gefiel.

»Zweiundzwanzig? Da darfst du allemal die Artigkeit eines Mannes annehmen. Ich glaube, ich spreche für deinen Vater, wenn ich sage, es wird sogar höchste Zeit. Im Übrigen sind Spediteure freundliche Menschen, schau mich an!« Dalmonte lachte. Für einen Augenblick schien er seine Sorgen vergessen zu haben.

»Du bist nun mal eine junge Frau, noch dazu eine recht hübsche. Und auch wenn du zwischen lauter grobschlächtigen Mannsleuten groß geworden bist und dein Vater aus dir am liebsten einen jungen Burschen gemacht hätte, würde er es sicher gern sehen, wenn er irgendwann einen Enkel auf den Armen halten dürfte.«

Aber plötzlich schien er sich zu besinnen. »Ach nein, lieber nicht«, sagte er. »Niemand schreibt schöner Französisch als du. Wie sollte ich ohne dich zurechtkommen? *Se Carlo Battista fosse ancora qui …*«

Er unterbrach sich, Anna tat, als ob sie nichts verstanden hätte. Seine Stimme war rau, als er sie noch einmal fragte: »Also, kann ich ihm nun schreiben, dass du seine Einladung annimmst? Und noch etwas …«, setzte er im gleichen Atemzug nach. »Würdest du bitte gleich die Essensausgabe an der Armenbank übernehmen? Statt der Signora? Sie ist heute verhindert.«

Anna nickte. Eigentlich hatte sie Dalmonte von Farinas Aqua mirabilis erzählen wollen, das sie schon seit Montagabend unter ihren Röcken mit sich herumtrug. Sie würde eine andere, passendere Gelegenheit abwarten müssen.

Später, während der paar Schritte nach Sankt Maria Lyskirchen, fragte sie sich, ob Herr Dalmonte ihr Nicken auch auf die Einladung des Herrn von Merzen bezogen hatte. Sie war sich nicht sicher, ob sie den Mann wiedersehen wollte. Im Geiste ging sie den Brief noch einmal durch. Ein wenig geschraubt war er, aber von Merzen war nun einmal älter als sie. Vielleicht schrieb man früher so. Und irgendwie klang es auch schön. »… eine außerordentliche Ehre …!« Das hatte noch nie jemand zu ihr gesagt.

Maria Elisabeth Pützmann, die Frau von Paul Merckenich, stand schon unter der Kirchentür. Kaum, dass sie sie sah, nahm sie Anna sofort in Beschlag, drückte ihr die Schöpfkelle in die Hand und den großen Brotkorb, während sie im selben Atemzug zwei Hausarmen befahl, die Töpfe zu holen.

»Es geht ja nicht an, dass wir sie bedienen wie Ratsherren, der eine zu Hause reicht mir.«

Anna hörte schon lange nicht mehr hin, wenn die Pützmanns herummäkelte. Merckenich tat ihr leid. Die Frau war ständig am Kritikastern. Niemand, außer ihr natürlich, mache die Dinge richtig. Jeder außer ihr sei faul, selbstsüchtig, oberflächlich und gedankenlos. Die Nachbarin rechts putze die Straße nicht richtig, die Nachbarin links mache aus ihrem Hinterhof einen Saustall. Als Anna ihn das erste Mal gesehen hatte, den Hof, war sie auf alles gefasst gewesen – nur nicht auf das: Eine wilde Blumenpracht, über der der Duft eines warmen Spätsommertags lag, ein Apfelbäumchen voll kleiner roter Früchte, kunterbunt angelegte Kräuter- und Gemüsebeete. Aber die Pützmanns schimpfte, das sei doch kein Anblick. Überall wuchere es, die Pflanzen schössen ins Kraut, ohne jede Ordnung, einfach liederlich. Und dann der unsägliche Lindenbaum, im Frühjahr segelten seine Samen zu Abertausenden herüber in ihren Hof und im Herbst die Blätter, und wer musste das dann wieder alles wegmachen? Sie natürlich. Die Nachbarin schere sich einen Dreck darum.

Nach Annas Meinung gab es viel zu viele Maria Pützmanns in Köln. Warum die Frau sich jeden Freitagnachmittag hinstelle und die Armensuppe austeile, hatte sie Frau Gertrude gefragt. Wenn sie doch ständig jammere, dass ihr die Hausarmen zuwider seien und sie deren Anblick kaum ertrage?

Frau Gertrude hatte nur gelacht. »Der Haussegen im Katharinengraben würde schiefhängen, wenn sie sich weigerte. Merckenich ist nun mal Mitglied der Bruderschaft, da gehört es sich einfach, dass die Eheliebste ihm zur Seite steht, ob sie's nun will oder nicht.«

Auch jetzt sparte die Pützmanns nicht mit bissigen Kommentaren.

»Guck sie dir an, die Rainers. Holt sich hier Fleisch und Brot, und dabei hat sie einen Galan, ene riche Kääl us der Minoritestroß. Das weiß doch jeder. Und zu Hause liegt ihr Mann im Sterben! Und Clemens Wittlich ist mitnichten so arm, wie er tut, sein Bettlerplatz vor Aposteln soll eine wahre Goldgrube sein.«

Sie zog die Spucke durch die Zähne und klatschte dem nächsten Bittsteller einen Schlag Erbsensuppe auf den Teller. Anna hatte ihre Ohren auf Durchzug gestellt.

Nachdem Pfarrer Forsbachs Köchin sich erkundigt hatte, ob es für alle reiche, wartete Maria Pützmann nicht mehr lange, sondern verabschiedete sich.

»Du weißt ja, Anna, meine Beine. Eigentlich dürfte ich mir eine solche Belastung gar nicht mehr antun. Aber was tut man nicht alles für diese elenden Kreaturen!? Sonst kümmert sich ja keiner.«

Anna atmete erleichtert auf. Noch fünf Hausarme. Sie schaute nach Tilman aus. Er sollte ihr helfen, die Gerätschaften ins Pfarrhaus zurückzubringen und die Bank an ihren Platz in die Abstellkammer. Sie musste ihm auch sagen, dass er nächste Woche in den Filzengraben kommen solle. Das Frühjahr stand vor der Tür und damit das alljährliche große Saubermachen. Keller, Speicher, Hof, Abfallgrube, Kloake. Seit jeher verdiente sich Tilman ein paar Heller damit, dass er Bonifaz dabei zur Hand ging.

»Du bist ein bisschen weiß um die Nase herum. Hast du nicht gut geschlafen?«

Anna zuckte zusammen, als Tilman unvermutet aus dem Mauerschatten des Pfarrhauses auftauchte.

»Ach, du bist es. Du hast mich erschreckt.« Sie war dünnhäutig geworden in den letzten Tagen.

»Zu viel passiert bei euch …«

War es eine Feststellung, oder hatte Tilman eine Frage gestellt? Anna antwortete ausweichend: »Ich schlafe schlecht seit einigen Tagen.«

»Ich brauch nicht viel Schlaf«, erklärte Tilman. »Dann steh ich auf und wandere durch die Straßen. Bei Nacht ist die Luft sauberer als am Tag, und die Wachtleute freuen sich über ein bisschen Abwechslung. An der Nächelskaulenpforte sitzt einer, der ist ein richtiger Philosoph. Wir reden über die Sterne und den Himmel, und ob wir wirklich dorthin kommen, wenn wir einmal gestorben sein werden. Was glaubst du? Gibt es eine Hölle mit Teufel und Fegefeuer, wie es uns der Heilige Vater in Rom predigt?«

Er kicherte leise. »Ich glaub es nicht. Musst das aber niemandem erzählen. Das bleibt besser unter uns.«

Bei den letzten Worten hatte er seine Stimme gesenkt.

»Wann war das mit dem Journalschreiber?«, fragte er übergangslos. Er flüsterte fast, aber im Gegensatz zu seiner sonstigen Nuschelei sprach er auffallend deutlich. Anna schaute ihn überrascht an. Tilman deutete auf eine Bank im Pfarrgarten.

Es ziemte sich nicht, aber dann schaute sie sich nach allen Seiten um und folgte ihm. Sie wollte wissen, was er wusste.

Die Planken der Bank waren feucht und verzogen, noch hatte die Sonne keine Kraft, das Holz zu trocknen. Anna faltete ihr Schultertuch zusammen und legte es auf die Sitzfläche, während auch Tilman noch einmal einen prüfenden Blick auf die Straße warf und dann das schmiedeeiserne Tor zuschob. Die Katze, die sich eben noch ausgiebig das Fell gewaschen hatte, entwich durch die Gitterstäbe nach draußen.

»Wann war es?«, fragte er wieder.

»Letzten Sonntag«, sagte sie.

»Letzten Sonntag. So gegen zehn?«

»So ungefähr.«

»Ich glaub, ich hab da zwei Mannskerle gesehen. Die liefen den Filzengraben runter, Richtung Waidmarkt, hatten es ziemlich eilig und manchmal sahen sie sich um. Der eine hat irgendwas über der Schulter getragen. Vielleicht einen Stock. Ich weiß es nicht. Wenn ich geahnt hätte, dass das wichtig ist …«

»Wie sahen sie aus?« Anna fiel Tilman ungeduldig ins Wort.

»Der eine war klein, vielleicht wie ich. Der andere …« Tilman suchte im Garten herum. »Der andere war größer, sehr viel größer. Vielleicht nur einen Kopf kleiner wie die Tür dort.«

Er deutete auf die schmale Pforte, durch die man vom Pfarrhof aus ins Innere der Kirche gelangte.

»Hast du ihre Gesichter gesehen?«

»Nein, gewöhnlich interessiert es mich auch nicht, wer da nachts durch Köln wandert. Bin ich die Nachtwache? Wer um diese Uhrzeit nicht zu Hause ist, wird seine Gründe haben. Erst, als ich gehört habe, was bei euch passiert ist …«

Er wurde noch leiser, Anna musste sich anstrengen, ihn zu verstehen.

»Sie hatten Umhänge über dem Kopf, wie Kohleträger. Selbst wenn ich gewollt hätte, es wäre unmöglich gewesen, sie zu erkennen.«

»Hast du Simon Kall gesagt, was du gesehen hast?«

»Ach, du lieber Gott, dann will er nur wissen, warum ich nachts nicht in meinem Bett liege, und ich müsste ihm von meinen gotteslästerlichen Gesprächen mit der Torwache erzählen. Womöglich würden sie meinen armen Freund dafür einsperren und mich auf den Kopf stellen und meine Taschen durchwühlen. Nein, nein, do soll mich der Himmel vür bewahre!«

»Tilman, Tilman, es wird noch einmal böse enden mit dir.« Anna drohte ihm scherzhaft mit dem Zeigefinger. »Und warum erzählst du es mir und nicht Herrn Dalmonte?«

»Dalmonte ist ein guter Mensch, aber steht er hier und teilt Suppe aus?«

»Er sorgt dafür, dass sie überhaupt ausgeteilt werden kann.«

»Ich weiß es zu schätzen. Aber an seinem Haus läuten und um eine Unterredung nachsuchen – ich bitte dich! Wer bin ich, dass ich mir so etwas erlauben könnte?«

Tilman verzog sein Gesicht zu einer so witzigen Grimasse, dass Anna lachen musste. Aber dann wurde sie wieder ernst.

»Der eine war groß, sagst du. Auch kräftig? Kennst du den Ladendiener von Johann Maria Farina, der gegenüber dem Jülichplatz?«

»Nein.«

Plötzlich fuhr Anna hoch. »Oder war er dünn? Richtig dürr?«

»Ich sag dir doch, die hatten Umhänge an. Da konnte man nichts erkennen.«

»Tilman, da war ein Mann, er stand auf der anderen Straßenseite und beobachtete unser Haus. Ich weiß nicht, wer es war. Ein seltsamer Mensch.«

Wie lange war das her? Zwei Wochen schon. Vor lauter Aufregungen hatte sie den Vorfall völlig vergessen. »Als Herr Dalmonte das Haus verließ, ist er ihm gefolgt.«

»Groß und dünn?«

»Groß und dünn.«

»Ein Welscher?«

»Wahrscheinlich. Kennst du ihn?«

Tilman schien zu überlegen.

»Nein«, sagte er und rückte ein Stück von Anna weg. Sie schwiegen. Anna betrachtete die Löcher in Tilmans Stiefeln, durch die schon die Zehen hervorschauten. Warum hatte der Unbekannte dem Spediteur hinterherspioniert? Weil er die günstigste Gelegenheit herausfinden wollte, um zu stehlen? War ihm Cettini dabei in die Quere gekommen, zufällig? Dann hätte Farina mit dessen Tod nichts zu tun. Aber Cettini hatte gesagt: »Mit einem Gruß von Farina«. Falls es keine Lüge war, Cettini war auf Farina nicht gut zu sprechen gewesen. Aber ein Christenmensch tritt doch nicht mit einer Lüge auf den Lippen vor seinen himmlischen Herrn. Oder doch? Wenn es aber stimmte, was der Journalschreiber gesagt hatte, konnte dann dieser Unbekannte von Farina geschickt worden sein?

Nein. Unmöglich.

Am Tag des Unwetters, als sie die Rosoli hatte zu Boden fallen lassen und ihr der Unbekannte vor dem Haus »Zur gelben Lilie« aufgefallen war, da wusste noch niemand etwas vom Tod der Jungfer Feminis. Cettinis Anschuldigungen, Herrn Dalmontes Argwohn wurden erst danach publik, nach der Begräbnismesse. Am Tag des Unwetters hätte Farina noch gar keinen Grund gehabt, verärgert zu sein. Wobei es Anna ohnehin ein Rätsel war, warum jemand einen anderen umbringen sollte, nur weil dieser ihn geärgert hatte. Aber man hatte ja schon die seltsamsten Sachen gehört, warum Menschen sich gegenseitig umbrachten. Dennoch – im Auftrag Farinas konnte der Unbekannte das Haus im Filzengraben an jenem Freitagnachmittag nicht ausgekundschaftet haben.

Wie Anna es auch drehte und wendete, sie kam keinen Schritt voran in ihren Überlegungen. Eines immerhin wussten sie nun: Es waren zwei Männer, die Cettini überfallen hatten, und der eine war groß gewesen.

»Tilman?«

»Hm.«

»Könntest du bei deinen Spaziergängen durch die Stadt mal bei Farina vorbeigehen und dir seinen Diener anschauen? Vielleicht war er einer der beiden Männer, vielleicht auch nicht. Aber dann wüssten wir es.«

»Hätte der noble Herr einen Grund, dem Schreiberling oder Dalmonte eins auszuwischen?«

»Vielleicht«, antwortete sie vorsichtig. Dann fiel ihr noch etwas ein.

»Du kommst doch viel rum. Könntest du nicht herausfinden, ob die gestohlenen Waren bei irgendeinem Händler verschachert wurden? Vielleicht nicht unbedingt der Wein, der ist wahrscheinlich schon längst getrunken. Aber das Salz. Und vor allem die Stoffe. Die müssen doch irgendwo geblieben sein. Es war ein Ballen Leinen, weiß, und ein Ballen Damast in Blau mit grau-rotem Blumenmuster.«

»Für einen schönen Hausrock«, sinnierte Tilman.

»Oder für einen Jupe mit Manteau«, träumte Anna laut. Sie stellte sich vor, wie sie in einer solchen Robe aussehen würde.

»Es war ein auffälliger Stoff, Tilman. Ein Stoff, den sich nicht jeder leisten kann. Versuch in Erfahrung zu bringen, ob irgendjemand einen teuren Stoff zu einem besonders günstigen Preis angeboten bekommen hat.«

»Du bist eine kluge Frau, Anna. Wenn ich dreißig Jahre jünger wäre, würde ich dich glatt heiraten.«

»Geh, Tilman, hör auf damit«, schalt Anna, aber sie meinte es nicht so. »Du machst es also?«

»Für dich ja.« Er machte die schönsten Augen, zu denen er fähig war. Anna stand auf und schüttelte ihr Tuch aus. Sie hatte das gute Gefühl, dass sich endlich etwas tat. Und auf Tilman konnte sie sich verlassen.

»Übrigens«, sagte sie, »brauchst du nicht mal wieder neue Schuhe?«

Er grinste.

ZWÖLF

Eigentlich hatte er sich geschworen, sich nicht mehr herumschubsen zu lassen, nachdem ihn der Schiffer von Bord des Oberländers gejagt hatte.

Er hatte es satt gehabt, für den Faìsc die Kamine hochzuklettern und sich dafür die Lunge aus dem Hals zu husten. Er hatte genug gehabt von Großhändlern, die seinen Bauchladen mit billigem Krimskrams bestückten und ihn dabei übers Ohr hauten. Er wollte nicht mehr länger durch fremde Gegenden ziehen, sich von Marktaufsehern verjagen und von Gauklern und Gänglern ausnutzen lassen. Er wollte sein eigener Herr sein und Geld machen. Geld, wie all die anderen. All diese Farinas, Dalmontes, Guaitas, Mellerios und wie sie alle hießen. Die es in Frankfurt und Mainz, in Köln, Düsseldorf und Amsterdam zu vermögenden Kaufleuten, Hofschranzen und Haus- und Grundstückseigentümern gebracht hatten. Ein paar waren sogar Schöffen und Ratsherren geworden. Alle lebten sie in Saus und Braus, einige hatten deutsche Frauen geheiratet, und zu Hause im Vigezzotal erzählte man sich von ihrem sagenhaften Reichtum. Weiß der Himmel, wie sie das geschafft hatten. Giacomo spuckte aus, als er daran dachte. Sie waren doch alle aus demselben Elend gekommen wie er, aus den Bergen, wo im Sommer nichts wuchs und die Leute im Winter verhungerten. Was hatten die, was er nicht hatte?

Nein, er hatte sich nicht länger herumschubsen lassen wollen. Und ließ es schon wieder mit sich machen.

Seit vierzehn Tagen beschaffte er Freier für Cristina, Griet und die anderen Mädchen, die in der Spielmannsgasse arbeiteten. Auf Bauernmärkten vor Köln verhökerte er Waren, die der zwielichtige Wirt aus dunklen Ecken zauberte, Frauenkleider, Tücher, Bänder, auch Besteck, Gold- und Silberringe. Nachts stand er Schmiere für den Bastard und dessen Konsorten, wenn sie irgendwo ein offenes Fenster zum Einsteigen fanden oder ein Haus, dessen Bewohner verreist waren. Immerhin gab es nach erfolgreichen Raubzügen ein feuchtfröhliches Gelage, denn eines musste man dem Dottore zugestehen: Er ließ sich nicht lumpen. Dafür, dass die anderen den Kopf für ihn hinhielten, erlaubte er ihnen, gut zu leben. Und manchmal kam Griet ihn in seinem Stall besuchen. Sie schielte. Doch wenn er die Kerze ausblies, sah er es nicht. Wenn er aber allein dort lag, nachts, und der Hühnergestank ihm den Magen umdrehte, wusste er, dass er vom Regen in die Traufe geraten war. Nur, wovon sonst sollte er leben?

Einmal noch, es war schon Abend gewesen, war er ein zweites Mal zu Dalmontes Haus gegangen. Die Haustür war geschlossen. Im Vorhaus brannte Licht, ein Schatten fiel an die Wand, vielleicht der der jungen Frau, die ihm damals die Tür gewiesen hatte.

Aber dann hatte er doch nicht geklopft. Es gab keinen Grund zu der Annahme, dass der Alte freundlicher wäre als Farinas Diener. Oder seine hochnäsigen Landsleute andernorts, wo er am Anfang gehofft hatte, dass sie ihm Arbeit gäben, weil sie aus demselben Tal waren. Und selbst wenn dieser Dalmonte eine Ausnahme wäre, es würde ihm nichts nutzen. Früher oder später würden der Bastard und seine Männer ihn finden und ihn zwingen, den Spediteur auszunehmen. Und wenn er nicht wollte wie sie, würden sie kurzen Prozess mit ihm machen. Kein Hahn würde nach ihm krähen.

Antonio und Gernot fielen ihm ein, zwei Kumpane, mit denen er ein paar Wochen lang den Hunger geteilt hatte. »Wir nehmen, was wir brauchen« war ihre Lebensphilosophie gewesen. Zuerst waren sie abends mit einem Schinken oder einem prall gefüllten Geldbeutel, später immer häufiger mit Schmuck und Waffen in die baufällige Scheune gekommen, in der sie notdürftig lebten. Als Giacomo sie nicht mehr auf ihren Diebeszügen begleiten wollte, schlugen sie ihn zusammen und ließen ihn liegen. Dass er nicht starb, verdankte er einer Bäuerin, die ihn aufgelesen hatte, bis dem Bauern nach ein paar Tagen der fremde Esser zu viel wurde und er ihn aus dem Haus warf.

Er sollte die Stadt verlassen, sie brachte ihm kein Glück. Der Gedanke war ihm schon mehrmals gekommen, wenn er in den Fischerdörfern am Rhein hausieren ging oder in den Weilern entlang des Vorgebirges. Wie lange bräuchte er bis Düsseldorf? Oder bis Maastricht? Aber würde er dort jemanden finden, der ihn nicht vors Schienbein treten würde, wenn er an die Tür klopfte? Dann dachte er an die vollgefüllte Schüssel, die Griet täglich für ihn beiseite stellte, und an ihren warmen Körper, und er machte sich wieder auf den Weg zurück nach Köln.

Es war nur ein kleines Päckchen, das er heute ins Gartenhaus bringen sollte. Der Bastard hatte es ihm in die Hand gedrückt. Es war gut verpackt. Der Dottore würde es merken, wenn er es aufmachte, um herauszufinden, was es enthielt. Er versuchte es gar nicht erst.

Die Glocken von Sankt Severin begannen zu läuten, gleich darauf fielen die von Sankt Magdalena ein. Nie war es still in Köln, nirgendwo gab es ruhige Ecken. Außer vielleicht an seinem Platz unten am Rhein in der Nähe des Bayenturms. Auch jetzt kamen von allen Seiten Menschen herbeigeströmt, Gläubige, die in den dunklen Bäuchen der beiden Kirchen verschwanden. Eine Gruppe junger Mädchen marschierte fröhlich schwatzend an ihm vorbei, sie warfen ihm aufreizende Blicke zu. Eine drehte sich unter der Kirchentür noch einmal nach ihm um und winkte.

Auch zu Hause gingen sie heute in die Palmsonntagsmesse. Unten im Dorf oder, wenn das Wetter es zuließ, in die Chiesa parrocchiale in Santa Maria. Am liebsten war er mit der Mutter und den Geschwistern an den Pfingstmontagen immer nach Re gewandert, obwohl sie mitten in der Nacht aufbrechen mussten. Jedes Jahr hatte er darauf gehofft, dass die Madonna mit dem Kind wieder aus der Stirn blutete und Wunder tat, so wie sie vor langer Zeit geblutet hatte und Wunder vollbrachte, nachdem der böse Giovanni Zuccone aus Londrago, nur weil er beim Steinchenspiel verloren hatte, in seiner Wut seinen Spielstein, die Piodella, mit voller Kraft gegen ihr Bild an der Kirchenwand schleuderte und die Heilige an der Stirn traf. Aber nie erfüllte sie Giacomos Wunsch, und auf dem Heimweg trottete er jedes Mal aufs Neue enttäuscht hinter den anderen her. Warum gönnte die Madonna ihm dieses Wunder nicht?

Er hatte schon lange nicht mehr an zu Hause gedacht. Ob seine Mutter noch lebte?

Er ließ den Kirchplatz hinter sich und bog in den schmalen

Pfad ein, der in die Gärten vor der Stadtmauer führte. Der Zwergenmann machte ihm dieses Mal sofort auf, als er in dem Rhythmus, wie sie es vereinbart hatten, an das Gatter schlug. Die Pflänzchen im Beet waren kaum größer geworden, aber wieder erfuhr er nicht, was dort wuchs. Die Packen an der Mauer stapelten sich, sie hatten gute Beute gemacht in den letzten Tagen. Er trat leise an die Tür der Hütte, ganz nah wollte er sein, wenn der Dottore aufmachte, damit er den Geruch besser als das erste Mal riechen und vielleicht sogar einen Blick in den Raum werfen konnte.

Der Alte war schon wieder irgendwohin verschwunden, Giacomo war es recht.

Er klopfte.

»Endlich.«

Die Stimme des Römers drinnen klang missgelaunt. Giacomo hatte längst gelernt, dass man den Mann nicht unnötig reizen sollte, und er begriff, warum der Bastard ihn mit diesem Gang beauftragt hatte und nicht selbst gegangen war.

Die Tür wurde aufgerissen – und da war er wieder, dieser Geruch.

»L'acqua miracolosa della gentildonna!«, entfuhr es Giacomo.

Zuerst weiß er nicht, wo er ist. In seinem Kopf braust es. Als er sich bewegt, fährt ihm ein stechender Schmerz durch die linke Schulter. Er schlägt die Augen auf und schaut in die Augen einer Frau.

Er ist aufgewacht, ruft sie irgendjemandem zu, ein erleichtertes Lachen fliegt über ihr Gesicht. Sie betupft seine Stirn und die Schläfe mit einem weißen Tuch. Das Tuch duftet. Es verströmt ein Aroma, wie er es noch nie zuvor gerochen hat. Da ist Schärfe und Süße darin und die gleiche spritzige Würze, die er der Pomeranze entlockt, wenn er auf den Märkten von Cannobio oder Brissago heimlichst einen Fingernagel in die wächsern gelben Schalen bohrt und der ölige Saft ihm ins Gesicht spritzt. Schnell schließt er die Augen wieder und atmet tief den Wohlgeruch ein. Geht es wieder, hört er die Dame fragen. Ihre Stimme ist warm wie die Decke, die ihn umhüllt. Sie legt ihre Hand auf seine Stirn, er rührt sich nicht. Er möchte, dass sie ihre Hand nie mehr fortzieht. Dann hört er Schritte, und eine zweite Person versucht ihn aufzurichten. Trink das, es wird dir guttun, sagt sie, und er bedauert, die Augen öffnen zu müssen. Eine Dienerin hält ihm einen Zinnbecher mit warmem Wasser hin. Auch das Wasser duftet, und er trinkt es in einem Zug. Es schmeckt seifig weich und kratzt ein wenig in der Kehle.

Die Dame sitzt noch immer neben ihm. Du bist den Schornstein heruntergefallen, sagt sie, aber er kann sich nicht erinnern. Sie trägt ein nachtdunkles Kleid, um ihren Hals eine Kette aus rötlichen, in Gold gefassten Steinen. Die Haut über ihrer Brust ist so weiß wie der frisch gefallene Schnee auf Piodabella. Wir dachten schon, du seist tot, sagt sie und streicht ihm die Haare aus der Stirn. Hauchdünne Ärmelspitzen kitzeln ihn im Gesicht. Am rechten Handgelenk schimmert ein goldener Reif. So etwas hat er noch nie gesehen. Er hat auch noch nie eine schönere Frau gesehen.

»Das Wunderwasser«, wiederholte Giacomo.

»Was weißt du darüber«, fuhr ihn der Dottore an.

»Nichts.«

»Aber du kennst es?«

»Man sagt, es macht Tote wieder lebendig.«

»Das will ich doch hoffen.« Die kehlige Lache des Dottore tat Giacomo in den Ohren weh, aber er wich nicht von der Stelle.

Jäh brach der Dottore ab.

»Du glaubst daran?«, fragte er.

Giacomo zögerte. Faustino hätte es nichts mehr genutzt, selbst wenn sie ihn früher gefunden hätten.

»Ja«, sagte er dann.

»Komm rein!« Der Dottore nahm Giacomo das Päckchen aus der Hand und zog ihn in die Hütte. Drinnen herrschte undeutliches Halbdunkel, im einzigen Lichtstrahl, der durch eine Luke ins Innere fiel, tanzten Staubpünktchen.

Zuerst hörte Giacomo nur ein leises Brodeln wie von köchelndem Wasser, dann, allmählich, erkannte er die Einrichtung. Das Wandgestell, in dem Flaschen und Fläschchen in überraschender Ordnung nebeneinander aufgereiht standen. Körbe mit und ohne Deckel. Säcke, die meisten zugebunden. In einem erahnte er Pomeranzen; vor ein paar Tagen war der Bastard mit einem solchen Sack in der Spielmannsgasse aufgetaucht. Auf dem Tisch, den er beim ersten Mal nicht sehen konnte, aber mitten im Raum vermutete, befanden sich Kupfergefäße, eines geheimnisvoller als das andere, bauchige Glaskaraffen und ein Aufbau aus Holz, der ihn an eine Weinpresse erinnerte. Das Bett in der Ecke und ein Gestell mit einer Waschschüssel überraschten ihn. Daneben entdeckte er die Kiste, die er dem Fuhrknecht abgeluchst hatte. Sie enthielt dunkelfarbige Flaschen mit dünnem langen Hals. Dutzende von grünen Rosolien. Die Flaschen, in denen Farina sein Heilwasser verkaufte. Er hatte davon gehört.

»Du stellst Aqua mirabilis her?« Giacomo konnte seine Verwunderung kaum verbergen.

»Ich brauche jemanden, der es für mich verkauft«, sagte der Dottore, ohne auf die Frage einzugehen. Er stellte sich so vor den Tisch, dass Giacomo kaum noch etwas sehen konnte.

»Der seine Vorzüge kennt und es den Leuten anpreisen kann«, ergänzte der Dottore.

»Aber woher weißt du, was du dafür brauchst?«

»Riech!« Der Dottore entstöpselte einen Flakon und hielt ihn Giacomo unter die Nase. »Was sagst du dazu? Riecht es gut?«

Zuerst konnte Giacomo es kaum glauben. Der Römer fragte ihn! Wollte sein Urteil! Er schnupperte. Das waren die gleiche Würze der Pomeranze, die gleiche frische Schärfe und betörende Süße. Der Duft der Gentildonna. Er nickte. Wochenlang hatte er nach seinem Sturz von ihr geträumt.

»Ich werde es in Mülheim und in Deutz verkaufen. Und auf den Dörfern.« Die Stimme des Römers holte ihn in die Gegenwart zurück.

»Warum nicht in Köln?«

»Sobald der Alte mit dem Verpacken fertig ist, kannst du anfangen. Wenn du gut verkaufst, sollst du es nicht bereuen.«

Er würde es gut verkaufen, da war er sich sicher.

DREIZEHN

Anna wusste nicht, ob sie sich freute. Nur zwei Tage war es her, dass Diedrich von Merzen Herrn Dalmonte gebeten hatte, sie ausführen zu dürfen, und schon hatte er sich für den heutigen Palmsonntag angekündigt. Es ging ihr ein wenig zu schnell.

Beim Frühstück hing sie ihren Gedanken nach. Das erste Mal, dass ein Mann sich für sie interessierte! Die Knechte auf den Schiffen, wo sie groß geworden war, zählten nicht. Auch nicht die Händler und Kommissionäre, mit denen sie tagtäglich zu tun hatte, und schon gar nicht Matthias und Severin. Unsere Jungfer Intelligentia, spöttelten sie oft genug, und Anna ärgerte sich prompt. Aber dann kam ein Mensch daher, den sie gar nicht kannte, und brachte sie völlig durcheinander. Alle im Haus schienen Bescheid zu wissen und amüsierten sich, obgleich sie niemandem davon erzählt hatte.

»Du isst ja gar nichts«, stellte Moritz fest und stibitzte ihr Brot. Bonifaz tuschelte mit den beiden Mägden, auffällig unauffällig drehten sie sich nach ihr um. Frau Gertrude strahlte übers ganze Gesicht, und Johanna strich ihr beruhigend übers Haar.

»Kind, das geht vorüber, glaub einer erfahrenen Frau. Man stirbt nicht daran.«

Während die anderen sich zur Messe fertig machten, beeilte sie sich, in ihr Zimmer zu kommen. Ihr war heute nicht nach katholischem Gottesdienst. Zwar begleitete sie die Familie manchmal in die Kirche, aber sie war wie ihr Vater protestantisch und fühlte sich immer ein wenig ausgeschlossen aus der Schar katholischer Gläubiger. Das Aufstehen und wieder Hinsetzen, das Niederknien auf den harten Fußbänkchen, das fortwährende Kreuzschlagen, der aufdringliche Weihrauchgeruch, bei dem es ihr regelmäßig schlecht wurde, all das blieb ihr fremd, auch noch nach vielen Jahren in Köln. Was sie liebte, war der warme Innenraum von Maria Lyskirchen, in dem sie sich geschützt fühlte, die breiten, rechteckigen Pfeiler, die die Welt zu tragen schienen, die flackernden Kerzen, die fromme Stifter immer wieder anzünden ließen, und das geheimnisvolle Bimmeln der Glöckchen während der Wandlung. »Eure protestantische Kirche ist etwas für den Kopf«, hatte ihre Mutter einmal gesagt, »unsere Kirchen sind fürs Herz.« Damals hatte sie es nicht begriffen. Aber seit sie verstand, wie die Mutter es meinte, schlüpfte sie hin und wieder durch das Kirchenportal, lehnte sich, unbemerkt von anderen, an einen Pfeiler und ließ sich vom verhangenen Licht und dem leisen Gemurmel andächtig Betender einlullen. Sie hob den Blick zu den drei hohen Fenstern im Chor und verglich die Pracht des Hochaltars mit den aufgeräumten Kirchen ihres Vaters. Irgendwie würde sie immer dazwischen stehen. Ein Glück nur, dass Herr und Frau Dalmonte sie nie drängten und selbst Pfarrer Forsbach schon lange nichts mehr sagte, wiewohl er am Anfang gehofft hatte, sie in die offenen Arme der katholischen Kirche zurückholen zu können. Nach einer Weile sprach sie dann ein Vaterunser – ohne sich zu bekreuzigen! – und befand, dass der Kopf nun wieder an der Reihe war. Und der Verstand.

Heute Nachmittag, wenn Diedrich von Merzen sie ins Kaffeehaus führte, brauchte sie Kopf und Verstand.

Sie überlegte, was sie anziehen sollte. Das Weiße mit den gelben Rosen und grünen Blätterranken, das sie von Frau Gertrude bekommen hatte, gefiel ihr. Aber für den Anlass war es viel zu auffallend. Vor allem die außergewöhnlich langen Engageantes. Langsam ging sie ihre Garderobe durch, große Auswahl hatte sie nicht. Das taubenblaue Seidene mit den schlichten orangefarbenen Einsätzen und dem passenden Fichu fand sie am geeignetsten. Es war hübsch, aber nicht aufdringlich. Sie trug es oft, wenn sie über den Rechnungsbüchern saß. Die Kunden kannten sie darin. Von Merzen sollte nicht glauben, dass sie sich ihm zu Ehren besonders herausgeputzt hätte. Nach kurzem Zaudern band sie sich aber doch das nachtblaue Samtband mit dem zierlichen Perlenverschluss um den Hals, das ihr Vater ihr einmal aus den Niederlanden mitgebracht hatte. Sie betrachtete sich im Spiegel.

»Nur weil heute Palmsonntag ist«, erklärte sie ihrem Gegenüber, das kritisch zurückblickte. »Soll er doch denken, was er will«, sagte sie eigensinnig. Und die anderen auch, fügte sie im Stillen hinzu.

Er hatte sie mit einer offenen Kutsche abgeholt. Moritz machte große Augen, dann aber setzte er Kennermiene auf und schritt gelassen um das Gefährt herum, prüfte Speichen und Deichsel und klopfte dem Pferd anerkennend den Hals.

»Ein guter Wagen, ich kenn mich da aus«, flüsterte er Anna im Brustton der Überzeugung ins Ohr, als sie in Begleitung von Dalmonte aus dem Haus kam.

Die ganze Straße hatte sich vor dem Haus »Zum roten Schiff« versammelt und bestaunte das Fahrzeug. Anna war es unangenehm, vor allen Gaffern aufzusteigen und sich neben von Merzen zu setzen, aber Herr Dalmonte half ihr galant. Johanna ließ sich den beiden gegenüber nieder. Sie strich sich den Jupe glatt, richtete sich kerzengerade auf und schaute sich triumphierend um. Man hätte meinen können, *sie* würde ausgeführt.

Den ganzen Filzengraben und Mühlenbach entlang rannten die Kinder hinter ihnen her. Bis zum Neumarkt sprachen Anna und von Merzen kaum ein Wort. Einmal spürte sie, dass er sie von der Seite anschaute. Ob alles in Ordnung sei, fragte er.

»Ja.«

Und wieder schwiegen sie. Vor dem Kaffeehaus in der Ehrenstraße ließ er den Wagen halten, reichte ihr die Hand zum Absteigen und regelte mit dem Kutscher, wo er auf die kleine Gesellschaft warten sollte. Dann wandte er sich an Johanna. Anna schien es, als ob die beiden sich ohne Worte verstünden. Von Merzen drückte der Köchin etwas in die Hand, sie lächelte verständnisvoll, formte die Hand zu einer Faust, damit nicht verloren ginge, was darin lag, und nickte.

»Ich bin gleich wieder zurück«, raunte sie Anna zu. Es sollte beruhigend klingen.

Ganz richtig war das nicht, befand Anna. Wenigstens beim ersten Mal hätte sie bei ihr bleiben können. Dann warf sie ihren Kopf zurück. Sie war die Tochter ihres Vaters und würde selbst auf sich aufpassen.

»Man hat mir gesagt, Ihr sprecht mehrere Sprachen«, begann von Merzen, nachdem der Wirt persönlich ihnen ein Tablett mit einer Kanne heißer Schokolade gebracht und sich nach dem Befinden des Gastes erkundigt hatte.

»Es hat sich so ergeben«, antwortete Anna.

»Ich habe leider nicht das Glück gehabt, lange zur Schule zu gehen. Nach dem Tod meines Vaters musste ich mich schon früh aufs Geldverdienen besinnen.«

»Es hat nichts Ehrenrühriges, wenn man nur eine Sprache spricht.«

»Dennoch bewundere ich Euch, nicht jeder hat diese Fertigkeiten, selbst wenn er die Chance hätte. Ich danke Euch, dass Ihr meiner Einladung gefolgt seid.«

Anna nahm einen Schluck aus ihrer Tasse. Müsste sie etwas darauf erwidern? Bitte schön, gern geschehen? Das klang albern. Ich freue mich ebenfalls? Dazu kannte sie ihn zu kurz. Die zuckersüße Schokolade rann ihr durch den ganzen Körper. Im Bauch kribbelte es aufregend.

»Erzählt mir von Euch!«, bat von Merzen, und sie fühlte sich geschmeichelt. Von Matthias und Severin kannte sie es nicht anders, als dass Männer am liebsten von sich selbst redeten und die Frauen schwiegen – auch wenn die beiden Burschen in dem Haus im Filzengraben deswegen gehörig verspottet wurden. Vor allem von der Köchin. Als Anna über ihren Vater zu sprechen begann, den sie noch vor Ostern mit neuer Ware im Hafen erwarteten, hörte er ihr aufmerksam zu.

Eine junge Bedienung hatte bereits ein zweites Kännchen Schokolade gebracht, und sie unterhielten sich noch immer. Über die Schifffahrt auf dem Rhein, wie sie sie von ihrer Kindheit her kannte, über den Frachtverkehr aus Übersee, die oberrheinische Holzflößerei, die Transportbestimmungen für Hering, Stockfisch, Lachs und Scholle. Sie kamen von einem Thema zum anderen, Anna war in ihrem Element. Je länger sie redete, desto mehr wurde ihr bewusst, wie viel Spaß ihr die Arbeit bei Dalmonte machte, und von Merzen sparte nicht mit anerkennenden Worten.

»An Euch ist ein Kaufmann verloren gegangen«, stellte er voller Bewunderung fest.

»Ach, ich habe es ja von klein auf mitbekommen«, wehrte sie ab und freute sich doch über sein Lob. Obwohl sie sich schon wunderte, dass er mit ihr über all diese Dinge sprach.

Das Kaffeehaus war gut besucht. Der ganze Raum brummte

und summte, aber nur selten drangen einzelne Wörter oder gar ganze Sätze an Annas Ohr. Sie achtete auch nicht darauf. Blaugrauer Pfeifendunst schwebte über den Köpfen der Besucher. Hin und wieder, wenn die Tür aufging, flimmerte die rauchgeschwängerte Luft im Licht der Nachmittagssonne. Anna gefiel die Stimmung. Sie war nicht die einzige Frau im Salon. An mehreren Tischen saßen Damen in vornehmer Robe, in Begleitung ihrer Ehemänner, eines Vetters, eines Galans, und beteiligten sich mehr oder weniger lebhaft an den Gesprächen der Herren. Man redete gesittet. Niemand grölte und krakeelte wie in den Kneipen, an denen Anna vorüberkam, wenn sie zum Hafen ging. Traten neue Gäste ein, begrüßte der Wirt sie persönlich und unterhielt sich mit ihnen, wenn es die Zeit erlaubte oder der Stand des Gastes es erforderlich machte. Junge Mädchen in langen weißen Schürzen, die Fichus sorgfältig über die Brust gesteckt und mit Hauben, die bis auf ein paar vorwitzige Strähnchen das ganze Haar bedeckten, bewegten sich fast unauffällig zwischen den Tischen, nahmen Bestellungen entgegen und kamen mit Tassen aus heller Fayence auf schwarzen Lacktabletts zurück. Schnell und geschickt arrangierten sie Zuckerdosen, Milchkännchen, Silberlöffel und Servietten. Das regelmäßige »Möge es munden« kam ihnen immer freundlich über die Lippen, und die Gäste dankten es ihnen. Es waren hübsche Bedienerinnen, und Anna entgingen nicht die Blicke der Herren, die ihnen wohlwollend folgten, wenn sie zur Küche zurückkehrten. Von Merzen war keine Ausnahme. Auch schien er ein häufiger Gast zu sein, denn er tat vertraut mit dem Mädchen, das ihnen aufwartete. Anna war sich nicht sicher, ob es sie störte. Sie beschloss, so zu tun, als bemerke sie es nicht.

In dem gedämpften Kaffeehauslicht bemerkte sie Walter Wollheim erst, als er schon an ihrem Tisch stand.

»Mademoiselle«, sagte er, verneigte sich vor ihr und wollte sich gerade von Merzen zuwenden, als er stutzte und sich wieder zu ihr drehte. Jetzt hatte er sie erkannt, seine Lider begannen zu flackern. »Mademoiselle Anna«, murmelte er noch einmal, unsicher. Er vergaß, dass er mit von Merzen reden wollte, bedachte ihn kaum mehr mit einem Gruß und verschwand hinter der Säule, die den Raum unterteilte.

»Es tut mir leid, dass ich mit meiner Anwesenheit Kaufmann Wollheim vertrieben habe. Er wollte wahrscheinlich mit Euch sprechen.«

Warum war Johanna jetzt nicht hier? Was würde Wollheim jetzt von ihr denken? Auch von Merzen hatte sich steif aufgerichtet. Seine Haltung berührte Anna unangenehm. Die gelöste Stimmung zwischen ihnen war gestört. Von Merzen schaute angestrengt durch den Raum und vermied ihren Blick.

Anna suchte nach einer Erklärung für das überraschende Verhalten des Kaufmanns. »Es war ihm unangenehm, mich zu sehen. Wo er doch gerade die Zusammenarbeit mit Herrn Dalmonte beendet hat.«

»Hat er das?«

»Ihr habt nicht davon gehört?«

»Nein.«

»Vielleicht wollte er mit Euch über Eure Lieferbedingungen reden, er braucht ja einen neuen Spediteur. Das geht natürlich schlecht, wenn ich dabei bin. Ich schade Eurem Geschäft.« Sie versuchte, ihrer Stimme einen Ton des Bedauerns zu geben. Es gelang ihr nicht. Nicht in diesem Fall.

Von Merzen winkte einen Pagen heran und ließ sich Feuer für seine Pfeife geben. Beim ersten Zug hustete er, dann entspannte er sich.

»Nach Noithuven also auch Wollheim …«, sagte von Merzen. Es war eine Feststellung.

»Die vielen Diebstähle und der Überfall auf Cettini. Die Leute haben Angst«, bestätigte Anna.

Von Merzen stieß kleine runde Rauchwölkchen aus, in der Mitte hatten sie ein Loch. Anna beobachtete, wie die Kringel lautlos nach oben schwebten, ihre Form veränderten und sich dann allmählich auflösten. Als Kind war sie an ihrem Vater hochgesprungen oder auf seinen Schoß geklettert, um nach ihnen zu haschen. Es war ein wundervolles Spiel, von dem sie nie genug bekommen konnte, obwohl die zarten Gebilde ihr immer zwischen den Fingern zerstoben, kaum dass sie glaubte, eines erwischt zu haben.

»Die Zeiten sind schwierig. Es gibt kaum einen Spediteur, der nicht schon mal bestohlen worden ist«, vermutete von Merzen. »Farina ist es neulich passiert und mir auch.«

Anna war verdutzt. Das Letztere war ihr neu.

»Ich wollte nicht darüber reden«, sagte von Merzen.

»Und was ist Euch weggekommen?«

Bevor von Merzen antworten konnte, brach am Nebentisch ein fröhliches Gelächter aus, und die meisten Kaffeehausbesucher blickten in die Richtung, aus der der Lärm kam, neugierig, was die Ursache der Heiterkeit gewesen sein mochte. Auch von Merzen und Anna drehten sich um. Anna war sogar froh über die Unterbrechung, das Gespräch war plötzlich so ernst geworden.

»Ach, Anna, ich darf doch Anna sagen ...?«

Auch von Merzens Stimme klang wieder fröhlicher als nach Wollheims Auftauchen. Er streichelte kaum merklich ihre rechte Hand. »Sprechen wir nicht über die hässlichen Dinge des Lebens! Dazu sind wir nicht hierhergekommen.«

»Ich glaube, ich möchte gehen.«

Anna entzog dem Spediteur ihre Hand. Sie hatten lange genug hier gesessen. Die fettige Schokolade und das Mandelkonfekt, zu dem er sie gar nicht lange hatte überreden müssen, lagen ihr im Magen, der Gaumen war wie von einem klebrigen Schleim überzogen. Sie hatte das dringende Bedürfnis nach einem deftigen Schwarzbrot mit Schinken oder Rührei. Außerdem war morgen schon wieder Montag, Janne-Tag, und sie hatte noch einiges zu erledigen.

»Ich werde Euch die Kutsche schicken. Dann braucht Ihr nicht so früh aufzubrechen«, versprach er. Zuerst wollte sie sein Angebot nicht annehmen. Aber die Vorstellung, den langen Weg nach Kriel nicht zu Fuß zurücklegen zu müssen, war verlockend.

»Ich freue mich, wenn ich Euch eine Freude machen kann«, sagte er.

Vor der Tür des Kaffeehauses stand der Kutscher bereit, Johanna saß schon auf ihrem Platz.

»Allora ...?« Dalmonte barst schier vor Ungeduld, als sie nach dem Nachtessen mit ihm und Frau Gertrude noch im Salon saß.

»Dürfen wir auf dich trinken?«, fragte er und entkorkte umständlich eine bauchige Flasche Wein, die er für besondere Gelegenheiten bereithielt.

Annas Gesicht verfärbte sich dunkelrot, sie suchte Hilfe bei

Frau Gertrude, doch diese war genauso gespannt wie ihr Mann und begann sie ebenfalls auszufragen.

»Wir haben über den Kölner Handel gesprochen, er ist ein kluger Mann«, antwortete Anna.

»Anna!«, rief Dalmonte enttäuscht. »Kannst du an nichts anderes denken als ans Geschäft? Habt ihr wirklich nichts Besseres zu reden gehabt? Oder war er es nicht wert?«

Anna wand sich. »Er hat sehr artige Manieren.«

»Artige Manieren? Mehr nicht? Mir kommen die Tränen.« Dalmonte raufte sich die Haare.

Während er Wein einschenkte, überlegte Anna, ob sie von dem Zwischenfall mit Wollheim erzählen sollte. Aber was nützte das? Als Kunden würden sie ihn damit nicht zurückgewinnen, und dem alten Herrn hätte sie den Abend verdorben. Also sagte sie nichts. Stattdessen griff sie in die Tasche unter ihren Röcken und zog ein Stoffpäckchen heraus, das sorgfältig mit einem Bindfaden verschnürt war.

»Könnt Ihr Euch erinnern? Ich habe eine Flasche von Feminis' Aqua mirabilis fallen lassen. Neulich, bei dem großen Gewitter. Und weil es so schön duftete, habe ich ein paar Scherben behalten.«

Sie hätte wirklich schon viel früher ihr damaliges Missgeschick beichten sollen, aber zu ihrer großen Erleichterung sagte Dalmonte nichts. Er hatte die Scherben auf dem Teller damals wahrscheinlich weggeworfen und die Flasche ersetzen können. Nach allem, was dann passiert war, hatte er sicher nicht mehr daran gedacht. Auch jetzt erwähnte er sie nicht mehr, sondern wartete, dass sie weitersprach. Also erzählte sie von ihrem Besuch in der Straße Obenmarspforten, von Farina und dessen Ladendiener, und weil sie nun schon dabei war, auch von Tilmans Beobachtungen und um was sie ihn gebeten hatte. Dann langte sie ein zweites Mal in ihre Posche und holte die dunkelgrüne Rosoli mit Farinas Aqua mirabilis hervor.

»Ich habe Euch doch richtig verstanden, dass Farina zwei Gründe gehabt hätte, Johanna Catharina …« Sie stockte, suchte nach dem richtigen Wort.

»… zu beseitigen. Falls er überhaupt etwas mit ihrem Tod zu tun hat«, beeilte sie sich hinzuzufügen. An diesen ungeheuerlichen Gedanken konnte sie sich noch immer nicht gewöhnen. Dennoch spann sie ihre Überlegung weiter.

»Zum einen, weil er der einzige Hersteller von Aqua mirabilis in Köln sein will. Und zum anderen, weil er sagt, sein Aqua mirabilis sei einzigartig und habe nichts mit dem von Feminis gemein. Aber …«

Anna öffnete vorsichtig die schmale Flasche von Farina und roch daran. Dann hielt sie sich das Stoffbündel unter die Nase.

»… ich merke keinen Unterschied.«

Das Linnen hatte das Odeur aufgesaugt wie ein Schwamm. Noch immer duftete es überraschend intensiv. In der kleinen Schublade in ihrem Zimmer hatte es fast nichts von seinem Aroma verloren. Sie reichte Herrn Dalmonte und seiner Frau die Flasche und das Stoffpäckchen.

Reihum rochen sie daran, zweimal, dreimal. Frau Gertrude träufelte sich einen Tropfen von Farinas Wasser auf die Hand und kostete. Sie bestätigte Annas Vermutung.

»Ich kenne Feminis' Wasser, man könnte tatsächlich meinen, die beiden seien gleich.«

»Wenn Cettini herausbekommen hatte, dass beide Rezepte identisch sind oder nur unbedeutend voneinander abweichen, hatte Farina Grund, ihn zu fürchten«, sagte Anna.

»Aber wie sollen wir es ihm nachweisen?«, fragte Dalmonte. Niemand antwortete. Anna verschloss die schmale Rosoli wieder.

»Stimmt es, dass das Wasser bei allen möglichen Krankheiten hilft?«, fragte sie skeptisch.

»Seit meine Cousine es nimmt, hat sie keine Kopfschmerzen mehr«, meinte Frau Gertrude.

»Ich werde es morgen Janne mitbringen, vielleicht kommt sie damit wieder auf die Beine«, sagte Anna.

VIERZEHN

Es sollte ein Festtag werden, dieser Gründonnerstag. Die »Henrietta«, das Niederländerschiff von Pieter Meesters, Annas Vater, wurde für den frühen Abend erwartet. Seit zwei Tagen half sie bei den Vorbereitungen.

Schon gestern waren Waffeln gebacken worden. Anna hatte süße Mandelschnittchen in der Pfanne gemacht und Berge von Stutenwecken mit Rosinen vorbereitet, die Maria zum Kuchenbäcker in der Mathiasstraße gebracht hatte. Wie ein Luchs war Moritz in der Küche herumgeschlichen, hatte vom süßen Teig und vom Honig genascht. Wenn er dachte, niemand bemerke es, mauste er getrocknete Aprikosen, Nüsse und Datteln und quengelte, bis Anna sich erweichen ließ und ihm eine warme Waffel, dick mit Zucker bestreut, in die Hand drückte.

»Ausnahmsweise«, hatte sie gesagt und eine bitterböse Miene aufgesetzt. Als die Köchin den Jungen kurzerhand mit der Magd zum Markt schickte, um Butter, Apfelkraut, Blutwürste und Parmakäse zu kaufen, beeilte sich Anna, die ganzen süßen Leckereien in ihrer Dachstube zu verstecken.

Jetzt erhitzte sie Fett in der Pfanne und legte vorsichtig die Rinderkeule hinein. Dennoch spritzte es nach allen Seiten. Das Fleisch war mit Speckscheiben und getrockneten Pflaumen gespickt und hatte zwei Tage lang in gewürztem Rotwein gelegen. Es sollte der beste Braten werden, den ihr Vater je gegessen hatte. Seit Monaten hatte sie ihn nicht mehr gesehen, aber nun würde er über die ganzen Ostertage bleiben. Da mussten Küche und Keller gefüllt sein!

Als sie gehört hatte, wie Frau Gertrude mit der Köchin die Speisenfolge für den Donnerstagabend und das lange Wochenende durchging, hatte sie fast ein schlechtes Gewissen bekommen – es war Fastenzeit. Aber die Köchin hatte sie belehrt: »Du sollst Vater und Mutter ehren, sagt das vierte Gebot. Und du hast nur noch einen Vater, also sollst du ihn doppelt ehren.« Dabei hatte sie energisch Salz unter eine Unmenge fein geschnittenen Rotkohl geknetet. Für sie gab es nichts Schöneres als Festtage, und sah der Kalender keine vor, dann machte man sie sich eben.

Johannas Gedankengang war bestechend, man musste ihn ja nicht unbedingt mit Pfarrer Forsbach diskutieren, fand Anna. Außerdem, hatte Frau Gertrude gesagt, seien sie ja in der letzten Woche besonders bescheiden gewesen und hätten kaum etwas anderes als Brotsuppe gegessen. Nur hin und wieder ein Hühnerschenkelchen.

Vom Kontor war das laute Kreischen des Papageis zu hören, das bald in friedliches Geplapper überging. Aus dem Gästezimmer drangen die Stimmen der beiden Mägde, die das Bett richteten. Einmal stimmte eine ein Lied an, und die andere fiel ein. Aber sie sang so falsch, dass beide gleich darauf in schallendes Gelächter ausbrachen. Anna war glücklich. Die Vögel zwitscherten, der Himmel war blau wie Johannas Schürze, nur sauberer, der Winter war endgültig vorbei. Am Morgen hatte sie ein Briefchen von Janne erhalten, es gehe ihr besser, sie könne sogar schon wieder aufstehen, ohne dass es ihr schwindlig werde, und Merckenich hatte Hermines Sohn gegen einen Batzen Geld aus dem Turm geholt und ihm eine Arbeit auf dem Fischmarkt verschafft. Er und Dalmonte hatten ihn zuvor im Gefängnis aufgesucht, mit ihm gemeinsam eine Liste erstellt, wann er wem was gestohlen hatte, und ihn dazu verdonnert, den gesamten Schaden auf Stüber und Heller wiedergutzumachen. Angesichts der krätzigen, aussätzigen, stinkenden und rotzenden Brüder um ihn herum, hatte der Junge alles versprochen. Und hoch und heilig Besserung gelobt. Sie glaubten ihm.

Vor allem aber hatte es in der Spedition seit einer Woche keinen Diebstahl mehr gegeben. Sie konnten aufatmen. Anna drehte das Fleisch ein letztes Mal um und schloss den Deckel. Bis das Feuer heruntergebrannt war, würde das Fleisch durch sein.

»Mach voran, Moritz! Wir müssen los«, rief sie dem Jungen zu, der zwei Körbe mit Würsten, Brot und Bier richten sollte, aber herumtrödelte und lieber mit der Katze spielte, die der Essensduft angelockt hatte.

Im Hof wusch sich Anna rasch Hände und Gesicht überm Brunnen und nahm dann zwei Stufen auf einmal nach oben zu ihrem Zimmer. Kaum hatte sie die Tür hinter sich geschlossen, riss sie sich die Küchenschürze vom Leib, klopfte das Kleid aus, legte die feine Ausgehschürze an und ein frisches Tuch um. In aller Eile flocht sie sich den Zopf neu, steckte das kleine Häubchen fest, strich die heraushängenden Fransen hinters Ohr und war schon wieder auf der Treppe nach unten. Sie war aufgeregt wie ein kleines Kind vor dem Christfest.

Die »Henrietta« legte gerade an, als Anna und Moritz zu der Stelle im Hafen kamen, wo unterhalb von Groß Sankt Martin die Niederländerschiffe ankerten. Die Knechte waren eben dabei, die Segel zu streichen und die Samoureuse am Ufer festzumachen. Ihr Vater stand, breitbeinig wie sie ihn kannte, am Bug und winkte ihr zu. Die ganze Anspannung der letzten Wochen fiel von ihr ab. Sie stellte ihren Korb mit dem Essen vor sich, befreite auch Moritz von seiner Last und setzte sich auf einen Poller. Die Sonne wärmte ihr den Rücken, sie träumte vor sich hin, bis ihr Vater sie hochhob und in die Arme nahm.

Es schlug sechs Uhr, aber die beiden hatten sich noch längst nicht alles erzählt, was im letzten Monat passiert war. Vor allem das Thema von Merzen sparte sie aus. Sie saßen im Roof, an dem Tisch, an dem sie früher gemeinsam mit der Mutter gegessen hatten, Anna fuhr mit den Fingern das Muster der Holzmaserungen nach. Sie hörte Moritz übers Deck hin- und herrennen, wie sie es auch immer gemacht hatte. Manchmal hörte das Getrappel auf, dann vernahm sie seine Stimme. Er fragte den Schiffsknechten Löcher in den Bauch, was denn dies hier sei und das, und ob er die Ruderstange bedienen dürfe, nur ein einziges Mal, und die Männer erlaubten es ihm.

Man hatte gewürfelt, wer in dieser Nacht frei haben und in die Stadt gehen konnte und wer zur Wache auf dem Schiff bleiben musste. Das Los war auf Jan Jantje und den dicken Willem gefallen.

»Ich will auch hierbleiben«, bettelte Moritz mit leuchtenden Augen. Anna zögerte, aber sie konnte den Jungen verstehen. Am liebsten würde sie ja selbst an Bord bleiben, den Geruch des Wassers und der frischen Brise einatmen, das leise Schaukeln des Schiffs spüren und die Sterne am schwarzen Nachthimmel zählen, der sich wie ein riesiger Dom über dem Fluss wölbte. In solchen Nächten hatte sie sich früher Gott ganz nahe gefühlt. Im heiligen Köln mit seinen hohen Häusern und engen Straßen fühlte sie sich oft wie verloren – trotz der vielen Kirchen, Kapellen, der Stifte und Klöster und ständig bimmelnder Kirchenglocken.

Sie fuhr Moritz über den Kopf und schaute ihren Vater fragend an.

»Von mir aus«, antwortete der. »Wenn Jan und Willem einverstanden sind ...«

Sie waren es.

»Aber nachts wird geschlafen und nicht rumgerannt«, drohten sie ihm gutmütig.

Moritz strahlte. Er schien mit einem Mal einen Kopf größer zu sein.

»Und du gehorchst den beiden«, mahnte auch Anna.

»Klar.«

Er platzte fast vor Stolz. Dann machte er sich daran, die Proviantkörbe unter Deck zu schleppen. Er war plötzlich kein Kind mehr.

Die Hechtsuppe war gegessen, die Leberpastete verspeist und vom Rinderbraten mit den gedünsteten Rüben war nichts mehr übrig geblieben. Nur ein Rest Rotkraut lag noch verloren in der großen Schüssel. Annas Vater wischte sich den Mund ab und dankte. Mit einem zufriedenen Seufzer lehnte er sich zurück. Die brennenden Wachskerzen in den großen Leuchtern tauchten den kleinen Salon des Hauses in festliches Licht, in jedem Fenster stand eine Vase mit weißem Flieder, den Anna der Nachbarin von Elisabeth Pützmann im Katharinengraben, der mit dem herrlich liederlichen Garten, abgekauft hatte. Den Tisch hatte sie mit einzelnen Blüten verziert. Sie verströmten einen Duft, der so ganz anders war als der des Aqua mirabilis, das sie Janne geschenkt hatte. Voll und betörend. Ein Duft zum Alles-Vergessen.

Die Köchin kam mit dem Nachtisch, einer Datteltorte, herein. Während sie die schmutzigen Teller und das Besteck abdeckte, griff Dalmonte zum Weinkrug und schenkte nach.

»Eigentlich ist das der Augenblick, wo man zum gemütlichen Teil des Abends übergeht. Ich fürchte, Pieter, dass ich dir damit heute nicht dienen kann. Es gibt nicht viel Vergnügliches zu berichten.« Und er begann zu erzählen, was Anna dem Vater zuvor schon angedeutet hatte. Dalmonte redete sich seine ganzen Sorgen von der Seele. Acht Kaufleute waren inzwischen abgesprungen, der finanzielle Verlust war nicht mehr zu übersehen.

»Was soll ich machen? Ich habe feste Kosten. Die Zolltarife, die Stapelgebühren. Und alle wollen ihr Geld. Die Hafenmeister. Die Schiffer, und die Träger arbeiten auch nicht umsonst. Ich weiß nicht, wie das weitergehen soll.«

Ganz gegen seine Gewohnheit trank der alte Lombarde seinen Weinbecher in einem Zug aus.

»*Scusami,* Pieter, ich habe dich ganz vergessen. Wo habe ich nur meinen Kopf!«

Er füllte den Becher von Annas Vater und bediente sich selbst gleich noch einmal.

»Auf dein Wohl!«

»Auf eures!«, antwortete Pieter Meesters. Alles sprachen sie noch einmal durch. Den Tod der Jungfer Feminis. Die drückenden Vorwürfe Cettinis. Den heimtückischen Überfall auf ihn. Das seltsame Verhalten Farinas, der nichts gegen die Anschuldigungen unternahm und ein Zusammentreffen mit Dalmonte tunlichst vermied. Und natürlich die Diebstähle. Schienen diese am Anfang noch wahllos über die ganze Stadt verteilt gewesen zu sein, mussten sie, nachdem sie alle Vorfälle der letzten Wochen zusammengezählt hatten, feststellen, dass die Täter es inzwischen hauptsächlich auf Dalmonte abgesehen hatten. Das konnte kaum ein Zufall sein.

Frau Gertrude hielt ihrem Mann ein kleines Glas hin, sie war bleich im Gesicht. Bis er begriff, was sie wollte, hatte sie schon selbst die Karaffe mit Branntwein geholt und sich eingeschenkt. Das scharfe Getränk nahm ihr fast den Atem.

»Farina will dir an den Kragen«, sagte sie, als sie wieder sprechen konnte.

»Ach, Trudis, ich weiß nicht. Das war zwar auch mein erster Gedanke, aber ich sage mir immer wieder, er ist doch mein Landsmann!«

»Und wenn schon.« Ihre Augen blitzten vor Wut.

Pieter Meesters versuchte sie zu beruhigen. »Wenn ich richtig verstanden habe, trauen doch viele Farina zu, am Tod von Catharina Feminis schuld zu sein. Wenn er sich da an jedem Einzelnen rächen wollte, müsste er die halbe italienische Gemeinde umbringen. Das scheint mir nun doch etwas abwegig zu sein.«

Frau Gertrude schnaubte ungehalten. Ihr Mann tätschelte ihr die Hand. »Noch einen?«, fragte er und goss ihr ein. Diesmal trank sie in kleinen Schlückchen, mit sichtbarem Behagen.

»Du und Farina, habt ihr euch schon als Kinder gekannt?«, fragte Meesters.

»Was heißt gekannt? Man kannte den Namen. Und meine Mutter hatte eine Base, die in Santa Maria mit einem Freskenmaler verheiratet war. Der kam in fast jedes Haus und wusste immer, was überall so passierte. Aber damals war ich noch ein Kind, und als Kind schert einen das Gerede nicht. Als ich das Valle verließ, war Farina kaum älter als vier oder fünf.«

Er war vierzehn gewesen, als er mit Don Ciufín mitging und sein erstes Geld als Pomeranzenjunge verdiente. Die Kinder der Farina dürften das kaum nötig gehabt haben. Wer es sich leisten konnte, schickte seine Söhne in die großen Handelsstädte zu Verwandten, wo sie das Leben kennenlernen sollten. Sie wurden Kaufleute, Bankiers, Tabakfabrikanten. Die Brentanos in Frankfurt fielen ihm ein, die reichen Guaitas, Johann Jakob Mainone, der Geld an Fürsten verlieh. Aber sie waren die Ausnahmen. Die meisten seiner Landsleute blieben ihr Leben lang Kaminfeger, ungelernte Maurer, Hausierer oder herumziehende Kesselflicker und Wannläpper, die Kurfürst Clemens August in einem Atemzug mit Dieben und Landstreichern nannte. Kein Mensch kannte ihre Namen. Wenn sie starben, verscharrte man sie vor den Stadtmauern auf dem Acker für Fremde und Aussätzige. Bitterkeit beschlich Dalmonte, aber auch Dankbarkeit, dass er es geschafft hatte. Ein Plätzchen in Sankt Maria Lyskirchen war ihm sicher. Was nur gerecht war, nach allem, was er für die Kirche getan hatte! Dabei fiel ihm ein, dass er wieder einmal Geld nach Craveggia schicken sollte. Nach jedem Winter musste das Dach der alten Schule erneuert werden. Es hieß, sie sei die erste im ganzen Vigezzotal gewesen, und er war stolz darauf, dort lesen und schreiben gelernt zu haben. Seit er sich jeden Tag, den Gott werden ließ, Wein leisten konnte, war es ihm eine heilige Pflicht, der Pfarrei zu Hause regelmäßig Geld zukommen zu lassen, für Papier und Federn, für Holzpantinen für die Kinder oder für das Gehalt des Lehrers. Man sollte eine Stiftung gründen, damit überall in den Bergdörfern die Jungen, aber auch die Mädchen, zur Schule gehen könnten. Manchmal hatte er mit dem alten Feminis darüber gesprochen, dann war dieser gestorben, und er hatte die Idee erst einmal beiseite geschoben. Merckenich wäre der richtige Mann für so etwas, dachte er, tatkräftig, unbestechlich. Nur leider war er kein Vigezzino. Um den Menschen im Vigezzo zu helfen, brauchte es Leute, die mit dem Tal verbunden waren. Leute wie er. Und Farina.

Der Gedanke an seinen Landsmann machte ihn schlagartig nüchtern. Er würde ein andermal über eine Schulstiftung nachdenken.

»Da gibt es noch etwas, das du wissen solltest.«

Seine Stimme war schärfer als beabsichtigt, und die anderen blickten überrascht auf. Schnell korrigierte er sich: »Vielleicht will Anna es dir lieber selbst erzählen.« Er wollte sie dazu ermuntern, aber das Mädchen schüttelte verlegen den Kopf.

»Nein? Dann muss ich es dir wohl sagen.« Er wischte sich mit der Serviette über den Mund, hüstelte feierlich und platzte dann heraus: »Deine Tochter hat einen Verehrer.«

Anna wäre der Köchin am liebsten um den Hals gefallen, dass sie genau in diesem Moment mit lautem Gepolter die Tür aufstieß und Kaffee hereinbrachte. Wollte man ihr übel, was selbstverständlich niemandem im Haus Dalmonte in den Sinn käme, hätte man meinen können, sie hätte an der Tür gelauscht. Anna sprang auf und half Johanna, die Tassen auf dem Tisch zu verteilen. Der Kaffee duftete betörend, und eine Zeit lang hörte man nur leises, vorsichtiges Schlürfen und das feine Klirren, wenn jemand seine Tasse auf den Unterteller zurückstellte.

Dann aber konnte Pieter Meesters seine Neugier nicht mehr bezähmen. Alles wollte er wissen, und Dalmonte erzählte mit stolz geschwellter Brust, als ob er der Vater wäre. Die beiden Frauen hielten sich zurück, die eine, weil sie gegen den Redeschwall ihres Mannes ohnehin nicht ankam, die andere, weil es ihr unangenehm war. Natürlich fühlte Anna sich geschmeichelt, dass ein so viel älterer, erfahrener Mann wie Diedrich von Merzen sich um sie bemühte. Aber sie wusste doch noch immer nicht so recht, was sie für den Spediteur empfand. Ob er wirklich der Mann war, dem sie ihr Ja geben wollte. Es war weit nach Mitternacht, als sie die Tafel aufhoben. Johanna, die noch in der Küche wirtschaftete, hörte das Hämmern am Hintereingang zuerst.

»Aufmachen! Macht doch endlich auf!«

Sie erkannte die nuschelige Stimme sofort und riss den Riegel zurück. Tilman stürzte in den Hof.

»Sie haben die ›Henrietta‹ überfallen!«

FÜNFZEHN

»Wer sind ›sie‹?«

Mit kleinen, verschlafenen Augen saß der Bürgerhauptmann Willem und Jan Jantje in der Küche im Filzengraben gegenüber und versuchte zum wiederholten Mal, sich aus ihren mehr niederländisch als deutsch gestammelten Brocken ein Bild von dem nächtlichen Angriff zu machen. Das ganze Haus war um den Esstisch versammelt, Anna fahl wie Kerzenwachs. Ihr Vater hatte den Arm um sie gelegt. Ein trauriger Karfreitag war heraufgedämmert.

»*Geen idee.* Sie müssen sich von hinten angeschlichen haben.« Jan Jantje massierte sich mit beiden Händen den Hals, drehte ihn vorsichtig nach allen Richtungen, betastete sein linkes Ohr, die Beule am Hinterkopf.

»Habt ihr geschlafen, dass ihr nichts gehört habt?«

»Nein, wirklich nicht. Aber am Ufer war es laut, irgendein Gejohle in einer Schenke, ein ganzer Haufen Saufbrüder stand auf der Kaimauer herum und grölte. Die hätten eine Kanone abschießen können, wir hätten es nicht gehört.«

»Ihr könnt also nicht sagen, wie viele es waren?«

Willem verneinte wortlos. Ihn hatte es besonders schlimm erwischt. Immer wieder hatte Johanna den Verband wechseln müssen. Es dauerte lange, bis die Wunde zu bluten aufhörte. Jetzt saß der Geselle mit dick umwickeltem Kopf da, stöhnte vor sich hin und rieb sich die wehen Knochen.

»Ich habe gerade noch gesehen, wie sie Willem eins übergezogen haben«, berichtete Jan Jantje. »Dann muss es auch mich erwischt haben, denn als ich wieder aufwachte, lag ich gefesselt am Boden, mit den Füßen am Mast festgebunden, Willem neben mir. Ich konnte gar nichts machen, nicht mal schreien, weil sie mir einen Knebel in den Mund geschoben haben. Und Willem rührte sich nicht.«

»Und dann?«

»Ich konnte Schritte hören, mir kam es so vor, als ob es zwei waren. Aber ich will es nicht beschwören. Sie liefen schnell, immer hin und her. Wahrscheinlich, um möglichst viel wegzuschaffen. Sehen konnte ich sie nicht.«

Dalmonte atmete hörbar. Ein vollbeladenes Schiff, und das war die Samoureuse von Pieter Meesters, ließ sich nicht so einfach in ein oder zwei Stunden löschen – ausräumen, sollte er in diesem Fall wohl besser sagen –, schon gar nicht von nur zwei Männern. Fässer waren aufgebrochen und oberflächlich durchsucht worden. Aber mit Erleichterung hatten er und Annas Vater bei einer ersten schnellen Überprüfung festgestellt, dass tatsächlich nicht allzu viel verschwunden war. Die Sache an sich aber war schlimm, in Windeseile würde sich der Überfall in der ganzen Stadt herumsprechen. Der Schaden war mit Geld nicht wiedergutzumachen.

Und dann war da auch der Tod von Moritz.

Nachdem Tilman mit der Schreckensnachricht hereingeplatzt war, dass jemand zu ungewohnter Stunde Ware von Bord der »Henrietta« schaffe, waren Dalmontes Knechte, mit Eisenstangen bewaffnet, sofort zum Hafen gerannt. Zuerst habe es ein Riesenpalaver mit den Wachen an der Pforte gegeben, die eine Ewigkeit gebraucht hätten, bis sie verstanden, was passiert war, und sie endlich durchließen. Am Schiff angelangt, waren die Lumpenkerle natürlich schon längst über alle Berge.

Matthias und Severin berichteten wild durcheinander, Simon Kall hatte Mühe, ihnen zu folgen, und musste immer wieder nachfragen.

Als Pieter Meesters mit Dalmonte, der nicht mehr so schnell laufen konnte, nachgekommen war, hatten die Knechte die beiden Schiffsgesellen aus ihrer schlimmen Lage befreit. Dann fiel ihnen der Junge ein.

Sie durchsuchten alles, vom Heck bis zum Bug, wo Moritz unter freiem Himmel geschlafen haben musste, denn sie fanden die Decke, die Anna noch aus der Truhe im Roof geholt hatte. Von ihm selbst keine Spur. Dem Spediteur wurde schwindlig. Was, wenn er sich wie bei dem ersten Giovanni, den er aus unverbesserlicher Gutmütigkeit ins Haus genommen hatte, auch in diesem Jungen getäuscht haben sollte? Was, wenn Moritz mit den Halunken unter einer Decke steckte? Es würde so manches erklären. Zum Beispiel, dass die unbekannten Diebe so leicht in seinen Lagerraum eindringen konnten und anscheinend immer genau über Ankunft und Abfahrt seiner Frachttransporte Bescheid wussten.

Börtschiffer von der Trankgasse brachten Moritz am frühen Morgen. Als sie kurz nach Sonnenaufgang zu ihrer täglichen Fahrt nach Düsseldorf aufbrechen wollten, fischten sie den schmächtigen Körper aus dem Wasser. Er hatte sich zwischen Treibholz, Abfall, Seilen und dem Tau eines Ankers verfangen.

»Vielleicht hat er versucht, sich ihnen in den Weg zu stellen, und sie haben kurzen Prozess mit ihm gemacht«, sagte Matthias.

Die Köchin schluchzte. »Das sieht ihm ähnlich, naseweis und vorlaut, wie er war. Aber so tapfer! Der kleine Kerl.« Sie heulte laut auf und schnäuzte sich ins Sacktuch.

»Es ist meine Schuld«, sagte Anna. Sie wisperte, man konnte sie kaum verstehen. »Wenn ich ihm nicht erlaubt hätte, an Bord zu bleiben ...«

Ihr Vater streichelte ihr unbeholfen übers Haar.

»Nein, es ist nicht deine Schuld, ich hab's doch auch erlaubt«, versuchte er sie zu trösten. Es half nichts. Anna zitterte am ganzen Körper. Nasskalter Schweiß stand ihr auf der Stirn. Ich darf nicht umkippen! Ich darf nicht, ich darf nicht. Sie lehnte den Kopf an die Schultern ihres Vaters. Johanna brachte ihr einen heißen Aufguss.

»Kamille hilft immer«, hörte sie die Köchin wie durch fünf Lagen Stoff hindurch sagen, auch die Stimmen der anderen waren weit weg. Sie trank. Schluck für Schluck. Langsam ließ das Rauschen in ihrem Kopf nach. Bonifaz nahm sie als Ersten wieder wahr.

»Wo haben sie die Waren hingebracht, die sie gestohlen haben? Sie können doch damit nicht mitten in der Nacht durchs Tor gekommen sein.«

»Keine Ahnung«, antwortete Matthias. »Wir haben uns zuerst um Jan und Willem gekümmert. Sie müssen die Sachen irgendwo versteckt haben ...«

»... oder sie klammheimlich durch irgendein unvergittertes Fenster in der Mauer einem sauberen Konsorten übergeben haben«, ergänzte Severin.

»Einer von den Halunken sah aus wie der lange Kerl, der beim Überfall auf den Journalschreiber mit dabei war.« Keiner hatte mehr auf Tilman geachtet, der in einer Ecke saß und Brot und Schinken in sich hineinschlang. In Annas Gesicht kam wieder Farbe.

»Bist du bei Farina vorbeigegangen und hast dir den Ladendiener angesehen? Ist er der Lange?«

Tilman kaute bedächtig, dann griff er zum Bierkrug, trank und schluckte alles hinunter.

»Ich glaube nicht, dass der es ist.«

»Aber du bist dir nicht sicher?«

Tilman säbelte sich wieder eine dicke Scheibe Schinken ab, die anderen warteten gespannt. Kall wollte gerade ungeduldig den Mund aufmachen, als Tilman antwortete: »Der Lange von damals ist der Lange von heute Nacht. Aber es ist nicht der Ladendiener.«

Dann schob er sich das letzte Stück Schinken in den Mund und stand auf.

»So geht der Ladendiener«, sagte er und ging gemächlich in der Küche auf und ab. »Und so geht der andere.«

Tilman konzentrierte sich, dann setzte er das linke Bein vor und schob gleichzeitig die linke Schulter nach hinten. Dabei drehte er den linken Arm in einem auffälligen Bogen nach hinten und schlenkerte ihn dann ruckartig wieder nach vorn. Zuerst lief Tilman langsam, man sah ihm die Anstrengung an, aber dann hatte er die ungewohnte Gangart im Griff, und er lief schneller. Zwei-, dreimal kreuzte er so durch die Küche, es war eine eigenartige schwankende, schlingernde Bewegung. Tilmans kurze krumme Beine taten das Ihrige, Severin begann zu lachen. Auch die anderen hatten Mühe, ernst zu bleiben. Beleidigt blieb Tilman stehen.

»So ähnlich ging er«, knurrte er eingeschnappt.

Der Bürgerhauptmann war der Einzige, der sich von der unerwarteten Heiterkeit nicht hatte anstecken lassen. Er machte sich ein paar Notizen, die Feder kratzte übers Papier.

»Sein Gesicht hast du nicht gesehen«, fragte er.

»Nein. Das Gesicht konnte ich nicht erkennen, aber so ist er gelaufen.«

Anna versuchte sich zu erinnern, wie der lange Dürre lief, der damals nach dem Gewitter hinter Herrn Dalmonte herging. Sie hätte es nicht sagen können.

Sie redeten noch lange, stellten Mutmaßungen an, verwarfen sie wieder, dann rief Simon Kall seine Männer, die vor der Haustür gewartet hatten, und marschierte mit ihnen hinunter zum Rhein. Auch Matthias, Severin und Jan Jantje beteiligten sich an der Suche nach den gestohlenen Waren, während Willem zu Hause bleiben sollte. Er widersprach nicht. Resa versprach, sich um ihn zu kümmern. Sie warf ihm einen tiefen Blick zu, ihre Brüste guckten vorwitzig aus ihrem Hemd heraus.

»Pfff …«, machte die Köchin und zupfte ihr Schultertuch zurecht. Wäre da nicht der unglückliche Moritz gewesen, der im Nebenzimmer aufgebahrt lag, Anna hätte sich über Johannas grantiges Gesicht amüsiert. Dann schloss sie sich ihrem Vater und Dalmonte an, die ebenfalls zum Kai gingen, um sich um die in der »Henrietta« verbliebenen Waren zu kümmern. Verderbliche Lebensmittel wie Fisch und Käse waren noch gestern Abend gleich nach Ankunft des Schiffes von den städtischen Trägern in die Warenhäuser gebracht worden, alles andere sollte in den nächsten Tagen gelöscht werden.

»Sie haben rausgeholt, was gut zu tragen war«, stellte Meesters fest. »Die Tabakballen waren ihnen zu schwer, aber vom Wein fehlen ein paar Flaschen. Wahrscheinlich haben sie sich damit eine schöne Nacht gemacht.«

Er guckte sich weiter prüfend um.

»Eine Kiste Tee und ein kleines Fass mit Zuckerhüten haben sie mitgehen lassen. Was machen sie damit?«

»Ein Kaffeesack ist geöffnet worden und hier ein Fass mit Bienenwachs. Wie viel war da drin?«, fragte Dalmonte.

»Das muss in den Lieferpapieren stehen. Genau weiß ich es nicht. Es sieht aber nicht so aus, dass etwas fehlt.«

»Wo sind die englischen Handschuhe für Guacci in Bonn? Er wird mir den Kopf abreißen, wenn sie weg sind. Noch vorgestern habe ich ein Schreiben von ihm bekommen, der Kurfürst würde langsam ungeduldig werden.« Der Spediteur durchsuchte die Kisten und Kästen, dann hielt er triumphierend ein Päckchen in die Höhe.

»Hier sind sie«, rief er erleichtert.

Vom Ufer her hörten sie Simon Kall rufen. Unter einem Haufen Fischernetze hatten sie die Teekiste gefunden, Wein und Zucker blieben verschwunden. Außerdem fehlten kleinere Pakete mit Tinte, mehrere Packen Schreibfedern und englische Seife. Danach waren die Diebe dann wahrscheinlich beim Forttragen der Beute gestört worden. Sie wunderten sich über die beliebig anmutende Ausbeute.

Eine ungewöhnliche Gesellschaft hatte sich am Ostersamstag auf dem Friedhof der Elenden am Katharinengraben versammelt, und nie dürfte es dort ein feierlicheres Begräbnis gegeben haben als die Beerdigung des elternlosen Moritz. Meist waren es nur zwei bucklige Leichengräber, die unbekannte Tote, heimatlose Bettler oder bösmundige Ketzer in eine große Grube scharrten. Kaum, dass sie ein Gebet für sie übrig hatten. Hin und wieder gab noch der Pfarrer von Sankt Gregor einem Pilger oder einem armen, aber säuberlichen Wandergesellen das letzte Geleit. Die de Grootes, denen die Kirche mit dem Elendsfriedhof gehörte, ließen dünne Holzkreuze setzen, selten ein einfaches Steinkreuz. Nach ein paar Jahren waren die Male im von Ratten und Mäusen durchhöhlten Boden eingesunken und vom Efeu überwuchert.

An diesem Morgen aber standen Dutzende von Menschen auf dem schmucklosen Gottesacker herum. Fast ganz Lyskirchen war gekommen, ganz vorn standen die Kinder, keines sprach. Hermines Lisbeth lutschte am Daumen. Wer es sich leisten konnte von den Erwachsenen, trug gute schwarze Trauerkleidung, die anderen hatten sich zumindest dunkle Tücher umgelegt. Die Männer hielten respektvoll Hüte und Mützen in der Hand. Der helle Sarg aus dünnen Brettern wurde langsam in die Erde gesenkt. Anna hatte den Flieder, dessen voller Duft noch am Gründonnerstagabend den Salon erfüllt hatte, obenauf gelegt. Dazu ein Säckchen mit Nüssen und Datteln, die Moritz so liebte. Obwohl das Kind nicht katholischen Glaubens gewesen war, hatte Forsbach die richtigen Worte zum Abschied gefunden. Der Pfarrer hätte es Dalmonte zuliebe nicht übers Herz gebracht, ihm diese Bitte abzuschlagen. Im Übrigen war es Annas Wunsch gewesen, Moritz nicht auf einem protestantischen Friedhof vor der Stadt zu beerdigen, sondern hier, nicht weit weg von der Spedition, damit sie ihn jeden Tag, wann immer ihr danach zumute war, am Grab besuchen konnte. Allein, auch ohne Anstandsbegleitung. Vielleicht, um damit etwas wiedergutzumachen.

Neben Anna, deren weißes Gesicht hart unter der schwarzen Haube hervorstach, standen ihr Vater und der ganze Dalmonte'sche Haushalt. Der Spediteur und Frau Gertrude, Johanna, Bonifaz, die Mägde und Knechte. Dann Merckenich mit seiner Frau und andere Mitglieder der Nikolausbruderschaft. Dahinter, leise tuschelnd, die Nachbarn aus dem Filzengraben, Schiffsmeister und Gesellen, die kaum jemand kannte. Sogar Simon Kall war gekommen. Man sah ihm an, dass ihn die Geschichte mehr getroffen hatte, als er es je zugegeben hätte. Tilman hielt sich im Hintergrund, und auch Diedrich von Merzen drängte sich nicht auf. Er war nur kurz zu Anna getreten, um ihr seine Erschütterung über den Tod des Kindes zu bekunden. Erst jetzt sei ihm bewusst geworden, wie gern sie den Jungen gehabt hatte.

An Arbeit war an diesem Tag nicht mehr zu denken. Dalmonte hatte die Köchin angewiesen, Brot und Suppe für die Hausarmen des Kirchspiels zuzubereiten, und obwohl Frau Gertrude am Anfang über die, wie sie es nannte, übertriebene Geldausgabe für ein hergelaufenes Waisenkind schimpfte, stand sie unermüdlich hinter der Almosenbank vor Sankt Maria Lyskirchen und füllte die vielen Schalen und Schüsseln, die die ärmeren Bewohner aus dem Viertel ihr entgegenstreckten. Und nicht nur die. Moritz' Tod hatte sich in der Stadt herumgesprochen.

Gegen Abend war von Merzen, der sich wegen dringender Geschäfte zunächst entschuldigt hatte, in den Filzengraben zurückgekommen und hatte Pieter Meesters um ein Gespräch gebeten. Annas Vater hatte den jüngeren Spediteur in Dalmontes Arbeitszimmer komplimentiert und die Tür hinter ihnen geschlossen.

Anna war alles andere als glücklich darüber. Das war heute nicht der richtige Tag dafür. Sie lag auf dem Bett in ihrem Dachzimmer und grollte. Ausgerechnet heute redeten die Männer über sie und ihr Leben, noch dazu, ohne sie gefragt zu haben. Sie konnten nicht einfach über sie bestimmen, wo sie selbst noch nicht einmal entschieden hatte, was sie wollte. Ob sie ihn wollte. Sie hätte ihren Vater bitten sollen, dieses Gespräch noch nicht zu führen. Sie war dumm gewesen, sie hatte es nicht getan, und alle würden jetzt nur auf ihre offizielle Verlobung warten. Sicher, er war ein Mann von Welt, dieser Diedrich von Merzen. Das tat ihr gut. Aber was würde es bedeuten, wenn sie ihn heiratete? Würde er seiner Ehefrau so viel Selbstständigkeit zugestehen, wie sie Dalmonte ihr einräumte? Sie sehnte sich zurück nach dem sorglosen Leben, das sie als Kind an Deck der Samoureuse erlebt hatte. Um dorthin zurückzukehren, müsste sie einen Schiffer heiraten, einen Mann wie ihren Vater.

Und da war noch etwas: Janne hatte geglüht vor Freude, als Jupp damals um ihre Hand angehalten hatte.

»Hör mal!«, hatte sie gesagt, und Anna hatte ihr Ohr an ihre Brust gepresst und Jannes Herz vor Aufregung hämmern gespürt.

Sie setzte sich auf und legte beide Hände auf ihr Herz. Nichts. Mit einem Mal war sie wütend auf ihren Vater.

SECHZEHN

Eine Schar Neugieriger drängelte sich aufgeregt schwatzend um den Mann mit dem schwarzen Schlapphut. Im dunkelroten Hutband steckte eine lange weiße Feder. Von überall her strömten die Leute zusammen, Kinder schubsten und zwängten sich an den Erwachsenen vorbei nach vorn, niemand wollte sich das Schauspiel entgehen lassen. Mit Klock drei, so hatte mit fremdländischem Akzent ein schwarzhaariger Junge dem Mülheimer Marktvolk den ganzen Morgen über verkündet, würde ihnen ein Tier, wie sie es noch nie gesehen hätten, das Wetter voraussagen. Für nur einen halben Stüber pro Person. Nach der Wetterprophecie gäbe es für jeden ein Tiegelchen Öl vom Fett des Wundertieres. Das einzig wahre Mittel gegen schmerziges Gliederreißen! Und alles zusammen für nur eineinhalb Stüber. Ausnahmsweise. Und nur heute.

Der Mann mit Hut war auf ein Podest geklettert, damit ihn jeder sehen konnte. Dort hatte er einen Tisch aufgebaut und darauf eine große Holzkiste gestellt. Giacomo beobachtete ihn von seinem Platz unter der Linde aus, wo er seine Fläschchen mit Aqua mirabilis anpries. Aber er war nicht bei der Sache. Der Anblick des Savoyers mit dem Käfig erinnerte ihn an eine Kindheit, an die er nicht mehr erinnert werden wollte. Und trotzdem wartete er ungeduldig darauf, dass der andere den Kasten aufmachte, um das Tier, das darin eingesperrt saß, herauszulassen.

Gespannt reckten die Leute die Hälse, als die Uhr des Kirchturms schlug. Doch der Aussteller ließ sich Zeit. Sein kleiner Helfer quetschte sich durch die Menschenmenge und sammelte das Spektakelgeld ein. In der Mütze des Jungen klimperten die Münzen. Es klang verlockend in Giacomos Ohren.

»Los, fang schon an!«, rief jemand, das Publikum wurde zunehmend ungeduldiger. Für sein Geld wollte es endlich etwas geboten bekommen.

»Et voilà, Mesdames, Messieurs, la marmotte voyante!«

Der Mann riss den Hut vom Kopf und deutete eine Verbeugung

an, dann zog er die vordere, in einer Nut eingelassene Wand der Kiste mit einem Ruck hoch, sein Gehilfe schlug einen Trommelwirbel. In der Sonne blitzten die mit Metall ausgeschlagenen Innenwände des Käfigs.

Die Leute, die auf der anderen Seite der Kiste standen, murrten laut, weil sie nichts sehen konnten. Einige forderten ihr Geld zurück. Die anderen aber, die die Schnauze der geheimnisvollen Kreatur herausgucken sahen, schrien »Ah!« und »Oh!« und klatschten Beifall. Geduckt und ein wenig verschlafen kroch das Wesen ins Freie, große schwarze Knopfaugen blinzelten ins ungewohnte Licht. Mit einem Mal richtete das Tier seinen rundlichen Körper auf, machte Männchen, streckte die Nase in die Luft und nahm Witterung auf. Wer nur seinen Rücken sah, konnte meinen, es hätte keine Beine. Hellbraun glänzte das dichte Fell, nur am Kopf war es schwärzlich gefärbt.

»Ein Murmeltier!«, rief jemand besserwisserisch von hinten.

»Jawohl, ein Murmeltier, *une marmotte*!«, schrie der Schausteller. Mit einer geschickten Bewegung ließ er die Tischplatte auf einem unsichtbaren Sockel langsam kreisen. Wer sich beklagt hatte, dass er nichts sehe, verstummte ehrfürchtig.

»Und nun passt auf: Wenn die Marmotte im Freien sitzen bleibt, während ich bis zehn zähle, werden wir sonnige und warme Tage bekommen. Wenn sie sich aber schon vorher wieder in ihre Kiste zurückzieht, wird es regnen und noch einmal kalt werden.« Der Savoyer begann laut zu zählen.

Bei »vier« fiel die Menge mit ein: »... fünf, sechs, sieben ...«, grölte sie, »... neun und zehn!«

Das Tier hatte sich nicht gerührt.

»Mesdames, Messieurs, das Murmeltier hat gesprochen: Der Frühling wird kommen mit seiner ganzen Pracht. Lasst die dicken Tücher und Umhänge zu Hause, holt die Strohhüte mit den bunten Bändern aus der Truhe und tanzt in den Mai. Wer aber nicht mehr springen kann, weil ihn die Gicht plagt, der reibe sich mit dem Öl des Murmeltiers ein. Ein Töpfchen für nur eineinhalb Stüber. Nur eineinhalb Stüber. Nirgendwo bekommt ihr es billiger.«

Ein alter Mann machte den Anfang. Er zählte sein Geld zusammen, reichte es dem Schreier hoch und erhielt seine Medizin.

»Gut und reichlich einreiben«, rief der Murmeltierbesitzer, und der Alte versprach, den Rat zu befolgen. Aber der, der gewusst hatte, um was für ein Tier es sich handelte, runzelte die Stirn.

»Hokuspokus«, sagte er zu Giacomo, der mit seinem Bauchladen hinzugetreten war.

»Nein, kein Hokuspokus«, widersprach der, aber dann schwieg er, als er sah, wie der andere sich erregte. Es war sinnlos, vornehmen Herren etwas erklären zu wollen. Die würden sich von einem hergelaufenen Südländer, wie er einer war, nichts sagen lassen.

Am Abend kommen der Vater und zwei Männer aus Albogno mit zwei erbeuteten Murmeltieren aus den Bergen zurück. Die Kinder rennen ihnen entgegen, allen voran Carlo, der älteste Enkel der Nonna. Wenn der Winter vorbei ist, wird er zu den Schornsteinfegern gehen. Dann wird es hier oben in Piodabella einen Esser weniger geben. Giacomo ist froh darüber. Denn Carlo esse für fünf, klagt die alte Frau immer, sie wisse gar nicht mehr, wie sie ihn satt kriegen solle. Bei ihm zu Hause sind sie gerade fünf, Giovanna, Rosa, Matteo, Carlotta und er, Giacomo, der Jüngste. Giacomo stellt sich vor, dass Carlo, wenn er seinen beiden kleineren Geschwistern alles weggegessen hat und es sonst nichts mehr zu beißen gibt im Haus der Nonna, zu ihnen kommt und alles Brot aufessen wird, das die Mutter unterm steinernen Dach des Hauses aufbewahrt. Das Brot muss lange reichen, hat Giovanna dem Vierjährigen eingebläut, nur einmal im Jahr wird unten im Dorf gebacken.

Aber für die nächste Zeit haben sie genug zu essen. Giacomo läuft das Wasser im Mund zusammen, er liebt Murmeltierfleisch, die Nonna reibt es mit wildem Thymian ein. Auch die Mutter strahlt, als die toten Tiere nebeneinander auf dem kleinen Platz zwischen den drei Almhütten liegen.

»Damit auch der Nächste glücklich auf die Welt kommt«, sagt der Vater zu ihr und streicht ihr über den Bauch.

»Amen«, sagt die Mutter und hält die Hand des Vaters einen Herzschlag lang über der dicken Wölbung fest.

Hat er's doch gewusst! Als die Ziege so prall und dick war, dass er glaubte, sie platze gleich, hat sie zwei Zicklein geboren. Er ist sogar dabei gewesen. Ob in der Mutter auch zwei Kinder stecken? Freuen kann er sich darüber nicht. Das Brot wird nicht reichen, wenn noch ein Kind ins Haus kommt. Vielleicht wird es auch so viel essen wollen wie Carlo, der für fünf isst. Aber wenigstens wird er dann nicht mehr der Jüngste sein. Und wenn es ein kleiner Bruder wird, hätte er jemanden zum Spielen. Denn Matteo ist zwar auch sein Bruder, aber der spuckt bloß und brabbelt unverständliches Zeug. Und manchmal macht er sogar noch in die Hosen.

Die Nonna kocht das Murmeltierfleisch. Das beste Stück bekommt die Mutter. Als die Wehen einsetzen, geht wirklich alles ganz schnell. Mit aller Macht schreit Angelino Battista gegen die aufgehende Sonne an. Gesund und kräftig ist das Kerlchen. Ein Goldkind, flüstert die Mutter und beginnt zu singen.

»Wieso Gold?«, fragt Giacomo, aber Giovanna lacht ihn aus und schickt ihn zum Ziegenhüten.

»Was kostet Euer Wunderwasser?«

Die Stimme einer jungen Frau holte Giacomo in die Gegenwart zurück. Es war eine warme, angenehm dunkle Stimme. Außergewöhnlich sachlich.

Die meisten Interessenten fragten leise, fast schüchtern nach dem Preis seiner schmalen grünen Flaschen, aber die Augen flackerten begehrlich. Nur einmal, ein einziges Mal wollten sie besitzen, was für die noblen Herrschaften in den großen Städten eine Selbstverständlichkeit war. Nicht immer nur am Rand stehen und zusehen, wie andere ein sorgloses Leben lebten und sich Dinge leisteten, von denen man kaum zu träumen wagte. Vielen, die sich um seinen Bauchladen scharten, fehlte es am Notwendigsten, an Kleidung, Essen oder Holz fürs Feuer. Aber sie sehnten sich nach silbernen Knöpfen, glitzernden Schuhschnallen und samtenen Armbändern, und die Hausierer und Marktbudenverkäufer bedienten sie. So war es.

Und dabei war sein Aqua mirabilis noch nicht einmal billiger Flittertand, sondern nützlich. Es rettete Leben, er hatte es am eigenen Leib erfahren. Aber was machten die eitlen Fabrikanten und die hochnäsigen Wunddoktoren? Sie verkauften ihre gesunden Wässerchen für so teuer Geld, dass nur Herzöge und Grafen, reiche Kaufleute und Ratsherren es sich leisten konnten. So weit oben war wahrscheinlich sogar die Luft vergoldet! Aber auch Maurer und Krämer, Dienstmägde und Bettelkinder litten an tausenderlei Gebrechen. Und wer half denen? Niemand. Kein Barbier, kein Medicus. Höchstens eine weise Frau, wenn sie gutmütig war und sich in Kräutern auskannte. Der Dottore, der Römer, hatte das begriffen. Nannte Giacomo den Leuten in den Dörfern seinen Preis, begannen ihre Gesichter zu leuchten. Manche kauften dann sogar gleich zwei Flaschen, weil er nicht zu sagen vermochte, wann er wiederkommen würde. Vor einer Woche, am Mittwoch nach dem Palmsonntag im Gartenhaus, hatte er das erste Mal mit dem heilenden Wasser auf einem Markt gestanden. Nicht in Köln, wie der Dottore ihm eingeschärft hatte, sondern in Rodenkirchen. Tags darauf hatte er in Sürth und Bayenthal die Häuser abgeklappert, dann in Niehl und Longerich, und heute war er nun erstmals im Rechtsrheinischen. Das Wetter war warm, die Leute frühlingstrunken, das Geschäft lief wie am Schnürchen. Von jeder verkauften Flasche, so hatte der Dottore bestimmt, bekam er den zwanzigsten Teil. Er hatte versucht, mehr herauszuhandeln, aber der Römer war unerbittlich geblieben. Das Einzige was er ihm zugestanden hatte, war, dass Giacomo auch weiterhin bei dem zwielichtigen Wirt in der Spielmannsgasse essen und in dem schäbigen Hühnerstall schlafen konnte, ohne dafür zu löhnen. Das Fährgeld nach Deutz oder Mülheim solle er mit den Einnahmen verrechnen. Es war wahrlich nicht die Welt, was er mit dem Verkauf des Aqua mirabilis verdiente, richtig zufrieden war er nicht. Aber am Tag vor Ostern hatte er siebzehn Flaschen verkaufen können, und noch nie hatten so viele Münzen in seinem Sacchetto geklimpert. Giacomo fürchtete nur eins: Dass der Dottore mit der Herstellung von neuem Wasser nicht schnell genug nachkäme. Dass seine Konsorten zu wenig Pomeranzen und Weingeist auftreiben könnten und die von Farina entwendeten Flaschen und Etiketten ausgingen. Dass die Zutaten zu diesem Geschäft auf krummen Wegen ins Gartenhaus gelangten, kümmerte ihn nicht. Das war Sache des Römers. Er, Giacomo, tat nichts anderes, als das Wasser Menschen zu verkaufen, die es gebrauchen konnten. Und zwar zu einem Preis, den auch Arme und Kranke, Wäscherinnen und Tagelöhner, Bauernfamilien und Pferdeknechte berappen konnten. Und käme ein Schornsteinfegerjunge daher, ein Rüsca, wie er einmal einer war, er würde ihm ein halbes Fläschchen schenken.

»Was kostet jetzt also die Flasche?«

Ein wenig ungeduldig wiederholte die junge Frau ihre Frage. Er hatte die Stimme schon einmal irgendwo gehört. Auch das Gesicht kam ihm bekannt vor. Sie war gut gekleidet, nicht übertrieben, aber geschmackvoll. Er hatte einen Blick dafür. Um den Hals trug sie ein schmales Samtband. Ihr Begleiter, ein untersetzter Mann mit schwammigem Gesicht, war wesentlich älter als sie. Falls es ihr Vater war, konnte sie von Glück reden, dass sie nichts von seiner Hässlichkeit abbekommen hatte.

»Meine Freundin war sehr krank«, erklärte sie. »Farinas Aqua mirabilis hat sie wieder gesund gemacht. Aber nun ist ihr kleiner Sohn krank geworden, vielleicht hilft ihm das Heilwasser auch. Die Flasche sah genauso aus wie deine.« Es klang mehr nach einer Frage als nach einer Feststellung.

»Das ist Farinas Aqua mirabilis«, behauptete er, ohne mit der Wimper zu zucken, und überlegte angestrengt, wo er das Mädchen gesehen haben könnte.

»Ich dachte, er verschickt es direkt an seine Kunden. Ich wusste nicht, dass er damit auf Märkte geht.«

Giacomo ärgerte sich über diese Bemerkung.

»Warum soll er damit nicht auf Märkte gehen?«, erwiderte er gereizt.

»Ja, warum eigentlich nicht.« Sie lenkte ein und suchte nach ihrem Geldbeutel. Der Mann neben ihr wollte ihr zuvorkommen, aber sie schüttelte energisch den Kopf und trat einen Schritt vor.

»Ich kaufe eine Flasche, also wie viel nimmst du nun dafür?« Sie hatte den Kopf leicht zur Seite gelegt und schien ihn genau zu beobachten. Plötzlich erinnerte er sich. Da war der Fleck in ihrem linken Auge, und sie trug denselben Silberreif wie damals, als sie in dem Haus im Filzengraben wie aus dem Nichts aufgetaucht war. Der Herr neben ihr war also sicher nicht ihr Vater. Ob er ihr Mann war?

Falls die junge Frau ihn auch erkannt hatte, zeigte sie es nicht.

Er nannte ihr den Preis, acht Albus, und sie legte ihm die Münze in seinen Kasten.

»Ich hätte gedacht, dass es weitaus teurer ist«, sagte sie mit einem Blick, der ihm zeigte, dass sie den Preis kaum glauben konnte. Nur mit Mühe gelang es ihm, diesen Blick auszuhalten.

»Kann ich einem Kind die gleiche Anzahl Tropfen geben wie einer erwachsenen Frau?«, fragte sie. Eine Antwort auf ihre vorherige Bemerkung schien sie nicht zu erwarten. Warum stand sie noch immer hier herum? Er antwortete unwirsch:

»Es kommt darauf an, was der Junge hat. Es steht alles auf dem Wasserzettel.«

»Bist du auch manchmal drüben in Köln?«

Die Frage behagte ihm nicht, er wich ihr aus. »Warum?«

»Damit ich weiß, wo ich dich finde, wenn ich ein zweites Fläschchen brauche.«

»Ihr könnt es in Köln bei Farina direkt kaufen.«

»Es kostet dort sehr viel mehr. Meine Freundin hat wenig Geld.«

Der Mann mit den teigigen Wangen mischte sich ein.

»Ihr braucht es mir nur zu sagen, wenn Ihr Aqua mirabilis möchtet. Ich werde es Euch mit Freuden kaufen, egal, ob für Euch oder für Eure Freundin. Mir kommt es nicht aufs Geld an.« Er hatte eine geschraubte Art zu reden. Und eine einschmeichelnde Stimme. Er war nicht ihr Mann.

Die junge Frau bedankte sich bei ihrem Begleiter. Eine Spur zu höflich, kam es ihm vor.

Dann schien ihr noch etwas einzufallen, und sie drehte sich wieder nach Giacomo um. »Bitte grüß Tonino von mir.«

»Tonino? Ich kenne keinen Tonino.«

»Nein, wirklich nicht?«

Wer war dieser Tonino? Sie hatte ihn überrumpelt, ihm eine Falle gestellt. Aber warum?

»Ich muss weiter«, sagte er und klappte seinen Bauchladen zu.

Als er vom Platz ging, war er sicher, dass sie ihn erkannt hatte und ihm nachschaute wie damals, als er das Haus »Zum roten Schiff« verließ. Er würde von gut angezogenen Leuten in Zukunft erheblich mehr Geld verlangen, damit sie gar nicht erst so dumme Fragen stellten. Der Dottore brauchte davon nichts zu wissen. Der kontrollierte die Anzahl der verkauften Flaschen und rechnete das Geld nach, das Giacomo auf den Tisch des Gartenhauses legte. Seine Hosentaschen durchsuchte er nicht.

Was wollte das Mädchen von ihm? Er drehte sich noch einmal um und blickte zurück zum Markt. Er hatte richtig vermutet. Sie schaute ihm nach. Es schien ihr überhaupt nicht peinlich zu sein.

Später am Nachmittag war er nach Deutz gewandert und hatte es ausprobiert. An den Hintereingängen reicher Häuser verkaufte er vier Fläschchen seines Aqua mirabilis zum doppelten Preis. Natürlich lamentierten die Hausfrauen, feilschten hartnäckig und handelten ihn um ein paar Stüber nach unten. Es machte ihm Spaß, am Ende hatte er trotzdem beträchtlich mehr Geld in der Tasche. Bis zur letzten Überfahrt nach Köln hatte er noch Zeit. In einer Schenke neben der Anlegestelle genehmigte er sich einen kleinen Krug Bier, das erste Vergnügen, das er sich gönnte, seit er nach Köln gekommen war. Die fussige Cristina war nur ein halber Genuss gewesen. Im Kopf rechnete er seinen Verdienst durch, fast hätte er am Ende laut gejubelt. Er riss sich gerade noch zusammen und machte sich einen Spaß daraus, besonders grantig über den Fluss zu gucken, wo auf der anderen Seite die Stadtbefestigung mit ihren Mauerhäusern, Türmen und Bastionen das ganze Ufer einnahm. So gefiel ihm die Stadt. Es war, als ob es keinen Unrat mehr gäbe, als ob ihre Ausdünstungen wie von einem gnädigen Gott hinweggeblasen worden wären. Die Verladekrane im Hafen, die mitten im Strom verankerten Rheinmühlen hatten etwas Behäbiges, Friedliches. Vor den Kais drüben schaukelten Segelschiffe, dazwischen Börtschiffe und grobe Lauertannen. Angler standen wie Holzfiguren am Ufer, flussabwärts wuschen Frauen Wäsche, Kinder planschten im Wasser. Jetzt lächelte Giacomo doch.

Er würde vorsichtig sein müssen, wo er welchen Preis verlangte. Wenn die Leute merkten, dass er von dem einen mehr, vom anderen weniger forderte, könnte es Verdruss geben. In Gedanken machte er sich eine Liste. Es wäre nicht schlecht, schreiben zu können. Aber mehr als ein paar Zahlen kritzeln konnte er nicht. Er musste auch ein Versteck finden für sein Geld. Die Spielmannsgasse war ihm nicht sicher genug. Außerdem wollte er Tilman suchen. Der kannte doch Gott und die Welt und vielleicht auch die junge Frau in Dalmontes Haushalt. Je länger er darüber nachdachte, desto mehr war er überzeugt, dass sie nicht einfach nur sein Wunderwasser kaufen wollte. Da war noch etwas anderes. Er konnte sich nicht vorstellen, was, aber er würde es gern wissen.

Die fliegende Brücke brachte ihn auf die andere Rheinseite. Trotz der vielen Menschen, zwischen denen er eingezwängt auf einer Bank hockte, überfiel ihn eine bleierne Müdigkeit. Das Geschwätz der Leute rollte an seinen Ohren vorbei. Wenn er so erschöpft war, verstand er kein Wort Deutsch.

An diesem Abend wurde er nicht alt. Er verstaute noch den Sacchetto in einem Holzstapel am Kopfende seines Bettgestells, dann kroch er unter die Decke und schlief sofort ein. Einmal beugte sich das Gesicht der jungen Frau vom Filzengraben über ihn, ihre hellbraunen Haare streiften seinen Hals. Der rotbraune Fleck in der blauen Iris flackerte wie eine Kerze. Seine Hand fuhr über ihren Rücken und blieb zwischen nackten Schulterblättern liegen. Es war Griet, die ihn am nächsten Morgen wachrüttelte.

»Du hast heute Nacht italienisch geredet«, schmollte sie. »Hast du überhaupt gemerkt, dass ich neben dir lag?«

SIEBZEHN

Anna löschte die rußende Kerze des Handleuchters und stellte ihn auf den Treppenabsatz. Die restlichen Stufen zu ihrem Zimmer nahm sie im Dunkeln. Geschwind schlüpfte sie durch die Tür und schloss sie sofort wieder, damit keine Gerüche aus dem Treppenhaus in die Stube drangen. Sie blieb stehen und schnupperte. Da war der vertraute Holzgeruch der Dachsparren, und in den Ritzen zwischen den Dielen müffelte Staub. Aus dem frisch gewaschenen Leinenzeug, mit dem sie am Morgen das Bett bezogen hatte, stieg ein Hauch von Seifenlauge, dazu der leise Ton von Lavendel. Sie öffnete die Dachluke, kühle Nachtluft drang herein. Später im Jahr, an heißen Sommerabenden, würde sie erfüllt sein vom Mief toter Fischleiber, der übeldäuig in den engen Straßen lastete. Noch immer lag über der Stadt geschäftiger Lärm, drunten rumpelte eine späte Karre durch den Filzengraben. Zwischen Wolkenlücken funkelten Sterne. Ihr Vater ankerte zur Zeit vor Zons, es war gut zu wissen, dass er dort dieselben Sterne sah.

Sie schloss das Fenster, ging zum Tisch und öffnete die Schublade des Spiegelkästchens. Feiner Pomeranzenduft strömte heraus. Sie beugte sich darüber, blähte die Nasenflügel und sog das sanfte Odeur ein. Beim Einatmen hörte sie die Luft leise zischeln. Dann holte sie die grüne Rosoli, die sie dem dünnen Gängler am Nachmittag auf dem Mülheimer Markt abgekauft hatte.

Dass Diedrich von Merzen das Heilwasser bezahlen wollte, hatte ihr widerstrebt. Sie war es doch, die es Janne mitbringen wollte. Das Geschenk für die beste Freundin ließ man sich doch nicht von jemand anderem bezahlen! Überhaupt begann dieser Mensch sich ein wenig zu sehr in ihr Leben einzumischen, vor allem seit seiner Unterredung mit ihrem Vater, bei der sie nicht dabei sein durfte. Das hatte mit der Kutsche begonnen, was zugegebenermaßen ein verführerisches Angebot gewesen war. Und sie hatte sich ja auch darauf eingelassen. Aber schon Ostersonntag war er dann mit etlichen Ellen feinsten, hellblauen Damasts gekommen, nur weil sie zuvor bei einem Spaziergang eine Spur zu lang an einem Stoffladen stehen geblieben war. Natürlich ließ er wie beiläufig durchblicken, dass er ganz selbstverständlich die Schneiderin bezahlen würde. Sie murmelte ein Danke und hatte das ungute Gefühl, nicht die richtigen Worte zu finden.

»Wie aufmerksam von ihm!« Frau Gertrude hatte sich höchst beglückt gezeigt und das Mädchen umarmt. Anna wusste, was es bedeutete, dass sie den Stoff angenommen hatte. Aber noch immer verdrängte sie den Gedanken an eine Heirat. Es war ihr alles ein wenig zu viel der Aufmerksamkeit und vor allem zu schnell. Sie kannte ihn doch noch keine zwei Wochen! Er hätte sie wenigstens fragen können, ob ihr Farbe und Muster überhaupt zusagten, beschwerte sie sich am nächsten Tag bei Janne darüber. Doch diese hatte sie ausgezankt.

»Du bist eigensinnig. Hast schon immer alles lieber allein gemacht. Was glaubst du, was ich jubeln würde, wenn mein Jupp mir nur ein einziges Mal was mitbringen würde.«

Vorsichtig entkorkte Anna die schmale Bouteille. Sie hielt sie sich an die Nase und schloss die Augen. Vor Aufregung vergaß sie zu atmen. Dann aber sog sie ganz langsam die Blume des fremden Aqua mirabilis ein. Pomeranzenhauch kroch ihr in die Kehle. Sie mochte das. Noch einmal atmete sie tief. Da war ein Ton von Zitrone. Und noch etwas anderes. Etwas Kräftiges, Grünes. Sie stellte die Flasche auf den Tisch, weit weg vom Spiegelkasten, sie fürchtete, dass die Aromen sich mischen könnten. Dann holte sie das Stoffpäckchen mit der Glasscherbe aus der Schublade und roch daran. Der Duft hatte in den letzten Tagen nachgelassen, aber Anna glaubte dennoch, einen Unterschied wahrzunehmen. Abwechselnd hielt sie sich die Rosoli vor die Nase und dann das Scherbenpäckchen, witterte, schnupperte, schnüffelte, wieder und wieder. Das Stoffbündel roch weich, die Aromen der verschiedenen Zitrusöle schienen Anna fein aufeinander abgestimmt zu sein, allenfalls überwog der süßschwere Duft der Bergamotte. Dagegen war das Tonikum aus der Flasche des welschen Gänglers schwächer, auch herber. Und es hatte, als sie einen Tropfen kostete, diesen Beigeschmack, den sie nicht kannte. Feminis' Aqua mirabilis und das, was der alte Farina ihr gegeben hatte, waren ihr gleich vorgekommen. Dieses hier war eindeutig anders.

Doch der Unbekannte hatte behauptet, es sei ein Erzeugnis Farinas.

Stellte Farina zwei verschiedene Produkte her, eines für das besser gestellte Publikum und eines fürs einfache Volk? Oder …

Sie setzte sich aufs Bett und betupfte sich die Schläfen mit dem Wasser. Es kühlte angenehm.

Oder hatte der Mann gelogen und verkaufte ein Aqua mirabilis, das keines war? Zumindest nicht das des Johann Maria Farina von Obenmarspforten?

Bei den ersten Diebstählen, die Dalmontes Spedition getroffen hatten, waren Weingeist verschwunden, dann Flaschen mit Feminis' Wunderwasser, später auch Säcke mit Pomeranzen. Was bei Farina und anderswo gestohlen worden war, wusste sie nicht, aber plötzlich glaubte Anna, eins und eins zusammenzählen zu können. Endlich waren sie einem der Diebe auf der Spur, vielleicht sogar dem Mörder von Moritz und Cettini.

Aber ganz sicher war sie sich nicht. Sie versuchte sich vorzustellen, wie Tilman neulich in der Küche auf und ab gegangen war und die seltsame Gangart des langen Kerls nachahmte, der das Schiff ihres Vaters überfallen hatte. Tilman hatte das linke Bein vorgesetzt und dabei die Schulter nach hinten gedreht. Eine absonderliche Art zu gehen. Als sie den Welschen in Mülheim hatte fortgehen sehen, war ihr nichts Ungewöhnliches aufgefallen. Aber er hatte auch diesen wuchtigen Bauchladenkasten umhängen, den er mit beiden Händen festhalten musste, sodass er dadurch vielleicht anders lief, als wenn er nichts trug.

Und noch etwas verstand sie nicht. Wenn der Unbekannte Aqua mirabilis fälschte und die Zutaten dafür zusammenstahl, warum hatte er dann auch Stoffballen gestohlen und Salzsäcke, Federn, Tee, Wein und Seifen?

Wein war ja noch begreiflich. Den konnte man zur Not selbst trinken. Aber die Säcke mit Salz und Kisten mit Seifenstücken? Wahrscheinlich, überlegte sie, teilten sich die Diebe die Beute. Der eine hatte es auf die Ingredienzien von Aqua mirabilis abgesehen und auf die Flaschen von Farina, um die Kunden damit zu prellen. Der andere verschacherte die restliche Beute unter Hehlern. Köln war eng und dunkel, überall ließen sich heimlich Geschäfte machen, in den schmalen Hafengassen, im Färberviertel zwischen Blaubach und Auf dem Büchel, in Winkeln an der Stadtmauer. Anna war überzeugt, dass es sogar in den Kirchen nicht immer gottgefällig zuging. Die Obrigkeit konnte schließlich nicht überall sein.

Ob der zweite Mann, den Tilman gesehen haben wollte, der einzige Konsorte des Welschen war?

Sie stand auf, verstöpselte die Rosoli vom Mülheimer Markt und griff nach dem Päckchen mit den Scherben. Es war schon spät, doch Herr Dalmonte ging selten vor Mitternacht zu Bett. Bevor sie das Zimmer verließ, strich sie andächtig über von Merzens hellblauen Damast, den sie aufs Bettende gelegt hatte. Mit den Fingern fuhr sie die zarten weißen und gelben Blütenranken entlang, die den Stoffrand säumten. Sie hatte selten etwas Schöneres gesehen. Jetzt klopfte ihr Herz doch ein wenig.

Leise stieg sie die Treppe hinunter. Durch die Ritze unter der Tür zum Kontor fiel Licht auf den Gang. Sie hörte Dalmonte reden, jemand musste bei ihm sein. Sie klopfte dennoch.

Es war Merckenich, der im Besuchersessel saß, die Rückenlehne verdeckte ihn fast. Nur sein sorgfältig kahl rasierter Schädel ragte darüber hinaus, sein Haarteil hing wie vergessen über dem Perückenstock daneben. Unter Freunden redete es sich einfach bequemer ohne. Merckenich drehte sich nach Anna um. Sie knickste und blieb abwartend stehen. Dalmonte winkte sie heran.

»Ich nehme an, es ist wichtig, wenn du um diese Stunde kommst.« Mit der Hand fuhr er sich über die müden Augen, seine Schultern bebten, Anna wusste nicht, ob aus Erschöpfung oder vor Kälte. Sein Gesicht war grau und versteinert, er schien um Jahre gealtert zu sein. So hatte Anna ihn noch nie gesehen, sie sollte zurück in ihr Zimmer gehen. Doch da stand Merckenich schon auf und holte ihr einen Stuhl aus der Fensternische.

»Setz dich!«

»*Dio ci ha dimenticati.* Was habe ich getan, dass Gott mir das alles antut? In meinem Alter!«, klagte der alte Herr. Vor ihm auf dem kleinen runden Tisch lag ein zur Hälfte beschriebener Papierbogen. Die großen Buchstaben darauf sahen aus wie eilig hingeschmiert. »Hose«, »Gesicht«, »Narbe« entzifferte Anna, während sie Platz nahm. Um nicht neugierig zu erscheinen, lehnte sie sich zurück. Aber Dalmonte schob ihr das Schriftstück zu.

»Lies ruhig! Kall hat es vorbeigebracht. Sie haben sich noch einmal den Knecht vorgeknöpft, dem das Päckchen für Farina abgeluchst worden ist. Übrigens auf ziemlich gerissene Art und Weise.« Nun konnte er ein verschmitztes Lachen doch nicht unterdrücken.

»Kall ist ehrgeizig, er will sich nicht vorwerfen lassen, er würde sich nicht kümmern, und es ärgert ihn, dass er bisher noch nichts über den Mord an Cettini herausbekommen hat. Keinen Schritt weiter ist er gekommen. Niemand will etwas gesehen oder gehört haben, und was den Überfall auf das Schiff deines Vaters betrifft ...«, Dalmonte hatte Mühe weiterzureden, »... und Moritz' Tod, so gibt es auch da nichts Neues. Falls die Sache mit dem Paketträger überhaupt mit unserer Geschichte zusammenhängt, wäre dieser Bursche die einzige Person, an die Kall sich halten kann. Wahrscheinlich hat auch Farina noch ein paar Taler springen lassen, damit sie weitersuchen.«

Er räusperte sich.

»Sie haben den Träger also noch einmal befragt, vor allem auch, ob er den Betrüger beschreiben könne. Am Ende ist unser guter Bürgerhauptmann zu dem Schluss gekommen, dass der Dieb von Farina auch unser Dieb sein könnte. Kann sein, muss aber nicht. Denn die Person, die dem Fuhrknecht aufgelauert hat, hat anscheinend allein gehandelt. Sowohl bei Cettini als auch bei dem Überfall auf die ›Henrietta‹ waren aber mindestens zwei Personen im Spiel. Behauptet zumindest Tilman. Allerdings, und hier wird es interessant, soll der Dieb bei Farina groß und dünn gewesen sein, und so einen großen Dünnen will Tilman ja auch gesehen haben.«

»Groß ja, aber dünn hat er nicht gesagt«, berichtigte Anna. »Und außerdem, warum sollte ein Mann, der in Farinas Auftrag Cettini umbringt, gleichzeitig Farina bestehlen?«

»Darauf ist Kall natürlich auch gekommen. Aber was soll er machen, er muss jeder Spur nachgehen.«

Dalmonte nahm einen Schluck Wein, dann kicherte er leise.

»Kall mag manchmal ein wenig einfältig sein, aber glücklicherweise ist er pedantisch. Seine Vorfahren müssen von sonst woher kommen, nur nicht aus Köln. Der Gute hat tatsächlich alles haargenau aufgeschrieben, was der Fuhrknecht ihm erzählt hat. Großer Mann, mager, eine Hose mit Riss über der Wade, auffallend lange Finger. Ach, lies es selbst, Kall hat uns eine Abschrift dagelassen. Vielleicht hast du ja so einen Menschen schon einmal gesehen. Oder Tilman.«

Anna las, zuerst halblaut, dann ein zweites Mal stumm. Alles an dem Mann schien lang und dünn zu sein, selbst die Nase und der dünne Zopf, der ihm in den Rücken fiel. Auf der linken Stirnseite habe er eine Narbe. Und der verschlissene Rock habe um den Kerl herumgeschlottert wie ein Hausrock um ein Skelett. So hatte Kall geschrieben. Wortwörtlich.

Die ganze Beschreibung passte auf den welschen Hausierer von Mülheim, aber hatte der eine Narbe im Gesicht gehabt? Anna hatte auf seine Flaschen geachtet und auf seinen Gang. Sie hatte seine Augen gesehen, die seltsam niedergedrückt wirkten, wogegen seine Stimme im Gespräch mit ihr gereizt klang. Er hatte hellbraune Augen. Augen, die sie irritiert hatten. Die nicht aussahen wie die eines Mörders. Aber wie sahen die Augen eines Mörders aus? Anna ließ das Blatt sinken. Nein, eine Narbe war ihr nicht aufgefallen. Allerdings hatte er im Schatten eines Baums gestanden, vielleicht konnte man sie nur sehen, wenn ihm Licht ins Gesicht fiel.

»Es ist möglich, dass ich diese Person schon einmal gesehen habe«, sagte Anna. Sie blickte von Dalmonte zu Merckenich. Dann legte sie die Rosoli und das Scherbenpäckchen auf den Tisch und begann zu erzählen, von dem Tag, als sie den Welschen das erste Mal gesehen hatte, bis zu dem Augenblick auf dem Mülheimer Markt.

»Könnt Ihr Euch vorstellen, dass Farina zwei verschiedene Arten von Aqua mirabilis herstellt? Eines für Arme und eines für Reiche?«, fragte sie zum Schluss.

Dalmonte griff nach der grünen Flasche. Durch das Brillenglas hindurch studierte er aufmerksam den beigefügten Wasserzettel. Dann zog er den Korken heraus, roch an der Öffnung, ließ ein paar Tropfen der Flüssigkeit in einen Becher fallen und füllte mit Wasser auf. Er trank in kleinen Schlückchen.

»Ich kann mir nicht vorstellen, dass Farina unterschiedliche

Heilwässer fabriziert und diese dann in den gleichen Flaschen verkauft. Er würde sich damit selbst schaden. Dieses Wasser hier ist nicht schlecht, aber es ist nicht das Original. Es enthält zu viel Limettenöl, und da ist etwas Krautiges, das ich nicht kenne. Wahrscheinlich hast du recht, Anna. Dieser Mensch stiehlt sich die notwendigen Ingredienzien zusammen, mischt sie auf seine Art neu und verkauft das Ganze zu einem äußerst günstigen Preis. Es scheint sich zu lohnen, sonst würde er es nicht machen. Und da er die Flaschen unter Farinas Namen verkauft oder die Leute zumindest im Glauben lässt, es sei dessen Produkt, verkauft es sich doppelt so gut.«

Dalmonte trank den letzten Rest Wasser und spülte mit Wein nach.

»Wunderwasser gibt es wie Sand am Meer, jeder Quacksalber verkauft sie, egal, ob sie helfen oder nicht. Solange die Leute dran glauben …«

Er vollendete den Satz nicht.

»Übrigens muss so ein Zeug noch nicht einmal schlecht sein«, fuhr er dann fort. »Ich kenne Menschen, denen es geholfen hat. Schlimm ist nur, wenn böse gepanscht wird. Ich habe von Fällen gehört, wo die Flaschen fast ausschließlich Brunnenwasser enthalten haben. Brunnenwasser und drei Tropfen irgendeines ätherischen Öls. Das ist eindeutig Betrug.«

»Wenn Farina erfährt, dass da jemand mit seinem Namen Schindluder treibt, wird er toben«, sagte Merckenich.

»Zu Recht«, gab der Spediteur widerwillig zu. Dann überlegte er weiter.

»Wen suchen wir eigentlich? Einen Menschen, der Aqua mirabilis fälscht? Das könnte uns zunächst egal sein. Es betrifft uns aber in dem Moment, wo der Kerl es dabei auf unsere Waren abgesehen hat und noch dazu über Leichen geht. Ist der Welsche, den Anna gesehen hat, dieser Mann? Im Augenblick wissen wir nur, dass er derjenige ist, der Farinas Lieferknecht übertölpelt hat. Aber ist er auch der Fälscher? Denn etwas möchte ich zu bedenken geben: Zuerst klaut der Kerl, dann mischt er alles zusammen … Mein Freund Feminis, Gott hab ihn selig, wird sich bei diesem despektierlichen Ausdruck wahrscheinlich im Grab umdrehen. Sei's drum. Wo war ich stehen geblieben? Beim Mischen.

Danach muss er sein Wunderwässerchen abfüllen, muss es verpacken und nicht zuletzt noch verkaufen. Und das soll er alles ganz allein machen? Das kann ich mir nicht vorstellen.« Er schüttelte energisch den Kopf.

»Er wird Handlanger haben«, sagte der Ratsherr.

»Oder er ist der Handlanger«, erwiderte Anna. Unvorstellbar, dass diese armselige Figur, die an jenem Gewittertag bibbernd und frierend unter dem Vordach des Hauses »Zur gelben Lilie« stand, ein so durchtriebener Fuchs war. Da musste es jemanden im Hintergrund geben, der andere für sich schaffen ließ und sich selbst die Hände nicht schmutzig machen wollte. Das Einfachste wäre, Tilman würde den Welschen finden und hoffentlich am Gang erkennen. Dann wüssten sie, ob er am Überfall auf die »Henrietta« beteiligt gewesen war. Und an Moritz' Tod. Seit dem übrigens nichts mehr gestohlen wurde, wie Dalmonte trocken vermerkte. Als ob der Tod des Kindes den Verbrechern einen Schock versetzt hätte. Wenn sie Tilman bäten, den Welschen zu suchen, würde das weniger auffallen, als wenn die Bürgerwacht ausschwärmte.

»Die ist in den einschlägigen Kreisen bekannt, niemand wird denen eine Auskunft geben«, bestätigte auch Merckenich.

»Warst du schon bei der Schneiderin?«, fragte Dalmonte unversehens. Sein Gesicht zeigte wieder Farbe, aus seinen Augen blitzte der Schalk.

Anna spürte, wie ihr das Blut in den Kopf schoss.

Die beiden Herren hoben ihre Becher und prosteten ihr zu. »Auf dein Glück!«

Merckenich schenkte auch ihr Wein ein.

ACHTZEHN

Dalmonte stand am Fenster und blickte hinunter in den sonntagsstillen Filzengraben, während er dem Papagei zärtlich den Hals kraulte. Verzückt verdrehte der Vogel den Kopf, trippelte aufgeregt auf dem Sims hin und her und flog dann seinem Herrn auf die Schulter, wo er ihm eine Tirade liebevoller Töne ins Ohr flötete. Der Dank war ihm sicher. Dalmonte kramte in seinen Taschen nach ein paar Rosinen und Nüssen, über die sich der Papagei mit lautem Gekreische hermachte.

Drunten ging Hermine Gehlen mit drei ihrer Kinder vorbei. Die kleine Lisbeth hüpfte an ihrer Hand auf und ab, die zwei älteren Jungen hinter ihr boxten und kabbelten sich, während sie der Mutter folgten, aber es sah nicht so aus, als ob sie sich ernsthaft stritten. Hermine trug ein Gesangbuch in der Hand, dabei wusste jeder im Viertel, dass sie nicht lesen konnte. Dalmonte nickte zufrieden. Pfarrer Forsbachs warme Worte schienen gewirkt zu haben. Fürs Erste wenigstens. Ihm fiel ein, dass er Anna versprochen hatte, das Mädchen zur Schule zu schicken. Heute Abend noch wollte er seine Frau bitten, sich darum zu kümmern. Er freute sich bereits auf ihr grantiges Gesicht. Sie würde auf der Bettkante sitzen, sich wütend die Haare bürsten und sie dabei fast ausreißen, sie würde ihm flammende Blicke zuwerfen und ihn einen jecken Doll schimpfen, der sie noch alle ruinieren würde. Es hatte lange gebraucht, bis er verstanden hatte, was ein jecker Doll war. Sie würde bruttеln und brummen und schließlich nach seiner Hand greifen, ihn zu sich auf die Bettkante ziehen und »Ach …« sagen. »Ach, wenn ich Carl Baptist nur nicht erlaubt hätte, nach Java zu gehen …« Und sie würden nebeneinander sitzen und sich festhalten und die Wärme des anderen spüren und an die Vergangenheit denken und an die Zukunft.

Die Zukunft. Wer würde eines Tages sein Haus weiterführen, für das er sich all die Jahre abgeplagt hatte? Seinen Kindern hatte er es vererben wollen. Gott hatte anders entschieden. Eines Tages würde er es aus der Hand geben müssen. Es tat ihm in der Seele weh. Aber er war zweiundsechzig, da musste man sich wohl schon mal überlegen, was das Leben noch so alles bringen würde. Ja, wenn Anna ein Mann wäre! Oder wenigstens eine gestandene Kaufmannsfrau! Denn rechnen konnte sie, was man von seiner Frau nicht unbedingt sagen konnte. Leider. Die Idee, dass das Mädchen den Speditionshandel vielleicht übernehmen könnte, war ihm schon öfter gekommen. Irgendwie war sie doch schon fast so etwas wie seine Tochter. Hätte Gott ihm und seiner Frau ein Mädchen geschenkt, hätten sie ihm einen Mann gesucht, in dessen Hände er eines Tages das Geschäft hätte legen können. Es sollte nicht sein, aber dafür hatte Er ihnen Anna geschickt. Aber sie war noch jung, sie würde und sollte heiraten und eine eigene Familie haben, anstatt sich mit der Last eines Handelshauses herumzuschlagen. Das waren doch Aufgaben, die im Grunde nicht in die Hände von Frauen gehörten. Er dachte an die arme Catharina Feminis und zuckte erschrocken zusammen. Im Augenblick würde er sowieso keine Lösung für sein Problem finden, er musste sich zum Ausgehen bereit machen. Sie würden mit dem Gottesdienst nicht auf ihn warten.

Es war seinem Freund Feminis ein Herzenswunsch gewesen. Nur wenige Wochen vor seinem Tod war er damit herausgerückt. Er wollte den Neubau der Gemeindekirche, der Chiesa parrocchiale im heimatlichen Santa Maria hier in Köln mit einer würdevollen Messe feiern, mit einer Stiftungsmesse. Das Kollektegeld sollte der Ausschmückung der Kirche und der Schule für arme Kinder zugute kommen, einer Einrichtung, die Feminis immer am Herzen gelegen hatte. Der Vorschlag, Dalmonte erinnerte sich noch gut, hatte unter den italienisch sprechenden Einwanderern eine erregte Debatte ausgelöst. Die Leute aus dem Vigezzo waren dafür, obwohl einige der Meinung waren, dass überall im Tal die Gotteshäuser vom Zerfall bedroht seien, die Spendengelder müssten auf alle Pfarreien im Valle verteilt werden. Schulen für Hütekinder seien hingegen ein verzichtbarer Luxus. Dem widersprachen zwar die Leute aus Mailand, aber sie sahen auch nicht ein, warum sie für ein Dorf sammeln sollten, aus dem es vielleicht gerade einmal eine Handvoll Menschen nach Köln verschlagen hatte, und auch die Venezianer zögerten, denn was gingen sie diese rückständigen Bergbewohner an, deren Sprache sie nicht einmal verstanden. Es war Bianco, der Ratsherr und alte Genuese, der nach vier Stunden hitziger Debatte mit der Faust auf den Tisch schlug. *Basta! Basta, per favore!* Sie kämen doch alle von jenseits der Alpen, und wenn sich dort die Mächtigen uneins seien, dürfe das noch lange nicht heißen, dass sie sich hier in Köln die Köpfe einschlügen. »Etwas mehr Zusammengehörigkeitsgefühl, meine Herren!«, rief er. Feminis, Farina und sogar Cettini, der die Heimat seiner Vorfahren nicht einmal kannte, hatten dem Mann damals zugestimmt. Und als Johannes Maria Gallo, auch er ein würdevolles Mitglied des Kölner Rats, vorschlug, zukünftig jedes Jahr einen Gottesdienst für eine andere Heimatgemeinde lesen zu lassen, die dann auch die Kollekte erhalten sollte, waren zu guter Letzt alle einverstanden.

Es war dann wieder Feminis, der sich für den heutigen achtundzwanzigsten April als Messtag ausgesprochen hatte. Zum einen, weil mit Ende des Winters auch Landsleute vom Oberrhein, von der Mosel, aus dem Luxemburgischen und vom Niederrhein anreisen könnten, »trockenen Fußes« sozusagen. Zum anderen aber auch, weil der achtundzwanzigste April Todestag des bretonischen Ordensgründers Louis-Marie Grignion de Montfort war, der zu Beginn des Jahrhunderts in städtischen Armenvierteln gewirkt und sich schon damals für den Schulunterricht mittelloser Kinder eingesetzt hatte. Wenn es dem Kaufmann und Parfumeur auch beileibe nie in den Sinn gekommen wäre, Priester zu werden, so war ihm dieser Mann doch Vorbild geworden. Dass er den Segensgottesdienst nicht mehr erleben und noch obendrein selbst an einem achtundzwanzigsten sterben würde, wie auch seine Tochter Catharina, das konnte zum damaligen Zeitpunkt keiner wissen. Es hätte ein Fest werden sollen. Nun aber wurde die Messe für die Chiesa parrocchiale in Santa Maria zum traurigen Totengedenkgottesdienst für den alten Lombarden und seine Tochter.

Dalmonte zupfte sich vor dem Spiegel die Halsbinde zurecht und rieb die Knöpfe blank. Insgeheim fand er, dass er in dem schwarzen Rock mit der nachtblauen Litze recht ansehnlich daherkam.

Trotz dunkler Ringe unter den Augen. Er schlief zu wenig in den letzten Wochen.

Wenn er Anna die Spedition vermachte, könnte ihr Vater ihr vielleicht zu Seite stehen? Aber der verstand sich aufs Segeln und nicht aufs Kaufmännische. Und wenn Anna tatsächlich diesen von Merzen heiratete? Wäre sein Lebenswerk dann in guten Händen? Noch hatte sie sich nicht endgültig dazu geäußert.

Dalmonte grübelte, während er die Perücke aufsetzte und sie vor und zurück schob, bis sie richtig saß. Er pustete ein Staubfädchen vom Ärmel und nahm das Schreiben vom Tisch, das er gestern Abend zu später Stunde aufgesetzt hatte. Rasch überflog er seine eigenen Zeilen, nur bei der Summe von einhundert Reichstalern stockte er kurz. Dann aber wischte er alle Bedenken beiseite. Außerdem wusste seine Frau nichts von seiner Großzügigkeit. Musste sie auch nicht. Dabei stimmte es ja, was sie sagen würde, wenn sie davon wüsste. Für eine solche Spendierfreudigkeit sei jetzt nicht die richtige Zeit. Aber er wollte sich nicht lumpen lassen. Schon gar nicht, wo Farina nun schon nach dem Tod von Feminis für die Messe zahlte und sich bereit erklärt hatte, die Reisekosten des vigezzinischen Pfarrers zu übernehmen. Nein, er, Paolo Luciano Dalmonte, ließ sich nicht lumpen. Auch wenn ihm sein Craveggia näher lag als die neue Kirche in Santa Maria. Aber immerhin stammte dieser Giuseppe Mattia Borgnis, der die Wand- und Deckenbemalung der Kirche übernehmen sollte, aus Craveggia. Er kannte den jungen Maler nicht, war der doch erst 1701 geboren, als er schon acht Jahre in Köln wohnte. Aber der Ruf des Künstlers war bis zu ihm gedrungen und erfüllte ihn mit Stolz. Einer aus seinem Dorf! Die Häuser der Familien lagen nur einen Steinwurf voneinander entfernt, und mit Giuseppes Vater war er als Kind oft durch die Gassen gejagt und die Berghänge hoch und runter. Es war nur recht und billig, dass er einhundert Reichstaler stiftete. Der Herr im Himmel würde es ihm vergelten. Und Farina sich hoffentlich ärgern.

Er faltete das Papier, steckte es in seine Rocktasche und griff nach dem Stock, den er seit Kurzem benutzte, wenn er das Haus verließ.

Auf dem Weg zu Sankt Laurenz traf er Merckenich. Sogar Forsbach hatte sein Kommen angekündigt, worüber Dalmonte froh war. Die Anwesenheit der beiden Herren würde ihm helfen, gegenüber Johann Maria Farina Ruhe zu bewahren, die er vielleicht nicht hätte, wenn er ihm allein im Kreis seiner Landsleute begegnete. So musste er deutsch sprechen, damit Merckenich und Forsbach sich nicht ausgeschlossen fühlten. Er würde also seine Sätze mit größerem Bedacht wählen, als wenn er die Muttersprache benutzte. Er kannte sich. In der Muttersprache ließ er sich schnell zu Gefühlsausbrüchen verleiten, und dann war die Gefahr groß, dass er Farina Worte an den Kopf schmiss, die er hinterher möglicherweise bereute.

Am Eingang überließ er Merckenich den Vortritt. Unter der Orgelempore blieb er kurz stehen, damit sich seine Augen an das Dämmerlicht im Innern der Kirche gewöhnten. Das hohe Langschiff, die schweren Mauern, das strenge Rippengewölbe forderten Achtung. Die Kirche zu Hause in Craveggia war kleiner gewesen, übersichtlicher, eine Wohnung im Herrn. Vielleicht mochte er deswegen auch das kleine Sankt Maria Lyskirchen. Während er an den voll besetzten Bankreihen nach vorn in Richtung Altar ging, rührte sich etwas in ihm. Zuerst wusste er nicht, was es war, aber dann spürte er es: Stolz war er, stolz, dass so viele Menschen von überall her Feminis' Bitte gefolgt waren. Es würde ein schönes Fest geben. Für die Heimat, für die Kirche in Santa Maria, für den toten Freund, für die Armen zu Hause und für den jungen Borgnis, der seine Kunst Gott widmete. Als er Farina sah, der bei seinem Näherkommen steif aufgestanden war und eine Verbeugung andeutete, grüßte er zurück. *Alla fin fine, siamo tutti vigezzini.*

Es waren mehr Honoratioren der Kölnischen Kaufmannschaft und des Rats gekommen, als Dalmonte gehofft hatte. Neben Laurenz Bianco und Johannes Gallo saßen Nikolaus de Groote, Peter Bürvenich und Diedrich von Merzen. Der Nöttelefönes Thelen, *quel brontolone,* an dessen dummes Geschwätz in der »Vullen Kanne« er sich gut erinnerte, glänzte durch Abwesenheit. Was anderes hatte Dalmonte auch nicht erwartet. Dafür entdeckte er viele Gesichter Einheimischer, deren Namen er kaum kannte. Fast konnte man glauben, die freie Reichsstadt bekunde Interesse für die Belange der Ausstädtischen. Aber Dalmonte machte sich nichts vor. Dieses Entgegenkommen war dem Respekt vor der gemeinsamen Religion zu verdanken, nicht den Fremden an sich. Katholiken bekamen in Köln ihre Chance, egal, welche Sprache sie sprachen. Juden waren schon vor dreihundert Jahren aus der Stadt verbannt worden und Protestanten nur geduldet, vorausgesetzt sie verhielten sich unauffällig und bekundeten keine Absichten, gesellschaftlich und wirtschaftlich aufsteigen zu wollen. Was Dalmonte höchst bedauerlich fand. Waren doch beide, Juden und Protestanten, wenn es ums Geschäftliche ging, oft weitsichtiger als die Kölner mit ihrem unbeweglichen Zunftwesen. Wenn die ganzen Probleme hoffentlich bald vorbei sein würden, wollte er Merckenich und Forsbach auf einen trauten Herrenabend einladen. Damit sie sich über solche Fragen die Köpfe heiß redeten. Dalmonte freute sich schon darauf, es ließ sich mit beiden immer so trefflich streiten.

Er kniete nieder, bekreuzigte sich und betrat die Bankreihe.

»*Farina, caro Farina!*«

Dalmonte, der eben mit den anderen Gläubigen nach dem Gottesdienst die Kirche verließ, kam die helle Fistelstimme bekannt vor. Unwillkürlich wendete er den Kopf in die Richtung, aus der der Ruf kam.

Auf dem Platz vor der Kirche stellten Männer gerade Tische auf, während die deutschen und italienischen Ehefrauen Schinken, Räucherwürste und Käse aus ihren Körben holten. Giuliana, die Frau des Maurers Conti aus Coimo, hatte zur Feier des Tages ihr altes Hochzeitskleid mit den Borten und das geblümte Leibchen aus der Truhe geholt. Silbrig glänzende Schnüre hielten es über der Brust zusammen. Unter der rot bestickten Schürze blitzte ein langer schwarzer Rock hervor. Ihr einziges Zugeständnis an die neue Heimat war das Blumenkränzchen im Haarknoten, das sie gegen das Kopftuch eingetauscht hatte. Sie und Dalmontes Köchin hatten in der letzten Woche unzählige Laibe Schwarzbrot gebacken, die sie jetzt anschnitt. Die Mailänderinnen und Venezianerinnen beäugten die dunklen Scheiben mit Argwohn. Ein merkwürdiges Völkchen, diese Leute aus den Alpen. Mit seltsamen Essgewohnheiten.

»*Carissimo!*«, ertönte die Stimme jetzt ein zweites Mal. Dem kleinen Mann, der mit wedelnden Armen auf Farina zulief, spannte sich die Weste unter dem Justaucorps gefährlich über seinen Kugelbauch. Antonio Crotoni war lange Zeit als begnadeter Stuckateur durch halb Europa gezogen und kannte fast alle Königs- und Fürstenhöfe. Seit sein Alter und seine Leibesfülle es ihm unmöglich machten, noch auf schwankenden Gerüsten herumzuturnen, hatte er sich nach Bonn zurückgezogen, wo er für seine Freunde rauschende Feste gab und weit über seine Verhältnisse lebte. Im ganzen Rheinland gab es niemanden, der noch nicht von Crotoni gehört hatte, und auch Dalmonte war zwei- oder dreimal dessen Einladung gefolgt, wenngleich er jedes Mal die unbequeme Fahrt mit der Überlandpost verfluchte und sich beharrlich weigerte, dem Kutscher ein Trinkgeld zu geben. Aber sehen und gesehen werden war auch im Speditionshandel alles.

»*Mon très cher Farina!*« Crotoni umarmte den Kölner herzlich, auch wenn Dalmonte fand, dass er es ein wenig übertreibe mit der Herzlichkeit. Andere, fast alles Lombarden, aber auch ein paar Savoyer und Mailänder, die zum Teil von weither angereist waren, gesellten sich zu den beiden. Die meisten hatten sich schon seit einer Ewigkeit nicht mehr gesehen, alles sprach wild durcheinander. Auf Dalmonte wirkte der Schwall der italienischen Sprache berauschend wie ein ganzer Krug Rheinwein. Er entschuldigte sich bei Merckenich und Forsbach – »nur einen Augenblick!« – und trat zu seinen Landsleuten.

»… hast du doch Monsieur Beaufort dein Aqua mirabilis zu einem unerhört günstigen Preis verkauft. Unter uns, Farina, was muss ich tun, um auch zu solchen Vergünstigungen zu kommen?«, hörte Dalmonte gerade noch Crotoni zu Farina sagen. Er spitzte die Ohren. Bis nach Bonn verkaufte der Unbekannte also schon sein falsches Heilwasser. Gespannt wartete er auf Farinas Reaktion.

Der lachte.

»Ich kenne dich, mein Freund. Du willst nur billig an mein Wasser kommen. Aber ich geh dir nicht auf den Leim. Ich habe Monsieur Beaufort kein Aqua mirabilis verkauft. Noch nicht.«

»Farina, *mon cher*, verkauf mich nicht für dumm. Ich war doch selbst dabei, als der Bursche kam und die Flaschen ablieferte. Drei Bouteillen hatte Beaufort bestellt. Morgen früh mache ich dir meine Aufwartung, dann reden wir in aller Ruhe über einen guten Preis.«

Mit einer Verbeugung wollte Crotoni sich verabschieden, aber Farina hielt ihn zurück.

»Mach keine Scherze, Crotoni! Jemand verkauft mein Aqua mirabilis in Bonn?«

Er war bleich geworden. Das ist nicht gespielt, dachte Dalmonte.

»Nicht nur in Bonn«, warf ein Mann ein, den Dalmonte nicht kannte. Er war einfach gekleidet und sprach italienisch mit Turiner Akzent. »Ich arbeite für einen Halfen in Brühl, da stand auch neulich einer auf dem Markt und hat Aqua mirabilis für ein paar Albus verkauft. Das Original, wie er sagte. Die Leute haben es ihm aus der Hand gerissen.«

Als er sah, wie Farinas Gesicht dunkelrot anlief, schwieg er betreten.

»Es ist also nicht von Euch?«, fragte er dann.

Andere mischten sich ein. Ein paar hatten diesen unbekannten Burschen schon gesehen, fast jeder von ihm gehört. Selbst rheinaufwärts und bis hinein ins Moseltal hatte es sich herumgesprochen, dass Farina sein Aqua mirabilis billig auf Märkten verkaufte, und die Leute warteten darauf, dass der Händler auch in ihre Städtchen käme.

»Nur hier in Köln wissen wir von nichts«, bemerkte Bianco zu Dalmonte. Der antwortete nicht. Er beobachtete weiter Farina, aber es schien offensichtlich, dass sein Landsmann keine Ahnung von diesen Machenschaften hatte.

Zusammengefallen kauerte er auf einer Steinbank an der Kirchenmauer und wischte sich mit einem großen Tuch abwechselnd über Stirn und Mund. Tonino, der Diener, hatte ihm Wasser gebracht. Aus seiner Tasche holte er eine Rosoli und zählte unter den ratlosen Blicken der Umstehenden ein paar Tropfen in den Becher. Farina trank in kleinen Schlückchen.

»Glaubst du immer noch, dass er etwas mit dem Tod von Feminis' Tochter zu tun hat?«

Bianco hatte Dalmonte von der Menge weggezogen. Gemeinsam mit Forsbach und Merckenich beobachteten sie vom Rand aus das Treiben auf dem Platz. Die Frauen hatten mit der Ausgabe des Essens begonnen. Kölner Hausarme mischten sich unter die Italiener, zwischen und unter den Tischen spielten Kinder. Es war doch noch ein Fest geworden.

Dalmonte ließ sich Zeit mit der Antwort.

»Ich weiß nicht. Das eine muss mit dem anderen nichts zu tun haben.« Dann übersetzte er Forsbach und Merckenich kurz, was die Leute berichtet hatten.

»Wir könnten es also mit zwei Verbrechen zu tun haben«, stellte Bianco fest. »Einmal mit Diebstahl und mit Mord, was deinem Geschäft nicht gerade zuträglich war, und zum anderen mit der Fälschung eines Produktes, das, wie wir alle wissen, Farina hoch und heilig ist. Und wenn dieser Unbekannte weiter damit hausieren geht, dürfte auch Farinas Ruf die Bäche runtergehen.«

»Am Anfang hast du geglaubt, dass Farina es dir heimzahlen wollte, Paul«, fiel Merckenich ein. »Aber inzwischen könnte man meinen, dass es jemand auf euch beide abgesehen hat. Kann es sein, weil ihr aus derselben Gegend stammt, oder ist es reiner Zufall?«

»Vielleicht will Farina nur von sich ablenken.« Dalmonte glaubte selbst nicht an das, was er da sagte. Auch die anderen drei blieben skeptisch.

»Ja, wenn dieser unbekannte Wasserverkäufer nur einmal in Erscheinung getreten wäre, würde ich dir zustimmen«, sagte Merckenich. »Aber so bekannt, wie er anscheinend schon ist, kann ich mir das nicht vorstellen. Guck ihn dir doch an! Kann er so gut Theater spielen?«

Sie schauten hinüber zu Farina, der noch immer auf der Bank saß, wie verloren inmitten seiner schwatzenden und fröhlichen Landsleute. Nur Tonino leistete ihm stumm Gesellschaft. Am anderen Ende des Platzes hielt Crotoni Hof. Um die Tische herum hatten sich Grüppchen gebildet, man erzählte sich die neuesten Nachrichten aus den Familien und spann neue verwandtschaftliche Bande. Hatte doch fast jeder einen heiratsfähigen Sohn oder eine heiratsfähige Tochter zu Hause, und wann würden sie wieder so schnell zusammenkommen? Das Pane nero hatte längst seine Abnehmer gefunden.

»Wir sollten den Fall im Rat erörtern. Die Diebstähle und das falsche Aqua mirabilis schaden nicht nur Dalmonte und Farina, sie schaden der ganzen Stadt. Ich sehe schon die Mülheimer und Düsseldorfer Kaufleute, wie sie sich die Hände reiben, dass Köln das verbrecherische Gesindel nicht in den Griff bekommt.«

Bianco bat Merckenich, ihn zu unterstützen, und dieser sagte seine Hilfe zu. Langsam gingen die vier zurück auf den Platz und mischten sich unter die Feiernden. Aber bald schon sonderte sich Dalmonte ab und setzte sich zu Farina auf die Bank. Es dauerte lange, bis er sich überwand und den Mund aufmachte.

»Der junge Borgnis wird eure Kirche ausmalen«, sagte er.

»Ja«, bestätigte Farina.

»Auch Feminis hat seinen Teil dazu beigetragen.« Dalmontes Stimme war fordernd, Farina antwortete nicht.

»Zweihundert Dublonen hat er gestiftet.«

Wieder antwortete Farina nicht.

»Für die Kirche und für eine Armenschule in Santa Maria. Kurz vor seinem Tod.«

Farina rührte sich noch immer nicht.

»Ich ebenfalls«, beharrte Dalmonte.

»Ich danke dir.«

»Was ist mit Cettini?«

»Ich habe nichts damit zu tun.« Jetzt richtete Farina sich auf. »Du kannst es mir glauben, Dalmonte, oder auch nicht, aber ich habe mit Cettinis Tod nichts zu tun.«

Sie saßen still nebeneinander, sie schwiegen beide.

»Vielleicht hätten wir nie hierherkommen sollen«, sagte Farina leise. »Das ist nicht unser Zuhause. Wann warst du das letzte Mal im Vigezzo?«

»Vor sieben Jahren, beim Tod meiner Mutter, sie ist sehr alt geworden. Sogar meine Frau ist mitgekommen.«

»Ich war nie mehr dort, seit ich weggegangen bin.« Farina rieb sich die Augen. Tonino kam heran und tuschelte ihm etwas ins Ohr. Farina verneinte und winkte ihn fort.

»Ich habe keine Familie«, sagte er, aber Dalmonte hatte den Eindruck, er sprach mehr zu sich selbst als zu ihm. Plötzlich tat ihm der Mann leid.

NEUNZEHN

»Eure Schneiderin versteht ihr Handwerk.«

Diedrich von Merzen ergriff Annas Hand und beugte sich darüber. In seinen Augen las sie Bewunderung. Sie schwankte zwischen Freude und Verschämtheit. Als die Bedienung eben den Teller mit Konfekt auf den Tisch stellen wollte, nahm von Merzen ihn ihr aus der Hand und reichte ihn Anna. Formvollendet. Die Augen der Kellnerin funkelten. Sie knallte die Zuckerdose auf den marmornen Kaffeehaustisch, das Schokoladenkännchen, das Geschirr für Anna. Die Tasse schepperte im Unterteller. Ein Löffel flog zu Boden. Sie tat, als ob sie es nicht gemerkt hätte. Von Merzen winkte sie ungeduldig fort. Einen Augenblick lang schien es, als ob sie seinem Befehl nicht nachkommen wollte. Sie öffnete den Mund, schloss ihn aber sofort wieder, presste die Lippen fest aufeinander und rauschte davon.

Anna strich sich über den Manteau, der in üppigen Falten auf den Boden fiel. Sie fühlte sich noch ein wenig unbehaglich in der neuen Robe. Und angespannt. Eigentlich war es unverantwortlich von ihr, den Nachmittag hier im Kaffeehaus zu verbringen. Vor fünf Tagen, am Montag nach dem Festgottesdienst, hatte Dalmonte die Geschäfte der Spedition in ihre Hände gelegt und war zur Frühjahrsmesse nach Frankfurt abgereist. Das erste Mal, dass sie für alles verantwortlich war, auch wenn Frau Gertrude ihr half, so gut es eben ging. Anna fühlte sich allein gelassen. Obgleich sie den Spediteur verstand. Er wollte, er musste neue Kontakte zu alten Freunden knüpfen, Kaufleute aus Basel, Bozen oder Straßburg treffen, neue Handelswege erschließen, um das Geschäft wieder zu beleben. Der überraschend angekündigte Besuch des Herrn von Merzen war Anna völlig ungelegen gekommen, aber wie hätte sie ihn abweisen sollen, ohne undankbar zu erscheinen?

Er hatte darauf bestanden, sie zur Näherin zu begleiten, um das fertige Kleid abzuholen. Frau Gertrude hatte ihr gut zugeredet und Resa beauftragt, mit den beiden zur Werkstatt mitzugehen.

Tag und Nacht musste die Schneiderin gearbeitet haben. Vier Wochen hatte sie zu Anna gesagt, als die den Stoff gebracht hatte. Vier Wochen mindestens. Ein so wundervoller Damast verdiene Aufmerksamkeit, da dürfe man nichts übereilen, es wäre schade um das teure Stück. Und jetzt waren noch nicht einmal zwei Wochen vergangen. Mehr als ein Nähmädchen musste ihr zur Hand gegangen sein – und von Merzen dürfte nachgeholfen haben.

Als die Schneiderin sie aus der Ankleide hinausschob, damit sie sich ihrem Heirater, wie sie sich ausdrückte, zeige, hatte der Spediteur in die Hände geklatscht.

»Ich wusste, dass Euch diese Farbe steht«, rief er. Es war offenkundig, dass er mit sich außerordentlich zufrieden war.

»Und diese Blumen! Der Ignorant von Händler wollte mir zuerst etwas anderes aufschwatzen, aber ich weiß, dass ich mich auf meinen Geschmack verlassen kann.« Er stand von der Chaiselongue auf, auf der er die letzte halbe Stunde geduldig gewartet hatte, und verbeugte sich vor Anna. Sie war sich nicht sicher, ob seine Begeisterung wirklich ihr galt.

Er wollte, dass sie das neue Gewand anbehielt. Die Schneiderin zwinkerte Anna zu, packte das Leinene in ein Tuch, verschnürte das Bündel und drückte es einem Jungen mit kahl geschorenem Kopf in die Hände. Von Merzen steckte dem Burschen noch einen Stüber zu, bevor dieser die Werkstatt verließ, um Annas altes Kleid in den Filzengraben zu bringen.

»Und dass du mir das Einwickelzeug auch ja wieder zurückbringst«, schrie ihm die Schneiderin hinterher.

»Das letzte Mal hat er es bei den Herrschaften gelassen, und dann habe ich die Magd gesehen, wie sie ihren Bastard darin eingewickelt hat. In meinen schönen Stoff! Man könnte meinen, ich hätte Geld übrig und könnte Geschenke verteilen!« Als von Merzen ihr hinter drei Ballen Brokat etwas auf den Tisch legte, strahlte sie.

»Ein feiner Herr«, raunte sie Anna ins Ohr und zwickte ihr begeistert in den Arm. Anna rang nach Luft. Noch einmal würde sie nicht hier nähen lassen, schwor sie sich auf dem Weg ins Kaffeehaus. Resa trottete hinter ihnen her. Vor der Tür knickste sie und verabschiedete sich. Frau Gertrude hatte sie gebeten, umgehend wieder zurückzukommen, sie brauche sie.

Jeder betrachtete sie als diesem Mann versprochen, dachte Anna, nur sie wusste nicht, was sie wollte. Aber wahrscheinlich war es jetzt zu spät. Sie hatte alles akzeptiert, was er ihr bot.

»Das Hellblau betont die Farbe Eurer Augen«, bemerkte von Merzen und schenkte ihr Schokolade ein, was das Kellnermädchen unterlassen hatte. Als zwei Herren an ihrem Tisch vorbeikamen und stehen blieben, erhob er sich zu einer lauten Begrüßung. Dann senkte er die Stimme, und Anna konnte nicht mehr verstehen, was sie miteinander redeten. Sie hatte das ungute Gefühl, dass sie über sie sprachen.

»Ihr seid oft hier?«, fragte sie von Merzen, nachdem dieser sich wieder gesetzt hatte und die Männer weitergegangen waren, nicht ohne Anna noch schnell abschätzende Blicke zuzuwerfen.

»Was heißt oft?«, fragte er zurück.

Die Kellnerin streifte versehentlich seinen Arm, als sie sich mit ihrem Tablett an ihn drängen musste, um einen wohlbeleibten Herrn durchzulassen, der sich mit der Freitagsausgabe der Gazette de Cologne heftig Luft zufächelte. Der Tabakrauch stand aber auch schneidend dick im Saal. Von Merzen grüßte zu einem Tisch hinüber, an dem sich eben neue Gäste niederließen. Zwei waren noch bis vor Kurzem Kunden von Dalmonte gewesen, den Dritten kannte Anna nicht. Sie sah die Bedienerin, wie sie wieder mit zusammengepresstem Mund an ihrem Tisch vorbeischoss. Am liebsten wäre Anna aufgestanden und gegangen. Sie zwang sich zur Ruhe.

»Das Aqua mirabilis, das Ihr auf dem Mülheimer Markt gekauft habt, war also eine Fälschung.«

Von Merzens Feststellung klang mehr wie eine Frage. Nachdem Dalmonte zu Hause erzählt hatte, dass der unbekannte Gängler zum Stadtgespräch beim Stiftungsfest geworden war und sich der Rat der Stadt mit dem Fall befassen wolle, war klar, dass von Merzen sie darauf ansprechen würde. Aber was hieß das, eine Fälschung? Gab es nicht Hunderte von Heilwässerchen?

»Habt Ihr es probiert?«

Sie trank einen Schluck heiße Schokolade und nickte.

»Und?«

»Was und?«

»Wie ist es? Vergleichbar mit dem von Farina oder ganz anders?«

Sie zögerte.

Jeder regte sich darüber auf, was für eine Frechheit es sei, dass Farinas Aqua mirabilis über Nacht eine ernst zu nehmende Konkurrenz bekommen hatte und dabei ganz offensichtlich gefälscht wurde. Jeder sprach von dem wirtschaftlichen Schaden für den Destillatore und für die Stadt. Wo kämen wir denn hin, wenn das alle machen würden, hatte sie erst gestern beim Vorübergehen ein paar Ratsherren auf dem Alter Markt sich ereifern hören. Dass aber diese Person, die die Flaschen verkaufte, vielleicht ein Mörder war, daran dachte niemand. Das Heilwasser war Anna egal. Warum sollte nicht jemand, vorausgesetzt er war ein ehrlicher Mensch, ein Aqua mirabilis herstellen, das sich auch kleine Leute leisten konnten? Die Hauptsache war doch, dass es half. Und das tat es. Janne hatte ihr die Nachricht zukommen lassen, der Kleine sei auf dem Weg der Besserung. Die Pfarrhaushälterin tue ein Übriges und komme jeden Tag mit heißer Brühe und Kräutersud. Oder hatte die alte Hexe ein besseres Zaubermittel?

»Es hat dieselbe Wirkung«, antwortete sie vorsichtig.

»Aber Ihr würdet den Unterschied erkennen?«

»Ich glaube nicht«, log sie.

Sie schwiegen. Anna betrachtete den goldenen Siegelring an von Merzens Hand, die sorgfältig gefältelte Spitze, die unter den Rockärmeln hervorquoll, die fein gepuderte Perücke, die dem Träger gut stand. Das weiche Gesicht zeugte von seiner Lust am Leben, nur die Augen, die sich manchmal zu schmalen Halbmonden zusammenzogen, verrieten, dass er auch ein harter Geschäftsmann sein konnte, einer, der vorwärtsstrebte. Was nicht das Verkehrteste sei, hatte ihr Vater gesagt und dabei ihre Wange gestreichelt.

Der Tabakrauch biss ihr in die Augen. Vom Nebentisch gellte schallendes Gelächter herüber, die Dame dort ergriff den Arm ihres Begleiters, laut krachend fiel beim Aufstehen ihr Stuhl um, was die Dame aufs Neue in Heiterkeit versetzte. Zweifellos hatte sie einen höchst vergnüglichen Nachmittag verlebt. Die Kellnerin, eine andere als die, die Anna und von Merzen bediente, knickste artig, als das Paar zum Ausgang ging und der Herr ihr im Vorübergehen ein Trinkgeld zusteckte. Wie selbstverständlich ließ sie es in die Tasche ihrer Schürze gleiten und eilte zurück in die Küche. Sie hatten viel zu tun, diese Mädchen, sie könnten Verstärkung gebrauchen.

Anna dachte an Maria, die Dalmonte hatte entlassen müssen. Die Magd hatte geweint, und die Köchin hatte ihr noch einen ganzen Korb Lebensmittel zusammengepackt, damit sie wenigstens ein paar Tage lang etwas zu beißen hätte. Dalmonte hatte sich, ohne jemanden anzusehen, ins Kontor zurückgezogen. Sie hörten alle, wie er die Tür ins Schloss fallen ließ und den Schlüssel umdrehte. Zweimal. Das war noch nie vorgekommen. Die Zurückgebliebenen schlichen auf Zehenspitzen durchs Haus.

Im städtischen Kaufhaus und selbst im Filzengraben stapelte sich Ware, die schon längst bei den Adressaten hätte sein müssen, doch seit Moritz' Tod weigerten sich Schiffsmeister, für Dalmonte zu fahren. Jeder fürchtete, seine Mannschaft würde die nächste sein, der ein Unglück zustieß. Annas Vater hatte versprochen, so schnell wie möglich nach Köln zurückzukommen und einen Teil der Ladung zu übernehmen, aber noch hatte er andere Aufträge, die erledigt werden mussten. »Unzuverlässig« war das Wort, das sich Anna von einem Kunden anhören musste, und dann kündigte er die Zusammenarbeit mit Dalmonte. Die Tür musste sie ihm trotzdem aufhalten. Unzuverlässig! Es tat ihr in der Seele weh.

Immer mehr Kaufhändler sprangen in diesen Tagen ab, Anna war sich sicher, dass sie sich abgesprochen hatten. Vor seiner Abfahrt nach Frankfurt hatte der Spediteur sich noch überlegt, bei wem er am günstigsten Geld leihen könne, um über die Runden zu kommen, und Frau Gertrude war mit ernstem Gesicht im Kontor verschwunden, in der Hand das Kistchen, das sie kurz nach ihrer Heirat mitsamt Inhalt von ihrem Vater geerbt hatte. Damit sie überleben könne, wenn der fremde Hallodri sich eines Tages aus dem Staub mache, hatte sie einmal Anna verraten. Aber nach vierzig Jahren lebe der Hallodri noch immer hier, und sie teilten noch immer das Schlafzimmer, hatte sie kokett hinzugesetzt und dabei eine vorwitzige Haarlocke um ihre Finger gewickelt.

Im Haus »Zum roten Schiff« hatte man begonnen, den Gürtel enger zu schnallen. Nur noch einmal in der Woche brachte die Köchin Fleisch auf den Tisch, und niemand murrte. Bonifaz verzichtete auf seinen Lohn. Solange er ein Dach überm Kopf habe, brauche er nicht mehr, hatte er erklärt, es war ihm ernst. Dalmonte hatte ihm gedankt. Fast sah es so aus, als ob ihm Wasser in den Augen stünde, aber vielleicht täuschte das zuckende Kerzenlicht.

»Eines Tages werde ich dir alles zurückzahlen«, versprach er.

Anna schüttelte den Kopf, wie um ihre Gedanken zu verscheuchen, dann griff sie nach der Tasse vor ihr, doch die Schokolade war kalt geworden, das Getränk blieb am Gaumen kleben. Von Merzen merkte es.

»Ich bestelle eine neue«, sagte er und beeilte sich, die Kellnerin herbeizurufen.

Zuerst wollte Anna ablehnen, aber dann roch sie im Geist den Duft des tief dunkelbraunen Getränks, diese süße Schwere, ein irdisches Paradies, und sie gab sich geschlagen. Von Merzen war ein aufmerksamer Mann. Sie musste es zugeben, ob sie es wollte oder nicht.

»Leckermäulchen«, sagte er jetzt zu ihr. Er sagte es so liebevoll wie früher ihr Vater, wenn sie um getrocknete Feigen oder Früchtekuchen bettelte.

»Lekkerbekje«, hatte der Vater gesagt und sich dann zu ihr hinuntergebückt, um ihr einen Kuss auf die Nasenspitze zu drücken. *»Lekkerbekje, lust je ook groene zeep?«*

Zum ersten Mal schaute sie von Merzen offen ins Gesicht. »Ja, für Süßes könnte ich sterben.«

Dann gab sie sich einen Ruck. »Könntet Ihr mir einen Gefallen tun?«

»Immer.«

»Ihr kennt doch den Wirt des Kaffeehauses hier gut. Könntet Ihr Euch bei ihm für ein junges Mädchen einsetzen, das Arbeit braucht? Die drei hier schaffen es ja kaum, und Maria ist …«, sie suchte nach den richtigen Worten. »Sie ist zuverlässig und sauber«, fügte sie trotzig hinzu.

Von Merzen wartete, dass sie weitersprach.

Da erzählte sie ihm von Dalmontes Sorgen. Zuerst sprach sie langsam, mit Pausen, in denen sie nach den richtigen Worten suchte. Überlegend, wie viel sie preisgeben sollte von der misslichen Lage im Haus »Zum roten Schiff«. Doch dann begannen die Sätze aus ihr herauszupurzeln. Schleusen öffneten sich. Endlich konnte sie alles herauslassen. Während sie von den Schwierigkeiten der Spedition berichtete und von den Ängsten der Bediensteten und dass Maria möglicherweise nicht die Einzige war, die gehen musste, wurde ihr warm. Warm und leicht. Zwischendurch atmete sie tief, sie spürte ihr Herz, es pochte ruhig und gleichmäßig. Zuletzt lehnte sie sich zurück und suchte seine Augen.

Von Merzen hatte sie kein einziges Mal unterbrochen. Jetzt griff er zu dem Becher mit hellem Rheinwein, den er zusammen mit der Schokolade für Anna bestellt hatte, und setzte ihn an die Lippen. Er trank einen Schluck und gleich noch einen, und während er den Becher zurückstellte, sagte er: »Ich werde sehen, was ich für Eure Magd tun kann.«

Dann rückte er näher zu Anna. »Aber gibt es auch etwas, das ich für Euch tun kann?«

»Für mich?«

»Wenn Ihr Frau von Merzen wäret, müsstet Ihr Euch keine Sorgen mehr machen.« Er hatte leise gesprochen, und Anna fragte sich, ob sie ihn richtig verstanden hatte. Dabei hatte sie so etwas Ähnliches erwartet. Und ein bisschen gefürchtet. Sie antwortete nicht. Es war ja auch keine Frage gewesen.

»Selbstverständlich sollt Ihr Euch bei mir auch nicht um die Spedition kümmern müssen. Eure Dienste für Dalmonte sind Euch sicher lästig.«

Sie schaute ihn erstaunt an. »Nein, wie kommt Ihr darauf? Ich arbeite gern bei Dalmonte. Er ist ein guter Mensch.«

»Aber die Kontorarbeit, Anna! Das ist doch keine Arbeit für Frauen. Euer Geist ist damit überfordert, und wenn dann erst mal Kinder da sind, würde es ihnen an der Erziehung abgehen.«

Vielleicht hatte er recht. Natürlich nicht bei der Sache mit der Überforderung des weiblichen Geistes. Die Vorstellung, dass die Arbeit, die sie gern machte und mindestens ebenso gut beherrschte wie von Merzen, wenn nicht sogar besser, allein schon wegen ihrer Sprachkenntnisse, diese Vorstellung, dass eine solche Arbeit einer Frau schaden könne, einem Mann aber nicht, empfand sie als so kurios, dass ihr in diesem Augenblick überhaupt nicht der Gedanke kam, darauf einzugehen. Und wie viele Kaufmannsfrauen kannte sie, die trotz Kinder ihren Männern zur Seite standen!

Aber wenn sie von Merzens Heiratsantrag, und zum ersten

Mal war ihr klar, dass sich der Gedanke daran nicht mehr länger verdrängen ließ, wenn sie den Antrag des jungen Spediteurs also annehmen würde, könnte Herr Dalmonte Lohn und Essen für sie sparen. Vielleicht könnte er sogar ihre Kammer unterm Dach an durchreisende Handwerksgesellen vermieten und so das Loch in der Haushaltskasse stopfen. Anna zog es die Kehle zusammen, wenn sie daran dachte, das Haus im Filzengraben verlassen zu müssen.

Sie leerte die Tasse heißer Schokolade in einem Zug und kratzte mit dem Löffel auch noch den letzten Rest aus. Dieser Göttertrank war wie ein aufblitzender Sonnenstrahl, ihr ganzer Mund war erfüllt mit dem himmlischen Geschmack. Gab es etwas, das einen Menschen glücklicher machen könnte? Als sie von Merzens amüsiertes Gesicht sah, stellte sie die Tasse wie ertappt zurück. Sie war hin- und hergerissen. Wusste nicht, was sie von Merzen sagen sollte.

»Euer Antrag ist mir eine Ehre«, begann sie, ihre Worte bedächtig abwägend.

Wollte sie überhaupt das Kontor mit dem Wochenbett vertauschen? Im Augenblick konnte sie sich nicht vorstellen, mit diesem Mann eines Tages Kinder zu haben. Janne fiel ihr ein, die nicht schnell genug mit ihrem Jupp im stillen Kämmerlein verschwinden konnte und sich dann auf ihren Erstgeborenen freute wie ein Schneekönig. Oder wie eine Schneekönigin, verbesserte sie sich im Stillen. Janne hatte anscheinend keine Schokolade gebraucht, um glücklich zu sein. Anna schämte sich ein bisschen ob ihrer lästerlichen Gedanken.

»Wenn ich von Dalmontes Spedition zu Eurer wechseln sollte, erscheint es mir nur recht und billig, dass er mein Fortgehen abgegolten bekäme. Er verliert nicht einfach nur eine Magd«, setzte sie selbstsicher hinzu.

Einen Augenblick lang war von Merzen fassungslos, seine Augen hatten sich zu schmalen Schlitzen zusammengezogen, dann aber brach er in wieherndes Gelächter aus.

»Ihr seid eine kluge Frau, Anna. Es bestätigt mich in meinem sehnlichen Wunsch, Euch zu heiraten. Ich kann nur gewinnen mit Euch. Ja, ich werde mit Dalmonte reden. Er soll einen guten Brautpreis für Euch bekommen, so sagt man doch, nicht wahr?«

Er rückte mit seinem Stuhl vom Tisch ab und rieb sich vergnügt mit beiden Händen die Oberschenkel, über die sich prall die Hosen spannten. Nur auf seiner Stirn hatte sich eine schmale Falte zwischen den Augen gebildet. Er schien nachzudenken. Jetzt hielt er mitten in der Bewegung inne.

»Ich habe eine Idee. Ich werde Dalmonte eine Beteiligung an seinem Speditionshandel anbieten.«

Zufrieden lehnte er sich zurück und verschränkte die Arme hinterm Kopf.

»Warum bin ich nicht schon vorher auf diesen Gedanken gekommen! Ich möchte ihn fast genialisch nennen. Ich steige bei Dalmonte ein und bin auch bereit, ein Drittel, nein, die Hälfte seiner aufgelaufenen Schulden zu übernehmen. Jedem von uns ist damit gedient. Und Dalmonte, er ist ja nicht mehr ganz jung, kann sich langsam aufs verdiente Altenteil zurückziehen.«

Von Merzen redete sich warm, auf seinem Gesicht erschienen rote Flecken. Erregt griff er nach Annas Hand.

»Anna, Ihr werdet es sehen. Sein Geschäft wird bei mir in sicheren Händen sein, und er bekommt, was er im Alter braucht. Ich habe keinen Vater mehr, warum sollte ich dann nicht für Dalmonte sorgen?« Seine Augen wurden zärtlich und die Stimme weich. Trotzdem erschrak Anna. Das war es nicht, was sie sich vorgestellt hatte, als ihr der Gedanke mit der finanziellen Abgeltung gekommen war. Dalmonte würde sein Geschäft nicht verkaufen, auch nicht anteilsmäßig, noch nicht. Das wäre, als würde man ihm das Herz aus dem Leib reißen, auch wenn von Merzen es sicher gut meinte.

Sie linste zur Schokoladentasse, aber es war kein Schlückchen mehr darin, das ihr jetzt Kraft geben würde, die richtigen Worte zu finden.

»Ihr seid ein ehrenwerter Mann, Herr von Merzen, wir … ich meine Herr Dalmonte verabsäumt nie, zu erwähnen, dass er das zu schätzen weiß. Er wird den Vorschlag sicher aufmerksam prüfen, auch wenn zur Zeit noch Probleme anstehen, die vorrangig gelöst werden müssen. Zu einem späteren Zeitpunkt aber könnte Eure vortreffliche Idee vielleicht willkommen sein.«

Unter ihrem neuen Kleid verdrehte Anna die Füße zu einem Knoten. Die Hände wurden ihr feucht. Sie war sich nicht sicher, ob sie nicht übertrieb, die Worte nicht zu schwulstig waren. Sie zwang sich weiterzusprechen. Um nicht so laut reden zu müssen, beugte sie sich etwas zu von Merzen hinüber.

»Wir sollten zuerst herausbekommen, wer die Anschläge auf Herrn Dalmontes Haus verübt hat. Dann werden auch die Kunden wieder zu uns zurückkommen.«

Sie hatte »zu uns« gesagt! Mit einem Mal spürte sie, wie sehr sie an diesem Haus hing. Dalmontes Spedition war auch ihre Spedition, Dalmontes Familie ihre eigene. Sie wollte ihr Herzblut dafür geben, dieses Geschäft zu erhalten. Ihre Bereitschaft, Diedrich von Merzen zu heiraten, geriet ins Wanken.

Von Merzen schien nicht zu merken, welches Durcheinander sich in Annas Kopf abspielte.

»Gibt es denn schon einen Verdacht, wer es gewesen sein könnte?«, fragte er.

»Vielleicht dieser Hausierer aus Mülheim. Ich bin sicher, wir werden ihn finden.«

Sie war felsenfest überzeugt, dass es Tilman gelingen würde, diesen Betrüger ausfindig zu machen, auch wenn es die Suche nach der Nadel im Heuhaufen sein würde.

»Ja«, bestätigte von Merzen, »das sollte der erste Schritt sein. Hat Dalmonte denn genügend Leute, die er dafür entbehren kann? Ich könnte zwei meiner Männer zur Verfügung stellen. Je mehr wir sind, desto schneller finden wir den Halunken«, sagte er noch, und es hörte sich an, als wolle er sich selbst an der Jagd nach dem Unbekannten beteiligen.

Anna überlegte. Warum eigentlich nicht? Zwei oder drei Augenpaare würden mehr sehen als Tilman allein.

»Ich werde mit Dalmonte darüber sprechen, wenn er von Frankfurt zurückkommt«, sagte sie. »Und mit Tilman, denn er ist vermutlich der Einzige, der den oder die Mörder von Moritz und Cettini gesehen hat. Nur er kann sagen, ob der Mülheimer Gängler und der Mörder ein und dieselbe Person ist.« Und sie berichtete, was Tilman ihnen nach dem Überfall auf das Schiff über die beiden Verdächtigen erzählt hatte und wie auffällig der eine von ihnen ging. Von Merzen runzelte die Stirn.

»Macht Euch keine Sorgen, die Kerle werden uns nicht entwischen. Sagt mir, wo meine Leute diesen Tilman finden können, damit sie sich mit ihm absprechen. Und überlegt Euch meinen Vorschlag, mein Haus steht Euch offen«, fügte er noch hinzu. Dann erhob er sich und bot Anna seinen Arm. Sie nahm ihn gern.

Als sie am Abend im Bett lag, ging Anna der letzte Satz von Merzens wieder durch den Kopf. »Mein Haus steht Euch offen.« Die Kellnerin hatte da gerade hinter ihm gestanden, mit seinem Hut in der Hand. Er hatte sie wahrscheinlich nicht bemerkt. Aber sie, Anna, hatte das Gesicht des Mädchens gesehen, als es die Worte von Merzens mitbekam. Es war, als ob ihr jemand eine Maske weggerissen hätte. Wut und Enttäuschung kamen darunter zum Vorschein und Verbitterung.

Das Mondlicht malte bleiche Flecken an die Wand, oben auf dem Dach klapperten ein paar lose Dachziegel.

Sie hätte von Merzen wegen der Kellnerin fragen sollen. Sie hätte überlegter sein sollen, schlagfertiger. Die Angelegenheit beiläufiger behandeln ... sie hätte ... sie sollte ... sie musste morgen unbedingt mit Tilman ... ob er den Welschen schon gefunden hat ...

ZWANZIG

Er saß auf demselben Stein am Rhein, auf dem er vor fünf Wochen gesessen hatte. Es war sogar dieselbe Stunde, von irgendwoher wehte Sechsuhrgeläut herüber. Nur empfindlich kälter war es das erste Mal gewesen. Jetzt, Anfang Mai, brannten ihm die Sonnenstrahlen auf den Rücken. Befreit atmete Giacomo die laue Luft ein. Der Wind kräuselte die Wasseroberfläche des Flusses, Enten und Blässhühner durchfurchten lautlos die Wellen. Noch drei, vier Wochen, und sie würden zu Hause das Vieh auf die Alm treiben.

Das Vieh der Leute im Sommer auf die Alm treiben, ist seine Aufgabe. Er ist der Große. Er ist wütend auf Matteo, dass der es nicht macht. Er ist erst sechs und Matteo schon zehn. Matteo müsste für die Familie verantwortlich sein, wenn der Vater mit seinem Bauchladen auf Wanderschaft ist. Aber Matteo sabbert den lieben langen Tag und gafft vor sich hin und überlässt es Giacomo, für alle zu sorgen. Er ist auch wütend auf den Vater, der nur einmal im Jahr nach Hause kommt und dann mehr Augen für die Mutter hat als für ihn. Und er ist wütend auf die Mutter, wenn sie Angelino abends in den Schlaf singt.

Man darf nicht wütend auf die Mutter sein, sagt Nonna Zanotti und steckt ihm einen Milchweck zu. Das ist Sünde.

Du musst das verstehen, sagt Giovanna.

Er versucht zu verstehen, und dann gehen Giovanna und er nach Albogno, um beim Pfarrer zu betteln. Er schämt sich, wenn der dicke schwarz gekleidete Mann misslaunig auf ihn und die große Schwester herabschaut und ihnen unwirsch etwas Mehl für Polenta, eine halbe Wurst und ein paar dünne Münzen gibt.

Er versucht zu verstehen und holt Mehl und melkt die Ziegen und achtet darauf, dass die Mädchen die Wäsche stopfen, während die Mutter das kleine Feld hinterm Haus bestellt. Er ist der Große, auch wenn Matteo älter ist als er. Er hackt Holz für den Winter, und jeden Freitag zieht er mit den Zoccoli, den Holzpantinen von

Schuhmacher Antonello auf dem Rücken, von Ort zu Ort und ist froh, wenn er ein Paar verkaufen kann. Und wenn er abends zurückkommt, läuft ihm der Kleine entgegen und umarmt ihn. Ein lustiger, pausbäckiger Angelino, der nach Milch und Beeren riecht und den die Mutter immer auf die blonden Locken küsst. Beim Almabtrieb im September hat er ihn zum ersten Mal mitgenommen nach Druogno, ins Haus der De Matheis, ein schönes Haus mit einem Kamin mitten im Zimmer. Die Signora hat ihnen Suppe gegeben und Strümpfe für den Winter. Zuerst hat der Kleine geweint, als sie wieder gehen mussten. Aber dann, als er schon nicht mehr damit gerechnet hat, springt der Kleine vor ihm aus dem Haus und hüpft, ein Liedchen trällernd, den Waldweg hinauf nach Piodabella. Am Abend sitzt er am Tisch und isst seinen Brei mit einem silbernen Löffel.

Giacomo muss ihn am nächsten Tag zurückbringen. Es ist ein Gang in die Hölle.

Unwillkürlich fasste er nach seinem Sacchettino, dem Geldbeutel, den er an einer Schnur um den Bauch gebunden hatte. Festgezurrt zwischen Körper und Hosenbund trug er ihn immer bei sich. Aber klimperten früher zwei, höchstens drei billige Fettmännchen darin, waren inzwischen daraus Heller und Albusstücke geworden. Es störte ihn nicht, dass sie ihm manchmal hart auf die Knochen drückten, schlimmer war die verdächtige Beule, die sich unter seiner abgewetzten Joppe abzeichnete. Immer wieder tastete er ängstlich nach seinem Schatz, und bevor Griet in der Nacht zu ihm schlüpfte, zählte er begierig die Geldstücke. Wenn du dein Geld lange genug zählst, vermehrt es sich von allein, hatte ihm der Schuhmacher gesagt und geschmunzelt. Damals hatte er es geglaubt, aber auch heute noch zitterte er vor Andacht und Erregung, wenn er die Münzen durch die Finger gleiten ließ.

Er überlegte sich, wo er sein neues Vermögen verwahren könnte. Einmal schob er den Sacchetto unter die Matratze, aber er befürchtete, dass das Mädchen ihn spürte. Ein andermal verbarg er ihn hinter einem Holzstapel, doch eines Abends war der Spelunkenwirt gekommen und hatte die Hälfte der Scheite abgeräumt. Es hatte nicht viel gefehlt, und er hätte den Beutel entdeckt. Giacomo war ins Schwitzen geraten, das Herz schlug ihm bis zum Hals, er hielt die Luft an. Aber dann verschwand der Kerl mit dem letzten Stück Holz, er hatte gerade noch einmal Glück gehabt. Hätte er ihn damit erwischt, wäre nicht nur sein Geld weg gewesen; sie hätten ihn, ohne lang zu fackeln, einen Kopf kürzer gemacht. Er musste endlich einen sicheren Platz für sein Geld finden.

Er guckte sich um. Ein Loch in der Erde? Eine Höhle in einem Baum? Nein, das war keine Lösung. Er überlegte. In den ersten Nächten, als er in Köln war, hatte er in diesem Winkel hinter Sankt Maria im Kapitol geschlafen. Es war kalt und zugig gewesen, aber kurz über dem Boden gab es einen lockeren Mauerstein. Er hatte ihn herausgezogen und ein Stück Räucherwurst dahinter verborgen, die er auf dem Markt hatte mitgehen lassen. Sie lag auch nach zwei Tagen noch in dem Versteck. Aber Wurst und Geld – das waren zwei verschiedene Paar Stiefel. Er stand auf. Irgendetwas musste er machen. Am Fluss entlang schlenderte er gemächlich zurück in die Stadt. Noch immer war der Himmel makellos blau, als er durch die Hitzgassenpforte auf den Holzmarkt gelangte.

Erst im letzten Moment erkannte er Tilman auf der Bank. An faulen Tagen wie heute schien sie sein Stammplatz zu sein. Der kleine Mann hatte die Beine weit von sich gestreckt, an seinen Füßen glänzten brandneue Stiefel.

»Es muss dir gut gehen«, bemerkte Giacomo trocken.

»Ich hab sie mir verdient«, konterte der Latrinenreiniger und klopfte mit der Hand neben sich auf den Stein. Giacomo folgte seiner Aufforderung und setzte sich.

Schweigend beobachteten sie das abendliche Treiben auf dem Platz. Männer, den Sonntagshut auf dem Kopf, debattierten. Am Tor schäkerten die Wächter mit drei jungen Mädchen, die den Männern schöne Augen machten. Nur das alte Mütterlein, das mit einem jämmerlich gackernden Huhn in der Hand vorbeischlurfte, schüttelte missbilligend den Kopf. In diesem Augenblick sauste, mit Stöcken und Steinen bewaffnet, eine Horde Jungen um die Ecke. Grölend und johlend trieben sie einen armseligen Straßenköter vor sich her, an dessen Schwanz verbeulte Töpfe hingen. Scheppernd schlug das Geschirr aufs Pflaster, der Lärm hallte von den Hauswänden wider. Die Bewohner des Armenhauses klopften sich bei dem Spektakel vor Vergnügen auf die Schenkel, bis an der nächsten Ecke eine aufgebrachte Frau aus ihrem Haus stürmte und sich der wilden Jagd in den Weg stellte. Eine Weile noch tönte ihr Gezeter über den Platz, die Stille danach war fast unwirklich.

»Ich hab dich vom Tor her kommen sehen«, fing Tilman an und wippte mit seinen neuen Schuhen auf und ab.

»Es ist schön unten am Rhein«, antwortete Giacomo unwirsch. Er war Tilman keine Rechenschaft schuldig.

»Du humpelst.«

»Ich bin heute Morgen in einen Nagel getreten. Als ich mal musste.«

»Zeig her!«

»Warum? Das geht vorbei.«

»Zeig schon!«

Kopfschüttelnd zog Giacomo seinen linken Schuh aus und hielt Tilman seinen Fuß hin, der mit einem Stofffetzen umwickelt war. Tilman löste den Verband und betrachtete die Fußsohle.

»Tatsächlich«, stellte er fest. »Ein hübsches Loch! Besser, du holst dir 'ne Salbe und machst die drauf. Sonst kann es passieren, dass du den Rest deines Lebens so komisch läufst wie eben.«

»Ich bin mein halbes Leben ohne Schuhe rumgerannt, der Kratzer hier ist nicht der erste, den ich mir geholt habe, und ich leb immer noch, wie du siehst. Außerdem hab ich kein Geld.«

»Kein Geld?«, spöttelte Tilman und deutete auf die Ausbuchtung an Giacomos Rock. »Mir kannst du nichts vormachen.«

Giacomo zog seinen Rock fester zusammen und verschränkte die Arme vor der Brust.

»Das ist kein Geld.«

»Sondern?«

Giacomo sagte nichts. Er überlegte, ob er die Wunde wieder verbinden sollte. Aber dann verstaute er den Stoffstreifen in der Hosentasche und schlüpfte mit dem nackten Fuß in den Schuh.

Konnte er Tilman trauen, wo der doch genauso ein armer Hund war wie er? Auch der würde jede Gelegenheit beim Schopf packen, um zu überleben. Andererseits, der Mann hatte ihm sein Essgeschirr gegeben.

»Du hast da drin nicht zufälligerweise Seife, englische Seife?

Oder vielleicht ein Zuckerhütchen, ein ganz kleines nur?« Tilman lauerte wie die Katze vor dem Mäuseloch. Giacomo musste lachen.

»Englische Seife? Zuckerhut? Wie kommst du auf so was Verrücktes?«

Dann gab er nach. »Ja, ich habe Geld da drin. Mindestens so redlich verdient wie du deine Schuhe. Ich schleppe es dauernd mit mir rum, weil ich nicht weiß, wo ich es lassen soll, damit es mir niemand klaut.« Er biss sich auf die Lippen, er hatte schon zu viel gesagt.

»Du handelst mit Aqua mirabilis«, sagte Tilman beiläufig und streckte seine Beine nach vorn, sodass die Stiefel unter den Hosenbeinen zum Vorschein kamen. Das Leder glänzte.

Giacomo starrte ihn an. »Woher weißt du das?«

»Ich habe meine Augen überall.«

»Es ist nichts Unrechtes.« Giacomo verteidigte sich. »Es hilft Menschen. Im Übrigen verkaufe ich es nur und bekomme meinen Lohn dafür. Wenn du etwas brauchst, ich kann dir was geben«, setzte er nach kurzem Zögern hinzu.

Tilman schüttelte den Kopf. »Ich hab ein Dach über dem Kopf, einen Strohsack zum Schlafen, einmal in der Woche eine Portion Fleisch von den guten Frauen in Maria Lyskirchen und jede Menge Zeit, um hier auf der Bank zu sitzen und mich von der Sonne bescheinen zu lassen. Was will ich mehr?«

Wieder schüttelte Tilman den Kopf. Dann hielt er plötzlich mitten in der Bewegung inne und schaute Giacomo prüfend an.

»Aber du, du willst mehr. Und manchmal gehst du und besorgst es dir. Englische Seife zum Beispiel, von Frachtschiffen, oder Wein. Und wenn dir dabei ein Kind in den Weg läuft, schmeißt du es kurzerhand über Bord.«

Giacomo wurde kreidebleich. Was redete Tilman da? Was wollte er von ihm? Ein Kind? Über Bord? Ob die Leute des Dottore …? Der Bastard? Wie angegossen saß Giacomo auf der harten Steinbank und rührte sich nicht. In seinem Kopf begann es zu surren, die Geräusche des Platzes drangen wie durch einen Haufen frisch geschorener Schafswolle an sein Ohr, der klagende Schrei eines Bussards ließ ihn zusammenzucken. Aber am Himmel über dem Holzmarkt flog nur eine Schar frühlingstrunkener

Dohlen, und an der Nachbarbank kämpften Spatzen zeternd um einen Brotkanten.

»Ich weiß nicht, was du meinst.« Das Sprechen fiel ihm schwer, er vermied Tilmans Blick.

Farina um ein paar Dutzend Glasflakons zu erleichtern, war die eine Sache. Davon wurde der Mann nicht arm. Und der Diebstahl von ein paar Zitronen oder Pomeranzen, sei's drum. Aber ein Kind ... Etwas in Giacomo sperrte sich, den Satz zu Ende zu denken.

»Du weißt nicht, wovon ich spreche? Und ich habe dir die Hälfte meiner Suppenration überlassen, weil ich geglaubt habe, dass du eine ehrliche Haut bist!«, höhnte Tilman.

Giacomo brauste auf.

»Ich lüge nicht, ich weiß wirklich nicht, wovon du redest. Was für ein Kind? Was für ein Schiff? Ich tue nichts anderes, als für den Dottore ...«

Er brach ab. Das hätte ihm nicht rausrutschen dürfen.

»Du tust nichts anderes, als für den Dottore fragwürdige Wunderwässerchen zu verkaufen«, ergänzte Tilman triumphierend.

»Es sind keine fragwürdigen Wunderwässerchen, sie helfen wirklich«, verteidigte sich Giacomo. Tilman reckte sich ein wenig, streckte Arme und Beine, knetete sich den Nacken mit seinen kurzen, plumpen Fingern. Als er wieder sprach, hatte seine Stimme jeglichen Spott verloren. Sie war sachlich, fast versöhnlich.

»Giacomo, hast du etwas mit dem Tod des Kindes auf dem Niederländerschiff zu tun? Oder mit dem Tod eines gewissen Anton Cettini?«

»Wer ist das?«

Tilman zuckte mit den Achseln, aber antwortete nicht.

Plötzlich war es Giacomo egal.

»Ich habe mit all dem, was du da erzählst, nichts zu tun«, sagte er ganz ruhig. Sollte Tilman ihm doch glauben oder nicht.

»Is gut. Vertragen wir uns wieder! Geh rüber zu Margaretha und hol uns einen Krug Bier.«

Tilman deutete auf eine Schenke am Ende des Holzmarkts. »Dafür wird dein Geld hoffentlich reichen«, rief er ihm hinterher, als Giacomo sich auf den Weg machte. Er drehte sich nicht um.

Ohne den Verband am Fuß lief er schon fast wieder so schnell und leichtfüßig wie immer. Er hatte es doch gleich gesagt, so ein kleines Loch würde ihn nicht umbringen.

Es hatte vielleicht so lange gedauert, wie es brauchte, um die Bänder an Griets Schnürbrust zu lösen, bis er aus der Wirtschaft wieder ins Freie trat. Er trug den kühlen Bierkrug mit beiden Händen und passte auf, dass er auf dem unebenen Boden keinen Tropfen verschüttete. Die Sonne war hinter den Häusern verschwunden, aber noch immer war es hell auf dem Platz. Sirrend schossen Mauersegler über die Hausdächer hinweg. Wie zu Hause, wenn er von der Alm hinunter nach Druogno gekommen war. Da stand er dann und hatte den Seglern hoch oben in den Lüften hinterhergeschaut, bis ihm der Nacken wehtat und Giovanna ihn ungeduldig schimpfte, es reiche jetzt, er solle gefälligst die Beine in die Hand nehmen. Wie es ihr wohl ging? Ob sie verheiratet war? Und Kinder hatte?

Das Kind! Was für ein Kind hatte Tilman gemeint, als er von diesem Niederländerschiff sprach? Hätten sie in der Spielmannsgasse nicht darüber geredet, wenn so ein … er suchte nach einem Wort … wenn so ein Unfall, so ein Missgeschick passiert wäre? Aber sie redeten in seiner Gegenwart nicht über ihre Touren. Sie mochten ihn nicht. Nur der Dottore wusste, was er an ihm hatte.

Das Kind ging ihm nicht aus dem Kopf. Er musste Tilman fragen, was es damit auf sich hatte. Dann blieb Giacomo verblüfft stehen. Die Bank, wo der Freund gesessen hatte, war leer. Aber weit konnte der andere nicht sein, vielleicht war er nur mal eben hinter einen Baum getreten oder er hatte drüben im Armenhaus jemanden gesehen, mit dem er reden wollte. Da entdeckte Giacomo ihn, wie er zwischen zwei Männern in die Holzgasse einbog. Der eine Mann, einen guten Kopf größer als der kleine Tilman, hatte wie ein alter Bekannter seinen Arm um dessen Schultern gelegt.

»He«, schrie Giacomo und fing zu laufen an. Aber da waren die drei schon verschwunden. Als er an die Ecke der schmalen Gasse kam, war kein Mensch zu sehen. Er wusste nicht, in welchem Haus Tilman wohnte. Sollte er irgendwo klopfen und fragen? Giacomo verharrte unschlüssig. Warum schickte ihn Tilman

Bier holen – noch dazu mit seinem eigenen Geld! – und ließ ihn dann einfach sitzen? Was sollte das? Machte er sich über ihn lustig? Giacomo wurde wütend. Nein, er würde Tilman nicht hinterherrennen!

Er nahm einen kräftigen Schluck aus dem Krug und wischte sich dann unwirsch mit der Hand über den Mund. Noch immer stand er am Anfang der Holzgasse und blickte die eintönigen Fassaden entlang. Mit wenigen Ausnahmen waren es niedrige Häuschen, kaum eines, das in den letzten Jahren einen neuen Anstrich erfahren hatte. In einem saß unter der offenen Tür ein alter Mann auf einem Hocker, in seinen Mundwinkeln klebte eine übelgraue Kruste. Er stierte Giacomo aus tränenden Augen an und schob dabei, wie eine Kuh, unablässig seinen Unterkiefer hin und her.

Giacomo überwand sich. Ob er drei Männer gesehen habe, die eben hier vorbeigegangen seien, fragte er den Alten. Aber der blinzelte mit seinen kranken Augen und kaute weiter, ohne dass Giacomo wusste, ob er ihn verstanden hatte. Er wollte es noch einmal versuchen, ließ es dann aber bleiben.

»Möchtest du das Bier?«

Wieder antwortete das Männlein nicht. Giacomo stellte den Krug neben ihn auf die Türschwelle und ging. Als er nach ein paar Schritten zurückblickte, hielt der Greis das Gefäß mit beiden Händen an den Mund und trank gierig. Eine Katze strich um seine Beine und schnupperte an dem flüssigen Zeug, das dem Mann vom Mund herabtropfte und auf dem Boden zu einer Pfütze zusammenlief. Das Geld, das Giacomo für die Rückgabe des Krugs bekommen hätte, war verloren. Unsicher ging er weiter, von allen Seiten fühlte er sich beobachtet. Mit einem Mal verspürte er Angst. Manchmal glaubte er, flüchtig ein Gesicht zu sehen, Augen, die ihn verfolgten, eine Handbewegung an einem Fenster. Einen Herzschlag lang dachte er, jemand sei hinter ihm. Er drehte sich um. Nichts. Nur der Schatten eines Hundes, der sich in einem Hausflur auflöste. Giacomo ging schneller, aber dort, wo die Holzgasse eine scharfe Biegung machte und er die Straße nicht mehr überblicken konnte, blieb er stehen, als befürchte er, jemand könne ihm auflauern. Da sah er mitten auf dem Weg Tilmans abgetragenen Dreispitz liegen, den der vielleicht irgendwann einmal aus dem Spendenbestand der Lyskirchener Armenbank bekommen hatte. Giacomo erkannte den Hut an dem Riss in der Krempe. Aber von Tilman und seinen Begleitern keine Spur.

Warum hatte Tilman den Hut nicht aufgehoben? Waren die Männer so sehr ins Gespräch vertieft gewesen, dass Tilman nicht merkte, dass er ihn verloren hatte? Giacomo bückte sich danach, schaute noch einmal nach allen Seiten, dann schüttelte er den Staub von dem Hut und knüllte ihn in eine Tasche seiner Kleidung. Er würde ihn ihm beim nächsten Treffen zurückgeben.

Ein Geräusch hinter ihm ließ ihn zusammenzucken. Er fuhr herum. Jemand hat beobachtet, wie ich in der Wirtschaft das Bier bezahlt habe, durchzuckte es ihn. Und jetzt waren sie hinter ihm her! Das war ein abgekartetes Spiel! Tilman hatte das Ganze eingefädelt, ihn in diese Falle gelockt! Ein Mann, ein dünnes Pfeifchen im Mund, war aus einer Tür getreten. Er musterte Giacomo gleichgültig, grüßte kurz und ging in die andere Richtung, zum Holzmarkt.

Giacomo hatte seinen Geldbeutel so fest an sich gedrückt, dass ihm die Arme wehtaten. Das Herz schlug ihm bis zum Hals, es zerriss ihm fast die Kehle. Nach zwanzig Schritten hatte er die Große Witschgasse erreicht. Die Hände in seinen weiten Ärmeln ineinandergefaltet, kam ein Mönch daher. Zwei Damen im Sonntagsstaat flanierten vorbei. Ein kleines Mädchen knickste vor ihnen und sprang dann auf einem Bein weiter. Mal auf dem rechten, mal auf dem linken. Es war ein ruhiger Sonntagabend, dieser Abend. Die Luft war mild, der Wind brachte Holzgeruch vom Rhein. Die Mauersegler schrien. Allmählich kam Giacomo wieder zu Atem.

Dass Tilman ihn hatte sitzen lassen, dass er ihn – er zwang sich, das Wort laut auszusprechen – womöglich hintergangen hatte, schmerzte.

Als er schon fast an der Mathiasstraße war, kam ihm eine junge Frau entgegen. Er erkannte sie sofort. Sie trug den Silberreif an ihrem Arm. Sie schien ihn nie abzulegen.

Die Frau blieb stehen. Er glaubte, den Fleck in ihrem linken Auge erkennen zu können. Rotbraun war er gewesen, wie die Kette der Gentildonna. Aber als er sah, dass sie nun auf ihn zukam und dass sie etwas sagen wollte, zog er seine Mütze ins Gesicht und wechselte die Straßenseite. Er hatte keine Lust, sich noch einmal von ihr ausfragen zu lassen.

Griet war nicht in der Spielmannsgasse. Sie sei zu ihrer Mutter gegangen und komme wahrscheinlich erst in ein paar Tagen wieder zurück, hatte die rote Cristina gesagt und ihn herausfordernd angelächelt. Er glaubte ihr nicht. Griet hatte ihm erzählt, ihre Mutter sei gestorben, als sie sieben Jahre alt war, ein Onkel habe sie bald darauf hierher in die Spielmannsgasse gebracht, damit sie sich ihr Essen verdiene. Einen Vater erwähnte sie nie. Ihr Gesicht war nicht mehr gezeichnet als das anderer Mädchen, die von der Liebesdienerei lebten. Manchmal bemerkte er auf ihrem Körper schwarz unterlaufene Stellen oder rote Striemen, sie hatte ihm das Fragen verboten, also fragte er nicht.

Der Bastard war nur kurz aufgetaucht, hatte mit Cristina getuschelt, dann waren beide nach draußen verschwunden. Er hätte sie ohnehin nicht nach dem toten Kind gefragt. Griet war die Einzige, der er halbwegs vertraute, sie hätte ihm vielleicht erzählt, wenn sie etwas wüsste.

Obwohl er noch hellwach war, legte er sich bald hin. Eine Wolke von Kohlgeruch, Rübendunst und fettiger Brühe waberte über den Hof und durch die Ritzen seines Verschlags. Er hatte den ganzen Tag nichts gegessen, dennoch verspürte er keinen Hunger. Im Nachbarhof verbrannte jemand Unrat, Gemüseabfälle, Reste von Knochen, Fischgräten. Der Gestank vermengte sich mit den Essensdünsten zu einem widerlichen Brodem. Giacomo zog die Decke über die Nase. Es roch muffig darunter. Er öffnete den Mund, um ohne zu riechen atmen zu können, und schloss die Augen.

Er sitzt am Feuer, neben ihm die Geschwister. Giovanna, Rosa, Matteo, Carlotta und Angelino. Sie werfen Maronen in die Flammen und fischen sie mit einem langen Stock wieder heraus, sobald die Schalen geplatzt sind. Mehlig-süß schmeckt die Frucht, und sie macht satt. Angelino plärrt, die Kastanien seien zu heiß, er könne sie nicht anfassen. Die Eltern verwöhnen Angelino, wie sie sonst keines ihrer Kinder verwöhnen. Selbst die sanfte Giovanna zieht manchmal ungeduldig die Augenbrauen hoch, aber dann pult sie dem Kleinen, dem gugnin, *doch die Kerne aus der schwarz gebrannten Schale. Und Angelinos Augen beginnen wieder zu strahlen, er schluchzt noch ein wenig, dass es einen Stein erweicht, und langt dann gierig nach der Leckerei. Man kann ihm nicht böse sein.*

Vielleicht gab es gar kein totes Kind? Vielleicht war es nur eine Lügengeschichte, die der Dreckskerl von Tilman ihm aufgetischt hatte, um ihn übers Ohr zu hauen. Aber es war ihm nicht gelungen! Er tastete nach seinem prall gefüllten Sacchetto und band ihn sich zum Schlafen um die Brust.

Morgen würde er früh aufstehen müssen, nach Brühl war es ein weiter Weg.

EINUNDZWANZIG

»Fünf, elf, siebzehneinhalb ...«

Mit gespitzter Feder tippte Anna die Zahlenkolonne entlang und rechnete die einzelnen Posten zusammen. Zuerst von oben nach unten und danach umgekehrt, von unten nach oben.

»Sechsundsiebzigeinhalb!«

Das konnte nicht sein, jedes Mal bekam sie etwas anderes heraus. Wütend kratzte sie sich am Kopf und fing wieder von vorn an.

Sie war unaufmerksam, den ganzen Morgen schon. Draußen war es grau und trüb, Regentropfen schlugen gegen die Fenster, und wenn sie hochblickte, sah sie drüben auf der anderen Straßenseite wieder Passanten stehen, die sich in den Säulengang der »Gelben Lilie« gerettet hatten. Genau wie vor über einem Monat, als sie dort den langen Welschen entdeckte.

Er war also nicht der Täter.

Wieder versuchte sie, sich auf ihre Rechnungen zu konzentrieren, aber ihre Gedanken schweiften ab. Auffällig schnell hatte er gestern Abend die Straße überquert, nachdem er sie erkannt hatte. Sein Gang war leicht und geschmeidig gewesen, fast federnd. Und er trug dieses Mal nichts bei sich, das seine Art zu gehen hätte beeinflussen können. Zu dumm, dass Tilman nicht bei ihr gewesen war. Wo der sich nur herumtrieb? Eine ganze Stunde lang hatte sie überlegt, ob sie sich über alle Etikette hinwegsetzen und sich auf die Suche nach ihm machen sollte. Dann hatte sie es einfach getan. Fast bis neun Uhr war sie unterwegs gewesen, war alle Stellen abgelaufen, wo er sonst zu finden war, wenn sie ihn für eine Arbeit im Haus brauchten. Im Kirchhof, wo er vielleicht auf einen Happen zu essen wartete, auf der Bank am Holzmarkt, weiter unten an der Nächelskaulenpforte. Sie hatte sogar seine Wirtin in der Holzgasse herausgeklopft, aber vergebens. Sie kümmere sich nicht um den alten Rumtreiber, hatte diese gesagt und die Nase hochgeschnupft. Hauptsache, er mache seine Arbeit.

Aber auch ohne Tilman war sich Anna sicher, dass dieser Fremde nicht der Mörder von Moritz und Cettini war. Sie sah Tilman noch vor sich, wie er neulich in der Küche auf und ab ging; dieser Welsche lief anders. Übrigens, der könnte auch mal neue Schuhe gebrauchen.

Sie blätterte lustlos in den Lieferpapieren.

Sollten sie die ganze Zeit einer falschen Fährte nachgegangen sein? Vielleicht hatte Farina doch damit zu tun? Er hielt sich seltsam bedeckt, hatte keinen Ton zu Moritz' unglücklichem Sturz vom Schiff verlauten lassen. Zumindest war ihr nichts bekannt. Dalmonte vermied es, den Namen seines Landsmanns zu erwähnen, wenn es nicht aus geschäftlichen Gründen unumgänglich war. Was sollte sie tun? Wie weitermachen? Auf den Bürgerhauptmann war kein Verlass mehr, der hatte es längst aufgegeben, Schimären nachzujagen, wie er überall herumposaunte. Außerdem hatte der Rat gerade beschlossen – zum wievielten Male eigentlich schon? –, den Kampf gegen ausstädtische Bettler, Dirnen und Hausierer aufzunehmen, um verbotenen Kaufhandel ein für alle Mal in den Griff zu bekommen und die Stadt von zwielichtigen Gestalten zu säubern. Jeder Wachtmeister und Pfortenwächter, jeder Obrist und Bürgerhauptmann wurde dafür benötigt, und Simon Kall hatte sich mit Verve in die neue Aufgabe gestürzt. Hart wollte er durchgreifen. Gerecht, aber hart. So verstand er seine Aufgabe. Das sollte sich in Ratskreisen herumsprechen. Er wollte es weiterbringen. Am liebsten bis in den Rat.

Anna zuckte zusammen. Sie hatte Johanna nicht kommen hören. Leise stellte die Köchin ihr eine Tasse heißer Schokolade auf den Schreibtisch.

»Ich habe Rosinenplatz vom Bäcker geholt.« Hinter ihrem Rücken zauberte sie einen Teller mit drei Scheiben des Hefegebäcks hervor. Sie waren dick mit Butter und Apfelkraut bestrichen.

»Iss, du wirst lang nicht so hungrig«, sagte sie. »Hat schon meine Großmutter gesagt«, setzte sie im Brustton der Überzeugung hinzu.

Anna musste lachen. Sie schob die Rechnungen und Warenverzeichnisse, die Listen mit Namen von Händlern, Lieferanten und Schiffsmeistern und den großen Bogen mit dem Terminüberblick zur Seite und biss genüsslich in das süße Brot.

Vom Lager kamen die Stimmen von Matthias und Frau Gertrude, die sich, während Dalmonte verreist war, um die Waren und ihren Transport zum Stapel und zu den Kaufhäusern kümmerte. Draußen im Hof sang Bonifaz. Und doch kam Anna das Haus still vor, totenstill. Sie wünschte, Moritz würde ihr mit seinem ständigen Geplapper, seinen neugierigen Fragen, seinem lärmenden Hin- und Hergerenne auf die Nerven gehen.

Johanna hatte sich Anna gegenübergesetzt.

»Und?«

»Es läuft. Ich habe Severin vorhin mit mindestens zehn Briefen losgeschickt. Heute haben wir Montag, den sechsten Mai. Morgen will ich anfangen, bis Samstag könnte ich durch sein mit allen Besuchen. Hoffe ich. Dann werden wir sehen, ob es geklappt hat.«

»Das wird schon klappen. Zieh dein schönstes Kleid an, das Hellblaue vom Herrn von Merzen, und setz das liebreizendste Lächeln auf, das du hast, dann wird dir keiner der Herren Nein sagen können. Du kannst mir glauben, ich kenn die Männer«, sagte sie noch, als sie Annas zweifelnde Miene sah.

Johanna stemmte sich leise stöhnend hoch.

»Früher habe ich gar nicht gewusst, dass ich einen Rücken habe«, ächzte sie, während sie zur Tür ging. »Wenn du noch was brauchst, gib mir Bescheid.«

Anna nahm einen Schluck von der Schokolade. Sie schmeckte leicht bitter und lange nicht so sahnig wie im Kaffeehaus. Die Köchin würde noch ein wenig üben müssen, bis ihr das Getränk so gut gelingen würde wie dem Schokoladenmeister in der Ehrenstraße. Etwas mehr Zucker könnte Johannas Schokolade vertragen, auch ein wenig Zimt und eine Prise Nelkenpulver. Aber Anna war bereit, jeden Versuch mitzumachen, bis die Köchin es zur Meisterschaft gebracht hatte. Und sie würde Janne beim nächsten Besuch eine Schokoladentafel mitbringen und mit ihr gemeinsam so lange über dem Feuer wirtschaften, bis sie das Geheimnis der besten Zubereitung herausbekommen hätten. Es tat ihr leid, dass sie wegen der vielen Arbeit heute ihren Besuch in Kriel hatte absagen müssen. Ausgerechnet heute. Sie hätte Janne so gern von von Merzens Heiratsantrag erzählt und von dem Welschen, wie er ihr ausgewichen war. Ganz klar, der Mann hatte Dreck am Stecken. Selbst wenn er nicht einer der Schurken war, die Tilman gesehen hatte.

Anna klopfte energisch mit beiden Händen auf ihren Schreibtisch, wie um sich zu ermahnen, weiterzuarbeiten. Rasch sortierte sie die vor ihr liegenden Papiere. Die Abschriften der Briefe, die sie Severin am Morgen zum Austragen gegeben hatte, legte sie zwischen zwei Pappdeckel und verschloss diese mit einer Kordel.

Nur mit der Köchin hatte sie ihre Idee besprochen. Frau Gertrude hätte ihr Vorhaben nicht gebilligt. So etwas gehöre sich nicht für ein junges Mädchen, wie sie es war, hätte sie gesagt. Anna war sich darüber im Klaren, dass das, was sie plante, für eine Frau nicht allein ungewöhnlich, sondern sogar gewagt war und eigentlich über das hinausging, was die Schicklichkeit verlangte. Aber sie wollte sich nicht beirren lassen, und die praktische Johanna hatte ihr sofort zugeredet. Danach wusste sie, wie sie vorzugehen hatte. Es würde bestimmt klappen.

Dalmontes Abreise nach Frankfurt hatte sie auf den Gedanken gebracht. Während er neue Geschäftsverbindungen im Süden aufbaute, wollte sie versuchen, die alten in Köln wiederzubeleben. Die Voraussetzung dafür war gut: Seit dem Unglück mit Moritz war nichts mehr passiert. Vielleicht war der Spuk, wie Dalmonte es genannt hatte, ja endgültig vorbei, obwohl sie das schon einmal geglaubt hatte. Doch im Augenblick wollte sie nicht daran denken. Sie würde vielmehr alle Kunden, die ihnen die Zusammenarbeit aufgekündigt hatten, aufsuchen, und zwar höchstpersönlich.

Dalmonte hatte nicht über seinen Schatten springen können. In zwei Fällen hatte er einen Brief geschrieben und um Klärung gebeten, aber keine Antwort erhalten. Er sei doch kein Klinkenschläger, der untreuen Kunden hinterherrenne, beschied er daraufhin stolz. Anna sah das anders. Sie wollte nicht warten, bis die Herren Kaufleute sich gnädigst herabließen und retour schrieben. Wenn überhaupt. Sie würde bei ihren ehemaligen Geschäftspartnern vorsprechen, einfach so, unvorhergesehen, überraschend und, ja, wie Johanna ihr empfahl, mit einem liebreizenden Lächeln auf den Lippen. Kontakte mussten direkt gemacht werden, sagte sie sich. Dem anderen gegenübersitzen, ihm ins Gesicht sehen, seine Worte und Gestik erkennen, die richtigen Antworten parat haben. Dann ließen sich neue Verträge abschließen, vielleicht sogar noch am selben Tag. Hoffentlich.

Natürlich könnte der ein oder andere Kaufmann ebenfalls nach Frankfurt oder zur Ostermesse nach Leipzig gefahren sein und wäre daher nicht im Lande, aber das würde sie erfahren, wenn Severin am Abend zurückkam. Sie hatte, um der Höflichkeit Genüge zu tun, jedem der Herren geschrieben, dass sie sie in diesen Tagen aufsuchen und mit ihnen Geschäftliches besprechen … nein, nicht wolle, sondern werde. Punkt. Sie war überzeugt, dass es keiner wagen würde, ihr eine schriftliche Absage zu erteilen. Auch das verbot die Höflichkeit. Wenn sie erst einmal dort wäre, würde sie sie bestimmt überzeugen können, dass ihre Waren in gewohnter Manier sicher und sorgsam befördert würden. Auch beim Preis könnte sie ihnen ein gewisses Entgegenkommen zeigen. Ja, doch. Sie prüfte das Fähnchen auf der Rheinkarte. Ihr Vater lag vor Wesel. In wenigen Tagen wollte er in Köln sein. Und ein Freund ihres Vaters hatte versprochen, vom Oberrhein zu kommen. Ihr Traum war, wenigstens zwei oder drei Einsichtige zurückzugewinnen. Das würde reichen fürs Erste, damit käme der Warenverkehr wieder in Schwung. Alles Weitere würde sich dann von selbst ergeben.

Anna schob sich das letzte Stück Rosinenplatz in den Mund. Da ertönte das metallene Scheppern des Türklopfers, zuerst sachte, dann dreimal schnell hintereinander, kurz und bestimmt. So klopfte nur eine – Janne.

»Wenn du nicht zu mir kommen kannst, komm ich halt zu dir.«

Schon stand sie im Vorhaus, noch ein wenig blass um die Nase, aber sie strahlte übers ganze Gesicht, als sie Anna umarmte.

»Ein Nachbar hat mich heute Morgen auf seinem Fuhrwerk mitgenommen, mit ihm kann ich nachher auch wieder zurückfahren. Ich wollte dich unbedingt sehen.«

Sie nahm ihre Reisehaube ab und strich die Haare glatt. »Die Pfarrerswirtschafterin lässt dich grüßen.«

»Die alte Hexe …«

»Sie ist keine Hexe. Vielleicht ein wenig wunderlich. Du seist so schön, sagt sie ein ums andere Mal.« Dann schaute sie sich um, ob auch sonst niemand im Raum war, der sie hören könnte, und winkte Anna ganz nah zu sich heran.

»Kannst du noch mal das Wunderwasser besorgen, das du in Mülheim gekauft hast? Dem Kleinen würde ich's nicht mehr geben, aber … es duftet so schön.«

Sie wurde über und über rot.

»Wenn ich mich abends damit einreibe, weißt du, dann wird der Jupp …«, Janne lachte verschämt, »… dann wird der Jupp ganz närrisch. Und das Fläschchen ist schon fast leer.«

Sie hatten mit den anderen in der Küche zu Mittag gegessen und sich dann in Annas Zimmer unterm Dach zurückgezogen.

»Und jetzt seid ihr so schlau wie vorher«, folgerte Janne, nachdem Anna ihr alles von dem Welschen erzählt und ihr gezeigt hatte, wie Tilman den Gang des einen Täters nachgemacht hatte, diese schlingernde Bewegung, bei der der linke Arm zuerst nach hinten ruderte und dann im Bogen wieder nach vorn schlenkerte. Der Gängler dagegen, der habe einen gleichmäßigen Gang, und er wippe leicht in den Knien.

»Schön läuft er, ganz leicht und geschmeidig.«

»So genau hast du hingeguckt?«, spottete Janne. Seit sie von den Toten wiederauferstanden war und das duftende Wunderwasser ihr anscheinend unvergessliche Wonnen verschaffte, war sie endlich wieder die lustige, immer vergnügte Janne von früher, mit der Anna alle Träume teilen konnte.

»Er will mich heiraten«, platzte die heraus und deutete auf das neue hellblaue Kleid, das über einem Bügel am Schrank hing.

»Und du, was willst du?«

Auf dem Sims vor dem geöffneten Fenster stritten drei Spatzen. Anna hatte, als sie hochgekommen waren, Körner ausgestreut. Die Vögel tschilpten und zeterten um die Wette, schlugen mit den Flügeln und hackten aufeinander ein.

»Ich weiß nicht, was ich will«, sagte Anna.

Aneinandergeschmiegt, die Decke über die Beine gezogen, saßen sie auf dem Bett und guckten den kleinen Streithähnen zu.

»Weißt du noch, wie wir bei deiner Großmutter im Garten saßen und die Teigschüssel auskratzten?«

»Und du die Prügel bekamst, die eigentlich für mich bestimmt waren?«

»Und wie wir uns den hübschen Cornelis de Zuiten schwesterlich teilen wollten?«

»Und der Arme wusste nichts von seinem Glück!«

Sie kicherten vergnügt, während sie weiter in ihren Erinnerungen kramten.

Zwei Stunden waren so vergangen, als Janne aufstand und ihr Kleid glatt strich. Anna begleitete sie nach unten.

»Und vergiss nicht, diesen Welschen zu suchen. Ich sterbe, wenn ich das Tonikum nicht noch mal bekomme.«

»Und wenn du es bekommst?«

»Dann sterb ich auch. Vor Seligkeit.«

ZWEIUNDZWANZIG

»Allora?«

Der Römer wischte sich sorgfältig die Hände an einem Tuch ab und schloss den dicken Vorhang hinter sich, der den Raum des Gartenhauses in zwei Teile teilte, seit Giacomo überraschend in der Tür gestanden und das Geheimnis dahinter erraten hatte. Nichts mehr war zu sehen von den Körben und Säcken, Flaschen und Tiegeln, in denen der Dottore die zusammengestohlenen Zutaten für das Aqua mirabilis verwahrte. Die feinen Pomeranzen- und Limonenaromen aber ließen sich nicht unterdrücken, auch nicht das Duftgemisch von Thymian, Rosmarin und Melisse. Unschwer erkannte Giacomo auch den Fichtengeruch. Verräterisch hing er im Raum, und verräterisch brodelte eine Flüssigkeit hinter dem gewichtig von der Decke herabfallenden Tuch.

Giacomo setzte sich erschöpft an einen kleinen Tisch, der zusammen mit den zwei Stühlen das einzige Mobiliar in diesem Teil des Raums war. Müde streckte er seine Beine aus, er wusste nicht mehr, welche Farbe seine Schuhe einmal gehabt hatten, der Straßenstaub hatte sie zu einem undefinierbaren Graugrünbraun verfärbt. Wenigstens hatte sich ein Bauer seiner erbarmt und ihn am Nachmittag von Brühl das letzte Stück bis kurz vor Köln auf einem Karren mitgenommen. Er schnupperte. Das Fichtennadelöl erschlug fast den hellen Ton der Zitrusfrüchte. Aber es belebte ihn.

»Er hat alles abgekauft«, sagte er und zog einen schmutzigen Leinenbeutel aus seinem Bauchladen. Er schüttete die Tageseinnahmen auf den Tisch. Hastig begann der Dottore zu zählen. Zum Schluss schob er Giacomo ein paar Münzen zu, den Hauptteil strich er selbst ein und ließ ihn in der großen Tasche seines Justaucorps verschwinden.

»Gut, Rüsca, gut machst du das. Will er mehr?«

»Ja, bis zum Ende dieses Monats noch einmal ein Dutzend Flaschen und für Mitte Juni noch einmal zwei Dutzend. Der Hof kommt zu Besuch, sagt er. Er verspricht sich ein gutes Geschäft.«

Mit einer blitzschnellen Bewegung umklammerte der Dottore Giacomos Handgelenk.

»Wir brauchen mehr solcher Leute«, beschwor er ihn und spuckte sein kehliges Lachen aus. »Mittelsmänner, die nicht fragen, wenn du sie belieferst. Hör dich um nach Spezereikrämern, nach Tuchhändlern. Nach Höflingen. Nenn mir Namen, ich kümmere mich dann um sie.«

Wieder lachte der Dottore, scharf und krächzend. Seine schwarzen Augen funkelten.

»Du musst weg von den Märkten, weg vom Hausierhandel. Das wird zu gefährlich. Die Leute reden. Wenn ich dagegen Bestellungen bekomme ... wie damals beim Weingeschäft. Ich ...«

»Hat der Bastard ein Kind getötet, als er Waren besorgte?«

Giacomos Frage kam so unvermittelt, dass der Römer mitten im Satz stecken blieb.

»Wovon redest du?«

»Hat der Bastard ein Kind getötet?«

Der andere antwortete nicht. Er stand auf, und auch Giacomo war aufgestanden. Er wunderte sich, woher er den Mut nahm, dem Dottore Paroli zu bieten. Hinter dem Haus hörte er den Zwerg werkeln, vielleicht stapelte er Holzscheite gegen die Wand.

»Hier fragt nur einer, und das bin ich«, sagte der Dottore mit heiserer Stimme. Er machte einen Schritt auf Giacomo zu, seine Hand schoss vor, packte ihn an der Kehle und drückte zu. Giacomo japste. Dann ließ der Druck nach, aber der Römer hielt ihn weiter fest. Bis er Giacomo einen Stoß versetzte und dieser rückwärts gegen die Tür taumelte. Giacomo stolperte, fing sich aber wieder. Geistesgegenwärtig drehte er sich so zur Seite, dass der Sacchettino unter seinem Hemd zwischen ihn und die Wand kam. Er wusste nicht, wovor er mehr Angst hatte, dass der Römer ihn noch einmal würgte oder dass er den Geldbeutel entdeckte. In seinem Kopf dröhnte es, die Stimme des Dottore kam wie aus weiter Ferne.

»Sollte ich mich in dir getäuscht haben, Rüsca? Ich warne dich. Misch dich nicht in meine Angelegenheiten, und wenn du glaubst, du müsstest dir Mitleid erlauben, weil der Bastard vielleicht etwas grob ist, dann werden wir nicht lange fackeln. Kein Mensch wird nach dir suchen ... und wenn du uns verpfeifen solltest ...«

Das Gesicht des Dottore schob sich ganz nah an seines.

»Damit du es weißt, ich habe nie etwas von einem toten Kind gehört.« Er meckerte wie eine Ziege. »Vielleicht hast du es ja selbst ins Jenseits befördert und willst es uns in die Schuhe schieben. Hüte deine Zunge, Rüsca! Du weißt, für Mord hängst du am Galgen. Morgen schon, wenn du möchtest. Der Bastard kennt genügend Leute, die dir gern aufs Schafott helfen.«

Der Dottore trat einen Schritt zurück und verzog bedrohlich sein Gesicht. »Du hast die Wahl: Entweder du arbeitest, ohne zu fragen, oder du bist ein toter Mann.« Er klopfte mit einem Stock an die Wand, und gleich darauf erschien das Gesicht des Alten in der Tür. Giacomo sah ihn zum ersten Mal lächeln, ein sehr sanftes, verständnisvolles Lächeln, mit dem er sich zuerst vor dem Dottore verneigte und dann Giacomo scheel beäugte. Das Männlein fuhr mit seiner rechten, flach ausgestreckten Hand wie mit einem scharfen Messer an seiner Kehle vorbei, einmal, zweimal. Dann verzog es sich wieder nach draußen, leise schnappte die Tür ins Schloss.

»Ich glaube, wir haben uns verstanden«, sagte der Römer und warf Giacomo ein Acht-Albus-Stück vor die Füße. »Ich bin ein spendabler Mensch, Rüsca, aber nütze meine Großherzigkeit nicht aus!«

Giacomo behielt den Dottore im Auge, als er sich bückte, um das Geld aufzuheben. Was hätte der Mann mit ihm gemacht, wenn er darauf gespuckt hätte und gegangen wäre, ohne es aufzusammeln? Es war besser, es nicht zu wissen. Er dürfte gerade noch mal mit dem Leben davongekommen sein.

Der stumme Gnom stand am Tor. Die Fichte hinter ihm hatte hellgrüne Triebe angesetzt und streckte ihre breiten Arme über die Mauer. Eine kleine Leiter war dagegen gelehnt, auf der obersten Sprosse balancierte eine Katze und beäugte, was unter ihr vor sich ging. Mit einer schnellen Bewegung wiederholte der Alte seine Geste von vorher, dann öffnete er die Pforte und ließ Giacomo passieren.

Besser Geld in der Tasche als tot im Gebüsch, dachte Giacomo, als er durch die Gärten zurück zur Severinstraße ging. Man kann sich die Arbeit nicht aussuchen. Vor Sankt Magdalena, gegenüber dem Severinskirchplatz, blieb er stehen, um die Kiste mit dem neuen Aqua mirabilis von einer Schulter auf die andere zu wechseln. Wo der Dottore die Ingredienzien immer auftrieb? Er wird erfinderisch sein müssen, heute fehlte im Gartenhaus der Duft von Thymian. Dafür hatte Giacomo einen leicht scharfen Geruch bemerkt. Nicht unangenehm, aber fremd. Und er wird Wasser aus dem Brunnen dazumischen, um das Ganze zu strecken, sagte sich Giacomo. So wie es zu Hause die Nonna gemacht hatte, wenn ihre Heilwässerchen zur Neige gingen. Giacomo war es egal. Hauptsache, die Leute kauften. Vielleicht könnte er den Preis noch ein klein wenig anheben. Wenn er genügend Geld zusammenhätte, würde er sich absetzen.

Die Glocken der Severins- und Magdalenenkirche riefen die Gläubigen zur Vesper. Ein paar Weiber, den Rosenkranz in den Händen, hasteten an Giacomo vorbei, er fühlte sich nicht angesprochen.

»Süch aan, unse Maatverkäufer!«

Die Stimme, die von rechts kam, war nicht unangenehm. Der Mann, dem sie gehörte, hielt ihn am Arm fest.

»Dürfen wir sehen, was du heute Schönes anzubieten hast?«

Der Kölsche, ein blonder Hüne, zwang ihn, seine Kiste auf dem Boden abzusetzen. Ein Zweiter stand daneben, ohne zu reden.

»Ich weiß nicht, was ihr wollt. Ich verkaufe nichts, ich bin Lastenträger, ein einfacher Lastenträger«, stammelte Giacomo.

Wenn die beiden Kerle von der Stadt waren, Gerichtsbüttel oder Marktdiener, die nach dem Rechten zu sehen hatten, dann war er womöglich das Aqua mirabilis los. Sie hatten nie darüber gesprochen, ob er einen Hausierzettel bräuchte, der ihm den Handel damit erlaube. Er selbst machte für gewöhnlich einen großen Bogen um jeden städtischen Aufseher, und der Dottore dürfte Gründe haben, es genauso zu tun. Aber dieses Mal hatte er wohl nicht genügend aufgepasst. Wahrscheinlich würden sie ihn auspeitschen und aus der Stadt jagen, ihn vorher noch durchsuchen und seinen Sacchetto finden. Die Knie wurden ihm weich bei dieser Vorstellung. Kein armer Kerl wie er besaß so viel Geld. Er konnte es nur gestohlen haben. Seine Ausreden würden sie nicht gelten lassen. Ihm wurde schlecht. Mag sein, dass sie ihn laufen ließen, wenn er es ihnen gäbe. Besser das Geld weg als im Loch hungers sterben.

»Hör auf zu quatschen und komm!« Der, der ihn angesprochen hatte, gab auch die Befehle. Giacomo hob die Kiste auf, die beiden nahmen ihn in die Mitte, der Große legte den Arm um ihn. So wie man es zwischen alten Freunden tut, dachte Giacomo. Dieser Gedanke war ihm vor Kurzem doch schon einmal gekommen. Genauso sah es aus, als Tilman mit seinen Bekannten in der Holzgasse verschwand. Tilman! Der war der Einzige, der von seinen Verkäufen wusste, von seinem Geld. Also doch! Tilman hatte ihn verraten! Giacomo wurde schwarz vor Augen, er stolperte, beinahe hätte er das Aqua mirabilis fallen gelassen. Der zweite Mann fasste ihn am Oberarm, der Druck auf seine Schulter wurde fester. Die beiden führten ihn den Weg zurück, den er gerade gekommen war. Erst als ihnen keine Menschenseele mehr entgegenkam, hielten sie an, nahmen ihm die Kiste ab und brachen sie auf. Gut verpackt und sorgsam in Reih und Glied angeordnet, standen darin mehrere Dutzend Wasserfläschchen. Der Lange pfiff anerkennend durch die Zähne.

»Und nun wirst du uns verraten, wo du das Zeug herhast.« Er nötigte ihm den Kasten wieder auf und stieß ihn unsanft in die Rippen. »Los, zeig uns deine Werkstatt. Mach voran!«

In Giacomos Kopf arbeitete es. Nicht ihn wollten sie, sie hatten es, warum auch immer, auf das Aqua mirabilis abgesehen. Das war seine Rettung. Er würde ihnen das Gartenhaus zeigen und sich dann aus dem Staub machen. Er war schon viel zu lange in diesem verfluchten Köln. Er hätte schon viel früher verschwinden sollen.

Nach ein paar Schritten kam die Fichte ins Blickfeld. Sie fiel auf in dieser Umgebung.

»Dort«, sagte er und drückte dem zweiten Mann den Kasten in die Arme.

»Dort ist es, fragt nach dem Dottore!« Er zeigte auf den Baum, dann schüttelte er in einer überraschenden Bewegung den Arm ab, der ihn unter Kontrolle hatte, und verschwand mit einem

Sprung zwischen den Weinreben. Das Severinstor war ganz in der Nähe. Nur weg von hier und raus aus dieser Stadt.

Er kam nicht weit. Der Blonde war schneller. Giacomo schrie, als der Kerl ihm den Arm auf den Rücken drehte, dass die Gelenke knackten. Sie schleppten ihn zum Gatter unter der Fichte, dort ließen sie ihn fallen, er schlug mit dem Gesicht auf den Boden. Aber schon rissen sie ihn wieder hoch.

»Mach auf«, zischten sie, er spürte, dass ihm Blut übers Kinn rann. Er könnte anders klopfen, als er es für gewöhnlich tat. Nur ein- oder zweimal an die Tür schlagen, wie es jemand machen würde, der zufällig vorüberkäme und vielleicht nur etwas fragen wollte. Der Gnom würde dann wahrscheinlich nicht einmal aufmachen. Oder er würde das verabredete Klopfzeichen machen und zusätzlich ein paar Schläge mehr. Dann wären sie drinnen gewarnt.

»Wird's bald?!« Der Lange trat ihm vors Schienbein und hielt ihm zugleich den Mund zu. Der Schrei endete in einem gurgelnden Geräusch. Giacomo knickte ein, der scharfe Schmerz ziepte bis in die Ohren. Er japste nach Luft. Warum sollte er für den Dottore seinen Kopf hinhalten? Oder für den Plackfisel von Greis, der mit ihm nicht viel Federlesens gemacht hätte, wenn es der Padrone befohlen hätte. Giacomo klopfte an die Tür, so wie er es immer tat. Zweimal lang, viermal kurz. Schneller als erwartet, hörte er die bekannten schlurfenden Schritte, die Tür ging auf, die beiden Männer drängten hindurch. Der, der bisher noch kein Wort gesagt hatte, versetzte dem Alten einen heftigen Schlag, sodass dieser zu Boden sank. Giacomo zuckte zusammen, aber da war kein Mitleid in ihm.

Die beiden Männer hatten das Tor geschlossen und zerrten Giacomo zum Gartenhaus. Als sie an dem Beet vorbeikamen, fiel es Giacomo wie Schuppen von den Augen. Das war Tabak. Der Alte hatte Tabak gepflanzt! Er war ja auch ständig am Kauen. Und er, Giacomo, hatte geglaubt, die Pflanzen wären fürs Aqua mirabilis! Aber wer weiß, vielleicht tat der Dottore etwas davon rein, wenn er gerade sonst nichts hatte. Fast hätte Giacomo gelacht, aber es gelang ihm nicht. Wenn er den Mund verzog, tat ihm jeder Muskel, jeder Knochen weh. Er blutete noch immer, und in seinem Kopf hämmerte es, dass er fast verrückt wurde. Als sie die Haustür aufstießen, sah er gerade noch das entgeisterte Gesicht des Römers, dann wurde es schwarz um ihn.

Von weither drangen Laute an sein Ohr, schleppend, wie gezogen, er verstand nicht, was gesprochen wurde, die Worte gaben keinen Sinn, es mussten zwei sein, die redeten, der eine mehr als der andere.

Er schien in einem riesigen Ei zu liegen, alles war weich und hell, es war schön so zu liegen. Er schwebte in dem Ei, das Ei schwebte mit ihm. Er musste sich nicht anstrengen, es war ein seliger Zustand. Bis jäh etwas knallte. Ein harter Schlag. Eine scharfe Stimme. Das Ei platzte, der Boden, auf dem er lag, war hart und kalt. Er blinzelte. Diffuses Licht fiel auf die Glasballons auf dem Tisch, auf die Kupferkessel, die Pomeranzenschalenpresse. Der schwere Vorhang war zurückgezogen. Der Dottore saß auf einem Schemel neben dem Arbeitstisch, er wirkte seltsam geknickt, ihm gegenüber die zwei Männer, der Große mit einer Latte in der Hand, mit der er auf die Tischplatte gehauen haben musste.

Langsam kam Giacomo die Erinnerung zurück. Was wollten diese beiden Kerle? Was war mit dem Gnom? Wie lange war er ohnmächtig gewesen? Sein linker Arm tat ihm weh, er merkte, dass er mit dem ganzen Gewicht seines Oberkörpers darauf lag. Allmählich bekamen einzelne Worte, die fielen, einen Sinn. Einmal hörte er den Begriff »Küche«, und der Mann, der ihn vors Schienbein getreten hatte, zeigte mit einer verächtlichen Armbewegung auf die sorgfältig aufgebaute Einrichtung. Vorsichtig versuchte Giacomo, den Arm unter sich herauszuziehen. Nur mit Mühe konnte er sich bewegen. Aber die anderen hatten ihn doch gehört.

»Na, ausgeschlafen?«, feixte der zweite Mann.

»Ganz freiwillig hat er uns deine schöne Bude nicht gezeigt«, sagte er dann zum Dottore. Wenigstens in der Beziehung waren die beiden feinen Herrschaften ehrlich. Dann beachteten sie ihn nicht mehr.

Wieder begann es in Giacomos Kopf zu hämmern, aber er kroch an die Wand und versuchte, sich aufzusetzen und dem Gespräch der drei Männer zu folgen. Wobei eigentlich nur einer sprach, der Blonde. Er bot dem Römer ein Geschäft an. Ein gewinnbringendes Geschäft mit dem lieblichen Heilwasser. Der Kerl grinste dreckig, als er das Wort »lieblich« sagte. Er gab seinem Gegenüber wenig Gelegenheit zu antworten. Entweder er füge sich und arbeite für den Mann, der ihn und seinen Begleiter, dabei deutete der Große auf seinen Konsorten, mit den Verhandlungen beauftragt habe. Es sei auch nicht zu seinem Schaden. Oder ... Er machte eine Handbewegung, die nicht weniger eindeutig war als die des stummen Alten zuvor. Seltsam, wie sich die Dinge wiederholten.

In Giacomo arbeitete es fieberhaft. Diese zwei Männer, die ihn vorhin durch die Weingärten gezwungen hatten in einer Art, wie er es schon einmal gesehen hatte, mussten dieselben sein, mit denen Tilman verschwunden war. Tilman, was für ein Lump! Dieser kleine, unscheinbare Mann, der immer so freundlich getan, dem er vertraut und der ihm seine Essensschüssel samt Löffel überlassen hatte! Es war Tilman gewesen, der ihn in die Spielmannsgasse geschickt hatte. Der wusste, was dort ablief. Er hatte herausbekommen – oder vielleicht sogar von vornherein damit gerechnet –, dass er in diese ganze verlogene und zusammengeklaute Wunderwassergeschichte mit hineingezogen werden würde. Er hatte gewusst, zumindest aber geahnt, wie viel Geld damit zu machen war. Es war kein Zufall, dass er Giacomo auf dem Holzmarkt Raub und Totschlag unterjubeln und ihm sein Geld abluchsen wollte. Als es nicht klappte, hatte er seine Leute auf ihn gehetzt.

Die Vorstellung, dass Tilmans Kumpel hier im Gartenhaus dem Dottore gegenübersaßen, verursachte ihm Übelkeit.

Der Dottore erwiderte nichts auf das Angebot des Großen. Der herrische Gesichtsausdruck, den Giacomo so gut kannte, war kaum unterdrückter Furcht gewichen. Die Augen des Römers zuckten, die Wimpern flatterten, er hielt sich mit beiden Händen krampfhaft an der Tischkante fest.

»Wer ist euer Auftraggeber?«, fragte er endlich. Er hatte Mühe zu sprechen.

»Das geht dich nichts an.« Der zweite Mann schnäuzte sich in den Hemdsärmel. »Aber einem gewissen Farina soll eins ausgewischt werden.«

Der Lange stieß seinen Gefährten unsanft an.

»Halt dein dämeliges Maul, du Blötschkopp!« Dann kümmerte er sich wieder um den Dottore.

»Du wirst nur mit uns zu tun haben. Aber glaub nicht, dass du mit uns spielen kannst, wir beobachten dich, ohne dass du es merkst.«

Bei dem Namen Farina hatte Giacomo aufgehorcht. Was hatte dieser getan, dass Tilman ihn rupfen wollte? Aber seine erste Begegnung mit dem blasierten Ladendiener von Obenmarspforten hatte Giacomo nicht vergessen. Wie der Herr, so 's Gescherr! Irgendwo hatte er diesen Spruch einmal aufgeschnappt. An jedem Spruch war etwas Wahres dran. Warum also nicht diesem ganzen eingebildeten Kaufmannspack einen Denkzettel verpassen? Mit einem Mal weckten diese merkwürdigen Verhandlungen seine Neugierde.

Auch der Dottore löste sich bei der Erwähnung Farinas aus seiner Erstarrung.

»Wie viel Aqua mirabilis will er haben, Euer ... Herr?«, fragte er lauernd.

»So viel wie du zusammenbrauen kannst. Hundert Flaschen, tausend Flaschen, zehntausend. Den Verkauf übernehmen wir. Du wirst sehen, die Leute werden sich auf die kleinen Buteljen stürzen.«

Die Augen des Römers begannen zu leuchten, er setzte sich kerzengerade auf.

»Das bedeutet einen erheblich größeren Bedarf an Waren und Rohstoffen als bisher«, sagte er mit einer Stimme, die den Fachmann verriet. Für eine solche Menge Aqua mirabilis benötige er Weingeist, Zitrusöle, Pomeranzen, Zitronen, Thymian, Rosmarin, Lavendel, und er zählte noch eine ganze Reihe von Zutaten auf, deren Namen Giacomo noch nie gehört hatte.

»Und natürlich Flaschen, Korken, Wasserzettel, Verpackungsmaterial.«

Der Dottore hatte seine Sicherheit zurückgewonnen. Jetzt war er der Kaufmann, der die Bedingungen diktierte. Der scharfzüngige Römer, dessen Jähzorn Giacomo fürchtete, wurde zum gewieften Feilscher, die Worte gingen ihm so aalglatt über die Lippen wie sonst Beschimpfungen und Flüche. Nur sein rechtes Bein wibbelte unterm Tisch auf und ab, und selbst wenn er es einmal für die Dauer von fünf Worten zum Stillhalten bekam, dauerte es nicht lang, und es begann schon wieder zu zucken, ohne dass er es kontrollieren konnte.

Giacomo beobachtete ihn aus halb geschlossenen Augen. Vielleicht war er nie der allmächtige Padrone gewesen, den er Giacomo vorgespielt hatte. Geschickt im Taktieren war er, das musste man ihm lassen. Er witterte günstige Gelegenheiten und machte sie sich zunutze. Produkte fälschen und damit die kleinen Leute blenden? Warum nicht, wenn sie sich blenden ließen? Reich werden um jeden Preis? Wollten das nicht alle? Farina, der Dottore. Und Tilman. Immer nur Kloaken reinigen? Damit kam man nicht weit. Man musste erfinderisch sein, wenn man es zu etwas bringen wollte. Der Schuster, für den Giacomo die Zoccoli ausgetragen hatte, war nie müde geworden, ihm vom Lug und Trug der Großkopfeten zu erzählen. Und der war ein alter Mann, der viel Erfahrung hatte. Giacomo glaubte ihm. Auch sie hatten sich abgerackert auf Piodabella, Tag für Tag, sommers wie winters, die Eltern, die Nachbarn. Aber hatte es irgendjemand zu irgendetwas gebracht? Keiner. Nicht einmal ins Dorf konnten sie hinunterziehen, nach Albogno oder gar nach Santa Maria. Selbst wenn der kleine Angelino bis zur Brust im Schnee versank, mussten sie auf der Alm ausharren. Pepe, der jüngste Enkel der Nonna, hatte es nicht überlebt. Nein, mit Ehrlichkeit war kein Staat zu machen.

»Um Aqua mirabilis in diesem Umfang herzustellen, brauche ich mehr Leute. Allein ist das nicht zu bewerkstelligen«, hörte er den Dottore sagen. Da war sie wieder, diese Schärfe im Ton, bei der Giacomo immer den Eindruck hatte, der andere führe noch etwas im Schilde, eine glänzende Idee, einen durchtriebenen Plan, den er aber so unbedeutenden Handlangern, wie sie es alle in seinen Augen waren, nie mitteilen würde. Der Dottore ließ sich also auf das betrügerische Spiel ein, er schien Blut geleckt zu haben. Giacomo konnte sich vorstellen, was in ihm vorging: Mit dem Unbekannten im Hintergrund würde er Farina in den Ruin treiben – Tilman hatte wahrscheinlich die Rechnung mit dem Falschen gemacht. Giacomo triumphierte.

»Und wer beschafft mir die ganzen Sachen? Ist euer Herr dazu in der Lage?«, drängte der Römer, als er nicht sofort eine Antwort bekam. Er mochte es nicht, wenn man ihn warten ließ.

»Halt deine Zunge im Zaum. Du wirst bekommen, was du brauchst«, fuhr der Blonde ihn an. Aber Giacomo spürte, dass die überraschende Selbstsicherheit des Dottore den Angreifer verunsicherte.

»Wir schaffen noch immer alles herbei, was das Herz begehrt. Wir verstehen uns auf Besorgungen«, dröhnte der zweite Mann dazwischen. Da hatte Giacomo eine Eingebung.

»Könnt ihr auch …« Er hielt inne und wartete. Alles drehte sich nach ihm um, sie hatten ihn vergessen gehabt.

»Könnt ihr auch feine englische Seife besorgen? Ich bin heute Morgen danach gefragt worden. In Brühl«, ergänzte Giacomo und bemühte sich, seiner Stimme einen unbefangenen Ton zu geben.

»Englische Seife? Nichts leichter als das«, höhnte der Lange.

»Die haben wir neulich erst bekommen, gute Ware, frisch vom Schiff«, ergänzte der zweite Mann, schwieg aber sofort, als der Erste mit der Holzlatte auf den Tisch knallte.

Er hatte den Nagel auf den Kopf getroffen. Wein, Zucker und Seifen, hatte Tilman gesagt, englische Seife. Und das Kind …! Wer war dieses Kind und was hatte es ihnen getan, dass sie die Nerven verloren hatten? Selbst für Tilmans Geschmack waren sie damit wohl zu weit gegangen. Oder war es doch nur ein Trick, um ihn umso leichter um sein Erspartes zu bringen? Eigentlich wollte er Tilman nicht mehr wiedersehen, aber er musste wissen, was es mit diesem Kind auf sich hatte. Das war er sich schuldig, sich und …

Das tote Kind drängte sich in seine Erinnerungen und wühlte darin wie in einer brennenden Wunde. Obwohl er nie mehr an diese Geschichte hatte denken wollen. Bisher war es ihm gelungen, alles hatte er aus seinem Gedächtnis getilgt. Glaubte er wenigstens. Doch jetzt tauchte es wieder auf, dunkel und verschwommen, ein bohrender Schmerz. Er stand auf. Noch etwas schwankend ging er hinüber zu den drei Männern. Er unterdrückte seine Angst. Wie selbstverständlich setzte er sich zu ihnen an den Tisch.

»Chapeau!«, schmeichelte er. Die Stimme versagte ihm fast, aber dann bekam er sich in den Griff.

»Eure Idee ist ausgezeichnet. Von Ölen und Essenzen verstehe ich nichts, aber im Handeln bin ich Meister. Bringt mir eure Seife, ich werde für euch einen guten Preis rausschlagen.«

DREIUNDZWANZIG

Das Morgenlicht drang unbarmherzig durch die geschlossenen Lider. Giacomo drehte sich zur Wand und zog die Decke über den Kopf. Sein Kopf dröhnte, in seinen Schläfen bohrten unsichtbare Messer, jede Bewegung war eine Tortur.

Langsam kam ihm der gestrige Abend wieder zurück. Die beiden Männer und die gereizte Vorsicht, die zwischen ihnen geherrscht hatte. Die seltsamen Verhandlungen. Er hatte keine Ahnung, wem er die Seife andrehen sollte, mit der sie sicher auf ihn zukommen würden. Schon um zu sehen, ob er taugte. Er würde sich etwas einfallen lassen müssen. Hatten sie gesagt, wie sie hießen? Er erinnerte sich nicht. Später waren sie zusammen in die Spielmannsgasse gegangen, wo der Pakt bei einer Runde Bier besiegelt wurde. Der Wirt hatte sich von der neuen Entwicklung wenig begeistert gezeigt, und auch der Bastard war schweigsam geblieben. Griet war noch immer nicht wieder aufgetaucht. War sie ihnen lästig geworden? Hatte sie zu viel Zeit mit ihm verbracht statt zahlungswillige Freier anzubringen?

Dann dachte er an das Kind. Er hatte gehofft, dass ein Name fallen würde oder auch der von Tilman, irgendein Hinweis. Aber vergeblich, die beiden Männer verrieten sich mit keiner Silbe. Er wollte sich dumm stellen. Für sie würde er nichts anderes sein als der tumbe Welsche, der einfältige kleine Rüsca aus der Lombardei, der Abnehmer für ihr Diebesgut finden würde. Das konnte er, das hatte er gelernt. Und, wer weiß, vielleicht sprang ja gutes Geld für ihn dabei heraus. So lange, bis er wüsste, was mit dem Kind geschehen war. Und dann?

Giacomo griff unter die Matratze, zog seinen Sacchetto aus dem Loch darunter und stand auf. Die dünne Plörre aus geröstetem Hafer, die der Spelunkenwirt ihm vorsetzte, wenn Griet nicht da war, ersparte er sich. Zum Holzmarkt waren es nur wenige Schritte, der Gang durch die frische Morgenluft tat ihm gut. Er musste Tilman treffen.

Zwei Stunden lang suchte er, aber niemand konnte oder wollte ihm helfen. Die Torwachen an der Nächelskaulenpforte, wo, wie er wusste, Tilman gern saß, schüttelten die Köpfe. Auch die Magd in der Wirtschaft, in der er vor zwei Tagen das Bier gekauft hatte, wusste nichts. Er fragte Bewohner des Armenhauses und die Fischer am Wasser, die Holzträger und Hacker, die Plätterin und den stummen Alten mit dem schaumverkrusteten Mund aus der Holzgasse. »Er saß doch mit dir am Sonntag dort auf der Bank«, erinnerte sich ein junges Mädchen und deutete über den Platz zu der Stelle, wo er sich mit Tilman unterhalten hatte. Danach hatte ihn anscheinend niemand mehr gesehen.

Giacomo war enttäuscht und erleichtert zugleich. Was hätte er mit ihm gemacht, wenn er ihn aufgetrieben hätte? Verprügelt! Grün und blau geprügelt hätte er ihn. Bis er nicht mehr hätte laufen können. Er hätte ihm die Zunge aus dem Hals gerissen, wenn er ihm nicht gesagt hätte, was mit dem Kind war. Tilman. Er hatte ihn für einen Freund gehalten. Sein Magen verkrampfte sich. Er krümmte sich, presste beide Hände auf den Bauch. Nur langsam ließ der Schmerz nach. Giacomo holte tief Luft, er bemühte sich, ein paarmal ruhig ein- und auszuatmen, dann war der Anfall vorüber.

Seine letzte Hoffnung war Gerrit vom »Fliegenden Amsterdamer«. Seit dem ersten Mal war er nicht wieder in der kleinen Schenke unterhalb von Sankt Maria Lyskirchen gewesen, und der Niederländer erkannte ihn nicht. Aber er gab bereitwillig Auskunft.

»Ein Kind über Bord? Das war Moritz, der Laufjunge von Spediteur Dalmonte. In der Nacht zu Karfreitag. Armes Kerlchen. Gott ist nicht gerecht, nein, wirklich nicht.« Der Wirt schüttelte den Kopf.

Giacomo schluckte. Dass er nun schon wieder in den Filzengraben musste, behagte ihm gar nicht. Aber es musste sein. Er hatte sich vorgenommen, diese Sache zu Ende zu bringen. Um vielleicht eines Tages wieder ohne Alpträume schlafen zu können.

Das Mädchen, das ihm aufmachte, war klein und rund und musterte ihn neugierig. Nein, der Herr sei nicht zu Hause, antwortete es ihm auf seine Frage.

»Ist sonst jemand da, der mir Auskunft geben kann?«

Giacomo hielt die Tür fest, bevor die Magd sie schließen konnte.

»Wegen einer Lieferung?«, fragte sie verunsichert.

»Ja, wegen einer Lieferung.«

»Warte, ich werde nachschauen.«

Sie ließ ihn nicht herein, und er trat zurück auf die Straße. Aber kurz darauf hörte er drinnen erneut Schritte, und die Haustür wurde geöffnet.

Die junge Frau schien überrascht zu sein, ihn zu sehen. Sie trug ein Ausgehkleid, das Fichu locker um den Hals gelegt. Als sie danach griff, damit es nicht herunterfiel, verrutschte ihr schmaler silberner Armring.

Er hatte sich vor diesem Augenblick gefürchtet.

»Du hast etwas zu verschicken?«, fragte sie, während sie abwartend unterm Eingang stehen blieb.

»Ich möchte wissen, was mit …«, er zögerte, »… was mit Moritz passiert ist.«

»Mit Moritz?« Sie stotterte. Ihre Augen verloren den Geschäftsblick, sie hielt sich an der Tür fest. »Was weißt du von Moritz?«

»Nichts. Oder vielleicht doch«, antwortete er ausweichend.

»Komm herein!«, sagte sie schließlich.

Es war still im Haus. Nur gedämpft drangen die Straßengeräusche durch die Fenster in den Vorraum. Vom Hinterhaus, wo die Küche liegen musste, kam der Geruch von Hühnerbrühe. Giacomo wurde schwindelig, er hatte seit gestern Mittag nichts mehr gegessen. Die junge Frau setzte sich hinter den breiten Schreibtisch und zeigte auf den Besucherstuhl, der davor stand. Er nahm Platz. Sein Blick fiel auf die Truhe, die am ersten Tag seine Neugier erregt hatte. Ob es möglich war, ein ehrliches Leben zu leben? Wenn er den Tod dieses Kindes aufklären und seine Mörder an den Galgen bringen könnte, dann … Dann würde er ein neues Leben anfangen. Vielleicht.

»Erzähl!«, hörte er sie sagen. Er fühlte sich ertappt. Als wenn sie seine Gedanken lesen könnte.

»Wer war Moritz?«, fragte er.

»Ich dachte, du kanntest ihn.«

»Nein. Aber ich habe von seinem Tod gehört.«

Sie glaubt mir nicht, dachte er, aber er wunderte sich nicht darüber. Es hatte nur wenige Menschen gegeben, die ihm nicht mit Misstrauen begegnet waren. Die Gentildonna war so jemand gewesen. Und Tilman. Wieder stiegen Wut und Enttäuschung in ihm hoch. Dann begann er zu berichten. Es war das Einzige, was er machen konnte, damit sie ihm glaubte.

Er begann mit dem Römer, den sie den Dottore nannten, und dessen Aqua mirabilis, das sie von Mülheim her kannte. Warum sollte er es leugnen? Einzelheiten verschwieg er. Griet zum Beispiel, und wo er wohnte. Und er hielt es für überflüssig, ihr zu erklären, woher die Ingredienzien kamen. Sie fragte auch nicht danach, überhaupt unterbrach sie ihn kaum. Nur hin und wieder, wenn sie die Zusammenhänge nicht sofort verstand. Er war ein ungeübter Erzähler.

Irgendwann kam er auf Tilman zu sprechen. Seine Stimme bekam einen harten Unterton. Wieder gab es ihm einen Stich, aber jetzt ließ er nichts aus. Auch nicht das Essen von der Armenbank.

Sie fuhr erschrocken hoch. »Hast du Hunger?«

Eine Antwort wartete sie gar nicht erst ab.

»Resa«, rief sie nach hinten, und als die Magd kam, die ihm die Tür geöffnet hatte, bat sie sie, dem Besucher eine Schüssel mit Suppe zu bringen.

»Und vergiss das Brot nicht!«

Er aß verlegen, weil er merkte, wie sie ihn beobachtete. Als die Schale halb leer war, machte er eine Verschnaufpause. Danach löffelte er langsamer. Er verbot es sich, ein zweites Mal zum Brot zu greifen.

Die Ohrfeige brennt. Vor Schreck fliegt ihm der Kanten Schwarzbrot aus der Hand und in die hinterste Ecke der Küche. Er wagt nicht hinzugehen, um ihn aufzuheben. Er spürt alle fünf Finger der Köchin auf seiner Wange.

»Und wenn du noch ein einziges Mal in diesem Hause Essen klaust, dann hast du das letzte Mal unsere Ziegen gehütet«, schreit ihn die dicke Caterina an und wischt sich die schmutzigen Finger an der weißen Schürze ab. »Hast du verstanden?«

Er ist sechs Jahre alt, und er hat verstanden. Sein Gesicht glüht.

Der Hunger nagt in seinen Eingeweiden. Der dünne Polentabrei vor ihm dampft, ganz langsam kratzt er die Schüssel aus, die sie ihm zuvor hingestellt hatte. Auf den Tisch neben den Brotkorb. Danach wird er das Vieh auf die Sommerweide treiben. Für das Geld, das er zu Beginn des Herbstes erhalten wird, kauft die Mutter Mehl, dunkles Roggenmehl, wie sie es fürs Pane nero braucht. Noch bevor das Jesuskind kommt, wird in Druogno im Backhaus gebacken.

Er hätte gern noch einmal zugelangt, aber er schob den Napf zur Seite und bildete sich ein, dass ihm die Hose überm Bauch spannte.

»Du hast gesagt, dieser Tilman hat dir den Tod von Moritz in die Schuhe geschoben«, fing die junge Frau wieder an.

»Ja, aber ich war es nicht. Ich wusste nicht einmal etwas von einem Überfall auf ein Schiff.«

Jetzt, nach dem Essen, fiel ihm das Reden leichter. »Diese beiden Männer, die mich und den Dottore überfallen haben, haben den Tod von Moritz auf dem Gewissen. Und Tilman ist ihr sauberer Anführer«, schloss er endlich und lehnte sich zurück. Er zog Tilmans alten Dreispitz aus der Rocktasche, wie um die Wahrheit seiner Worte zu unterstreichen.

Die junge Frau griff nach dem speckigen Hut und drehte ihn nach allen Seiten, als ob sie darin lesen wollte.

»Ich kenne deinen Tilmann«, sagte sie, und nun war es an Giacomo, erstaunt zu sein.

»Ihr kennt ihn? Von woher?«

»Hier in der Pfarrei kennt jeder jeden«, gab sie zurück. »Tilman ist einer der gutmütigsten und hilfsbereitesten Menschen, die ich kenne. Völlig ausgeschlossen, dass er mit diesen Verbrechern unter einer Decke steckt.«

»Wenn Ihr es glaubt, bitte! Ich habe ihm auch einmal vertraut. Aber wer sonst sollte die Sache mit dem Schiff gewusst haben? Er wusste von Moritz' Tod, von den englischen Seifen. Und außerdem hatte er nagelneue Stiefel an, als ich ihn das letzte Mal sah«, setzte Giacomo auftrumpfend hinzu. Das war Beweis genug, dass Tilman keine weiße Weste hatte.

Die junge Frau lächelte kaum merklich.

»Die neuen Schuhe hat er von Herrn Dalmonte. Für ehrliche

Arbeit. Aber es stimmt, was du sagst: Tilman weiß viel. Er weiß immer viel, weil er überall herumkommt. Und vermutlich hat er geahnt, dass es bei der Herstellung eures Aqua mirabilis nicht ganz ehrlich zugeht. Ich denke zum Beispiel an einen Überfall auf einen Boten vor Farinas Haus.«

Giacomo schwieg. Sie war schlauer, als er dachte.

»Du und dein Dottore, ihr habt selbst Dreck am Stecken. Daher glaubst du, dass Tilman euch erpressen wollte. Dass er euch deshalb die zwei Halunken auf den Hals gehetzt hat.«

Sie stand auf, nahm die Suppenschüssel und brachte sie nach hinten in die Küche. Giacomo rührte sich nicht von seinem Platz. Was machte sie so sicher, dass Tilman nicht hinter der Erpressung steckte? Er wünschte, es wäre so.

»Was willst du wirklich hier?«, fragte sie, als sie zurückkam.

Es dauerte lange, bis er antwortete: »Tilman hat mich für den Tod eines Kindes verantwortlich gemacht, das ich nicht einmal kannte. Ich habe nichts damit zu tun, aber ich will wissen, was passiert ist. Ich kann nicht verstehen, warum sich jemand an einem Kind vergreift.«

Giacomo sah der jungen Frau an, dass ihr die Antwort nicht reichte. Eine billige Erklärung. Aber er war nicht bereit, mehr zu sagen.

»Wie sehen die beiden Männer aus, die dir aufgelauert haben?«, fragte sie schließlich. Während er die beiden, so gut er konnte, beschrieb, machte sie sich Notizen.

»Und der Große, wie läuft der?«

Zuerst verstand er nicht, was sie meinte. Aber dann begriff er. Der Blonde hatte einen seltsamen Gang gehabt.

»Ja …«, begann er.

»Bitte, versuch seinen Gang nachzumachen!« Sie bedrängte ihn förmlich.

Giacomo erhob sich linkisch und ging zur Wand. Dort drehte er sich um, überlegte, dann fing er vorsichtig zu gehen an.

»Nein, nicht so.«

Er ging zurück zur Wand und fing von vorn an.

»Ich hab's«, stellte er beim dritten Versuch fest. »So ähnlich.« Er schlenkerte Arme und Beine und drehte den Oberkörper vor und zurück.

»Das sind sie, die Mörder von Moritz. Und vielleicht auch von Cettini.«

»Das sage ich doch!« Giacomo wurmte, dass die Frau ihm anscheinend bisher nicht richtig zugehört oder ihm nicht geglaubt hatte.

»Wer ist Cettini?«, fragte er dennoch.

»Das ist jetzt nicht wichtig«, winkte sie ab. Dann fuhr sie fort: »Ja, du hast es die ganze Zeit schon gesagt, aber ich wollte einen Beweis. Die Gangart dieses Mannes ist es. Und sie beweist auch, dass Tilman nicht mit den beiden unter einer Decke steckt. Denn dann wäre er nicht in der Nacht des Überfalls zu uns gekommen, um zu erzählen, was er gesehen hat. Aber genau das hat er gemacht. Und uns gezeigt, wie einer der Mörder lief, der Größere der beiden. Würde er Konsorten verraten? Bestimmt nicht.«

Giacomo dachte darüber nach.

»Ihr glaubt also, dass Tilman unschuldig ist?«

»Ich glaube es nicht, ich weiß es. Wir haben Tilman sogar gebeten, nach den Mördern Ausschau zu halten.«

Plötzlich schlug sie sich erschrocken auf den Mund. »Ob ihm etwas zugestoßen ist?«

Giacomo antwortete nicht sofort. Er betrachtete Tilmans Dreispitz, der zwischen ihnen auf dem Tisch lag. Er hatte sich gewundert, dass Tilman ihn nicht aufgelesen hatte. Womöglich hatte sie recht. Vielleicht hatten die Mörder herausbekommen, dass Tilman sie bei ihrem Überfall beobachtet hatte? Dann dürfte ihnen daran gelegen sein, ihn zu beseitigen.

»Aber wenn Tilman nicht ihr Anführer ist, wer steckt dann hinter den beiden? Und was will dieser Unbekannte? Warum hat er versucht, den Dottore zu kaufen?«

»Ich weiß es nicht.«

Die junge Frau saß noch immer fassungslos hinter ihrem Schreibtisch. Giacomo hätte gern gewusst, wie sie hieß. Seltsam, dass sie schon so lange miteinander sprachen, und keiner kannte den Namen des anderen. Er musste den ersten Schritt machen.

»Ich komme aus demselben Tal wie Signor Dalmonte. Aus dem Valle Vigezzo.«

»Ich habe es mir gedacht. Damals schon, als du das erste Mal hier warst. Fast alle, die Herrn Dalmonte nach Arbeit fragen, kommen aus dem Vigezzotal. Du hast doch Arbeit gesucht, oder?«

Giacomo bejahte. Ihre Stimme wurde leiser.

»Er war damals wirklich nicht da, das musst du mir glauben. Übrigens, ich heiße Anna.«

»Giacomo, Giacomo Felice.«

»Felice?« Sie lächelte ein wenig. »Mit dem Namen müsstest du eigentlich ein glücklicher Mensch sein.«

Sie schien Italienisch zu können. War der Vigezzino also ihr Vater?

Er wusste es immer noch nicht. Überdies fand Giacomo die Bemerkung nicht besonders lustig, er erwiderte nichts.

Sie schaute ihn prüfend an, schien zu überlegen. Der winzige maronenfarbene Fleck in ihrem Auge leuchtete. Vielleicht hatte sie gemerkt, dass ihn der dumme Spruch über seinen Namen verletzt hatte.

»Ich werde dem Bürgerhauptmann Bescheid geben, du wirst mit ihm reden müssen«, sagte sie. Sie hatte sich wieder gefangen. Giacomo schluckte. Mit einer wie auch immer gearteten Obrigkeit wollte er nichts zu tun haben.

»Ich verrate dich nicht. Mir wird schon etwas einfallen, was ich ihm sagen kann, wer du bist«, versprach sie, als sie sein wenig begeistertes Gesicht sah. Dann wurde sie ernst. »Ich mache mir Sorgen um Tilman. Die ›Henrietta‹ wurde von denselben Leuten überfallen, die deinen Dottore erpressen. Aber was hat das eine mit dem anderen zu tun? Wer steckt dahinter?«

Dann fiel ihr etwas ein.

»Hast du nicht gesagt, ihr Auftraggeber wolle Farina den Garaus machen?« Anna überlegte laut. »Also nicht nur Herrn Dalmonte, sondern auch Farina. Warum hat es jemand auf die beiden abgesehen? Und warum gerade in dem Moment, wo Feminis' Tochter stirbt und das Geschäft zum Verkauf steht. Ich kann mir einfach keinen Reim darauf machen. Oder …«

Sie schien Giacomos Gegenwart vergessen zu haben.

»… oder es ist ein Täuschungsmanöver, und Farina steckt doch dahinter. Er ist beleidigt, dass Cettini und Herr Dalmonte ihm die Schuld am Tod von Feminis' Tochter geben. Zu Recht oder Unrecht, wissen wir nicht. Sein Verhalten ist, gelinde gesagt, merkwürdig, über Cettinis Tod freut er sich und hält damit nicht hinterm Berg. Vor allem aber: Farina will beim Aqua mirabilis der Erste sein. Das Ende von Feminis' Geschäft kommt ihm also, sagen wir einmal: gelegen. Aber dann ist da auf einmal ein Unbekannter, der Dottore, der ein ähnliches Heilwasser herstellt und die Leute glauben macht, es sei das Original. Begreiflich, dass das Farina nicht schmeckt. Er versucht, den Mann unschädlich zu machen, will sich dessen Produkt zu eigen machen.«

Giacomo pfiff überrascht durch die Zähne.

»Indem er mit ihm ein Geschäft eingeht ...«

Anna hob ratlos die Schultern.

»Wahrscheinlich, aber so kommen wir nicht weiter, wir brauchen den Auftraggeber dieser Männer. Und falls Tilman etwas zugestoßen ist, weil er zu viel wusste, dann gnad' uns Gott. Dann sind wir jetzt alle in Gefahr.«

Giacomo stand auf. »Es ist besser, wenn ich jetzt gehe. Niemand darf wissen, dass ich hier war. Ich hör mich um, sprecht Ihr mit Eurem Bürgerhauptmann, wenn es denn unbedingt sein muss. Und wegen Tilman, macht Euch keine Sorgen. Ich suche nach ihm. Wahrscheinlich treibt er sich nur irgendwo herum.«

Aber Giacomo glaubte selbst nicht an seine letzten Worte. Sie brachte ihn zur Tür.

»Danke, dass du gekommen bist.«

»Schon gut.«

Plötzlich griff er unter sein Hemd und nestelte an einer langen Schnur. Langsam zog er den Sacchetto hervor.

»Könnt Ihr das für mich aufbewahren? Dort, wo ich schlafe, ist es nicht sicher.«

VIERUNDZWANZIG

Sie sah ihm nach, wie er den Filzengraben hinaufging in seinen löchrigen Schuhen. Leicht und geschmeidig, wie jemand, der sein Leben lang immer viel gelaufen ist. Hinter einem Hausvorsprung verlor sie ihn aus den Augen. Ihr fiel ein, dass sie ihn nicht gefragt hatte, wo er wohnte. Vielleicht in der Nähe der Stadtmauer, dort, wo dieser Dottore seine geheime Destillerie haben musste? Einmal hatte er den Severinskirchplatz erwähnt. Sie schimpfte mit sich, das hätte ihr nicht passieren dürfen.

Ob es stimmte, was er ihr erzählt hatte? Sie hätte schwören können, dass er das erste Mal, damals Ende März, sich nur deshalb am Haus »Zur gelben Lilie« untergestellt hatte, um ungestört die Spedition auszuspionieren. Das Wetter war ihm gerade recht gekommen. Wer stellt sich nicht bei einem solchen Gewitterregen unter und wartet und schaut in der Gegend herum? Andererseits schien er sich nicht von der Stelle gerührt zu haben, als sie vorhin mit dem leer gegessenen Napf zur Küche gegangen war. Sie war länger als nötig weggeblieben, absichtlich. Sie hatte gelauscht, aber nichts gehört. Der Stuhl knarzte, wenn man aufstand. Bonifaz hätte ihn schon längst reparieren müssen, aber Giacomo konnte das nicht wissen. Und er hatte ihr seinen Geldbeutel anvertraut. Sie wog ihn in ihrer Hand. Es rührte sie, obwohl sie wusste, dass das Geld nicht ehrlich erworben war.

Und wenn das Ganze doch eine List war, um ins Haus zu gelangen? Wenn seine Besorgnis um Moritz nur gespielt war und er gemeinsame Sache mit den Mördern machte? Was gab es Wertvolles im Haus, dass er sich mit allen Mitteln hinterrücks einzuschleichen versuchte? Aber er hatte ein offenes Gesicht gehabt, da war nichts Hintertückisches. Kann ein Mensch sich so verstellen?

Anna fand keine Antworten. Sobald ihr ein Gedanke durch den Kopf ging, formte sich sofort ein Gegengedanke. Bei jeder Überlegung fiel ihr ein Argument ein, das genau dagegen sprach. Plötzlich war nichts mehr klar, was eben noch logisch erschien. Die Beine wurden ihr schwach, sie schloss die Haustür und setzte sich auf den Stuhl, auf dem Giacomo kurz zuvor gesessen hatte. Warum in aller Welt war sie ausgerechnet in dieser heillos verworrenen Situation völlig auf sich allein gestellt? Herrn Dalmonte erwarteten sie erst in zwei oder drei Tagen aus Frankfurt zurück. Ihr Vater würde kaum vor dem kommenden Wochenende in Köln eintreffen, und nicht einmal Frau Gertrude war da. Eine befreundete Familie hatte sie zu sich aufs Land eingeladen; der Zeitpunkt erschien ihnen günstig, wo ihr Mann doch verreist war. Zuerst wollte die Hausherrin nicht weg, aber Anna, die Köchin und die Knechte hatten ihr zugeredet, sie könne beruhigt fahren. Es war ein Trugschluss gewesen, Anna hatte sich überschätzt.

Draußen in der Küche hörte sie Johanna und Resa mit dem Geschirr klappern. Es war Zeit, sich für die Besuche fertig zu machen, die sie sich vorgenommen hatte. Doch zuerst wollte sie zu Simon Kall. Der Bürgerhauptmann war jetzt der Einzige, der ihr helfen konnte, er und seine Männer. Immerhin hatten sie nun einen Anhaltspunkt, wo sie nach den beiden Unbekannten suchen konnten. Sie rief Severin, damit er Sänfte und Träger holte und sie begleitete. Um in dieser schwierigen Mission Sitte und Anstand zu wahren.

Sie ließ, wie Johanna es ihr eingetrichtert hatte, bei Tabakhändler Gebert ihren ganzen Charme spielen, überwand sich, lächelte engelhaft und raspelte Süßholz. Mit Erfolg. Gebert räumte ein, dass die Spedition, zu der er gewechselt war, ihm mit einem außergewöhnlichen Preisangebot entgegengekommen sei. Wegen der Diebstähle wäre er doch dem liebenswürdigen Signor Dalmonte nie und nimmer untreu geworden, log er ungeniert, verriet aber den Namen des anderen Unternehmers mit keinem Wort. Anna drängte nicht, sie würden Farina schon noch zu fassen kriegen. Was der Händler als außergewöhnliches Preisangebot bezeichnete, nannte sie im Stillen schlichtweg unanständig und gab sich besorgt. Er solle das nur nicht an die große Glocke hängen, in Teufels Küche könne er damit kommen. Ob er denn die amtlichen Bestimmungen nicht kenne? Gebert wurde butterweich, hilflos malträtierte er ein weißes Sacktuch in seinen Händen. Sie beobachtete ihn genau. Er war leicht zu beeinflussen. Missstimmigkeiten, mit wem auch immer, waren ihm unangenehm. Er glättete sie mit einigen Gläschen klebrig-süßen Likörs, die er schnell hintereinander in sich hineinkippte, und bemerkte nicht, dass Anna an ihrem Glas nur nippte. Mit ihr streiten konnte er schon gar nicht. Gott sei Dank. Am Ende hatte sie ihn für Dalmonte zurückgewonnen, der kleine Rabatt, den sie ihm gewährte, ließ sich hoffentlich verschmerzen. Noch heute wollte sie eine Note an ihren Vater schreiben, dass er sich beeile. Tabaklieferungen von und an Gebert hatten nun unbedingten Vorrang. Damit er sich nicht bei nächster Gelegenheit wieder anders besann!

Nicht ganz so einfach verlief eine Stunde später das Gespräch mit Walter Wollheim. Er wich ihr aus. Er müsse über ihr Angebot nachdenken, befand er. Wieder hatte sie den Eindruck, dass auch er Dalmontes Spedition nur deshalb den Rücken gekehrt hatte, weil jemand mit einem Batzen Geld nachgeholfen hatte. Anna seufzte, aber ein Anfang war gemacht.

Nur Simon Kall hatte sie nicht angetroffen, weder vor ihren Besuchen noch auf dem Nachhauseweg. Sie hatte seiner Schwester, die ihm den Haushalt führte, die Nachricht dagelassen, dass sie ihn so schnell wie möglich sprechen müsse. Jetzt saß sie abgespannt in der Küche bei Johanna, die ihr die Fischsuppe vom Mittag heiß gemacht hatte. Die Glocken von Sankt Maria Lyskirchen läuteten den Abend ein. An der Haustür schellte es. Anna ging selbst öffnen. Es war nicht der Bürgerhauptmann, sondern von Merzen. Es war das erste Mal, dass sie sich ehrlich freute, ihn zu sehen. Wenigstens für eine oder zwei Stunden wäre sie mit ihren Gedanken nicht allein. Ein bisschen Verantwortung abgeben können. Wissen, dass man sich auf den anderen verlassen konnte. Ob das für ein Eheleben ausreichte? Vielleicht kam das Herzklopfen später.

»Er sorgt sich um dich«, bemerkte die Köchin, als sie und Anna die guten Gläser aus dem Salon und eine Karaffe Wein ins Vorhaus trugen.

»Sei still, er kann uns hören«, sagte Anna und warf ihr einen erbosten Blick zu, der die Köchin aber nicht beeindruckte. Übers ganze Gesicht strahlend richtete Johanna den kleinen Tisch her, der, wenn er nicht benötigt wurde, zusammengeklappt unterm Fenster an der Wand stand. Dreimal rückte sie die Gebäckschale hin und her und schob sie dann dorthin, wo von Merzen zugreifen konnte, fast ohne sich bewegen zu müssen. Bevor sie sich in ihr Küchenreich zurückzog, schaute sie den Gast verschwörerisch an. Man könnte fast meinen, sie ist in ihn verliebt, dachte Anna und grinste innerlich.

»Du warst bei Wollheim«, platzte von Merzen heraus, als sie allein waren.

Dass er das schon wusste! Anna staunte. Der Kaufmann hatte offenbar dringend jemanden gebraucht, mit dem er über ihren ungewöhnlichen Besuch reden konnte. Er musste das wohl erst einmal verdauen.

»Ihr ... du hast ihn im Kaffeehaus in der Ehrenstraße getroffen?«, fragte sie zurück. Sie tat sich noch immer schwer, ihn mit Du anzusprechen, um das er sie nach seinem Heiratsantrag gebeten hatte.

»Du bist eine mutige Frau, Anna.«

»Ich kann doch nicht tatenlos zusehen, wie die Spedition zugrunde geht. Ich will wissen, warum jemand nach zwanzig Jahren Herrn Dalmonte die Zusammenarbeit aufkündigt. Die Diebstähle allein können nicht der Grund sein. Da steckt noch etwas anderes dahinter.«

»Was willst du damit sagen?«, fragte er und langte nach einem Rosinenbrötchen.

»Da gibt es jemanden, der faule Preise macht.«

Von Merzen vergaß zu kauen. »Das geht zu weit. Das würde alle Spediteure in der Stadt treffen«, erregte er sich. Ein Teigbröckchen flog ihm aus dem Mund.

»Das ist nicht alles«, sagte Anna. »Langsam fange ich an zu verstehen, wie das Ganze zusammenhängt. Ich habe mit dem welschen Händler gesprochen, du weißt, der vom Mülheimer Markt. Er ist kein Gauner oder nur ein ganz kleiner, aber er ist sich sicher, dass er Moritz' Mörder kennt«, setzte sie hinzu. Während sie weitersprach, löste sich allmählich der Knoten in ihr. Schon zum zweiten Mal stellte sie fest, dass von Merzen wunderbar zuhören konnte. Manchmal nickte er oder schüttelte den Kopf, als Anna von Tilmans Verschwinden sprach. Manchmal stieß er ein erstauntes »Ach!« oder »Wirklich?« aus. Alles war plötzlich ganz einfach.

»Und hinter dem Ganzen steckt Farina?«, fragte er ungläubig.

»Einen Beweis haben wir nicht. Noch nicht. Aber er ist der Einzige, der einen Grund hat. Und ...«, sie beugte sich ein wenig vor, um nicht so laut reden zu müssen, obwohl niemand da war, der sie belauschen konnte, »... guck ihn dir doch an, diesen Farina, wie ehrgeizig er ist. Er verträgt niemanden neben sich. Herr Dalmonte tut mir leid. Er lebt in der hehren Vorstellung, dass alle Menschen aus dem Vigezzotal gute Menschen sind. Ein einziges schlechtes Wort über seine Heimat, ein einziger hinterlistiger Landsmann, und er wird krank.«

»Farina, sagst du.« Von Merzen trank sein Glas in einem Zug aus und erhob sich.

»Du willst schon gehen?«

Sie gestand es sich nicht ein, aber sie war enttäuscht. Das Haus war so still, wenn Herr und Frau Dalmonte nicht da waren. Auch aus dem Hinterhaus kam kein fröhliches Schwatzen, seit Maria gegangen war und die anderen befürchteten, dass sie ebenfalls ihre Habseligkeiten zusammenpacken müssten. Selbst der Papagei hockte traurig oben im Kontor in seinem Käfig und schnarrte nur leise vor sich hin, wenn sie oder jemand anders ihm sein Futter brachte.

»Ich habe noch etwas zu erledigen«, entschuldigte er sich und nahm ihre Hand. »Aber ich werde mir Farina vorknöpfen, verlass dich darauf. Gleich morgen früh gehe ich zu ihm und stelle ihn zur Rede.«

Anna blickte von Merzen zweifelnd an.

»Solange Giacomo ... solange der Gängler von diesen beiden sauberen Mannskerlen nichts herausbekommt, werden wir nichts gegen Farina in den Händen haben. Vergiss das nicht!«

Von Merzen streichelte ihr über die Wange. »Er wird einknicken. Ich bin überzeugt. Und, Anna?«

»Ja?«

»Nach Pfingsten wird geheiratet. Auf deinen messerscharfen Verstand will ich keinen Tag länger verzichten. Wenn ich nur daran denke, wie du Wollheim zugesetzt hast. Ich glaube fast, du hast ihn rumbekommen.« Von Merzen nahm Anna in den Arm. Das Lob tat gut, die Berührung war ihr unangenehm. Sie entwand sich ihm und öffnete die Haustür.

Draußen auf der Straße war es laut, so laut wie sonst nur an hohen Festtagen oder in ungewöhnlich lauen Sommernächten. Menschen standen in Grüppchen zusammen, Wortfetzen flogen hin und her. Die Sonne war längst untergegangen, doch im Filzengraben lag noch spätes Abendlicht. Anna erkannte Nachbarn. Ein Trupp Wachtleute kam von Maria Lyskirchen hermarschiert und verschwand in Richtung Thurnmarkt. Irgendetwas musste passiert sein.

»Tilman!«, wisperte Anna und fasste von Merzen am Arm. »Sie haben Tilman gefunden!«

»Wie kommst du darauf?«

»Ich weiß es nicht, ich spüre es.«

»Ich muss gehen.« Von Merzen nahm Annas Hand und küsste sie. »Geh ins Haus. Leg dich schlafen. Ich komme morgen wieder vorbei.« Es klang ein wenig wie ein Befehl. Er verschwand so schnell in Auf Rheinberg, dem Gässchen gegenüber, als wollte er die Wache noch einholen. Etwas mehr hätte er sich schon für das Schicksal von Tilman interessieren können! Auf der anderen Seite, er kannte ihn ja nicht. Wenn überhaupt, hatte er ihn nur bei der Beerdigung von Moritz auf dem Elendsfriedhof gesehen, aber warum hätte er da auf einen Hausarmen achten sollen. Herr Dalmonte wäre allerdings sofort zu Pfarrer Forsbach gegangen. Tilman war zwar ein Bettler und noch dazu ein eigenwilliger, aber er war Mitglied der Pfarrei und half bei jeder Drecksarbeit.

»Ich gehe zu Pfarrer Forsbach«, rief sie in die Küche, und noch bevor Johanna antworten konnte, war sie weg.

Tilman lag, auf einem Brett aufgebahrt, auf dem kalten Steinfußboden in der Kirche. Jemand hatte ihm die Hände über dem Brustkorb gefaltet und die Augen geschlossen. Am Hals waren dunkle Würgemale zu erkennen. Die neuen Stiefel schimmerten im Schein einer Kerze. Der Luftzug, der durch die offene Eingangstür kam, ließ die Flamme unruhig auf und ab tanzen. Keiner der Kirchenbesucher, die sich um den Leichnam versammelt hatten, weinte. Aber alle standen sie still und andächtig, einige beteten oder schlugen das Kreuz. Kinder drängelten sich vor und blieben mit offenen Mündern vor dem kleinen toten Mann stehen, den sie alle gekannt hatten. Ein Mädchen bückte sich, berührte einen Finger, eine flüchtige Berührung, ein Wissenwollen, wie sich der Tod anfühlt. Erschrocken zog sie ihre Hand wieder zurück.

Auch Anna betete. Ein langes Gebet. Und als sie fertig war, fing sie wieder von vorn an. Sie fühlte sich unendlich allein. Als sie Pfarrer Forsbach mit Simon Kall an den Stufen zur Nikolauskapelle stehen sah, zwang sie sich, zu ihnen hinüberzugehen.

»Wo haben sie ihn gefunden?«

»In dem leer stehenden Haus in der Holzgasse. Unter einem Haufen Bretter«, berichtete der Bürgerhauptmann. »Ein paar Kinder haben dort Verstecken gespielt.«

»Ich habe schon immer gesagt, man sollte diese alten Häuser einreißen oder wenigstens Türen und Fenster vernageln.« Pfarrer Forsbach legte schützend seinen Arm um Anna. Sie zitterte. Er hatte das Gefühl, er müsste ihren Vater oder zumindest Signor Dalmonte vertreten. Da hielt es Anna nicht mehr aus, Tränen rannen ihr übers Gesicht, ihre Beine trugen sie nicht mehr. Simon Kall half ihr, sich auf die Treppe zu setzen.

»Ich wollte heute Nachmittag schon mit Euch sprechen. Wir haben die Mörder gefunden«, sagte sie, nachdem sie sich etwas beruhigt hatte.

»Fast wenigstens«, korrigierte sie sich.

Was, wenn Giacomo doch gelogen hatte? Immer wieder kamen die Zweifel hoch. Er war am Sonntagnachmittag aus der Holzgasse gekommen, als sie Tilman suchte – und nicht fand. Hatte das etwas zu bedeuten? Es gab nur zwei Möglichkeiten, sagte sie sich laut. Entweder Giacomo gehörte zur Verbrecherbande und war nur zufälligerweise in der Nacht des Schiffsüberfall nicht dabei gewesen, dann müssten sie weiterhin in Angst und Schrecken leben. Oder Giacomo hatte die Wahrheit gesagt, und die beiden Männer, die ihn angegriffen hatten, waren dieselben, die das Schiff überfallen hatten. Dann drohte ihm das gleiche Schicksal wie Tilman. Der Bürgerhauptmann pflichtete ihr bei.

»Und Ihr wisst, wo wir diesen Giacomo finden können?«, fragte er.

»Vielleicht um den Severinskirchplatz herum. Auf Märkten. Ich wollte, ich wüsste es.«

Anna konnte nicht einschlafen. Gegen elf schlich sie hinunter in die Küche, um sich eine heiße Milch zu machen. Der Geschmack von Schokolade lag ihr auf der Zunge, ließ sich nicht unterdrücken. Nur ein Löffelchen. Oder auch zwei. Vielleicht hatte Johanna noch etwas in einem ihrer vielen geheimen Töpfe und Tiegel, in die sie niemanden hineingucken ließ.

In der Küche flackerte Licht, die Tür stand einen Spaltbreit auf. Vorsichtig streckte Anna ihren Kopf durch die Öffnung. Der Tisch war nur zur Hälfte abgeräumt, ein Putzlappen hing in seltener Unordentlichkeit über einer Stuhllehne. Auf der Ofenbank saß Johanna. Der Kopf war ihr auf die Brust gesunken, sie atmete ruhig und tief. Dann bemerkte Anna den alten Bonifaz. Er hatte sich auf der Bank ausgestreckt, sein Kopf ruhte im breiten Schoß der Köchin, die Hand hatte er unter ihre Röcke geschoben, lag dort auf den weichen Oberschenkeln der Frau. Er schlief tief und fest wie ein Kind und wachte auch nicht auf, als Johanna den Kopf hob und blinzelte, um zu sehen, wer hereinkam. Ohne eine Spur von Verlegenheit gab sie Anna ein Zeichen, sich zu ihr zu setzen.

»Ein bisschen Wärme tut gut«, sagte sie. Dann schob sie seine Hand zur Seite, hob sachte Bonifaz' Kopf hoch, stand vorsichtig auf und bettete den Kopf des Knechts auf ein Kissen. Bonifaz brummte ein wenig, drehte sich zur Wand und schlief weiter.

»Was soll ich machen, mein Herz? Ein Junger nimmt mich ja nicht mehr«, kicherte die Köchin wehmütig und strich sich die Schürze glatt. »Ich vermute, du kannst genauso wenig schlafen wie ich? Die Sorgen halten einen wach. Der arme Tilman.« Ihre Trauer war echt, sie jammerte um den Toten und um den Verlust ihrer Jungmädchenzeit.

»Ein Becher heiße Milch mit Honig? Das hält Leib und Seele zusammen.«

Anna nickte dankbar. Sie fegte die Brosamen vom Tisch und wischte die Platte sauber. Die Köchin und der Alte! Seit wann ging das schon? Ihr war bisher nie etwas aufgefallen, auch das Gesinde hatte sie nie darüber klatschen gehört. Johanna schien ihre Gedanken zu lesen.

»Seit Maria weg und das Haus so traurig ist.«

Jetzt wurde die Köchin doch ein bisschen rot, aber sicher war es nur wegen der ungewöhnlichen Arbeit zu so später Stunde. Sie stellte die dampfenden Tassen auf den Tisch.

Als es heftig gegen die Haustür klopfte, glaubten sie zuerst an eine Sinnestäuschung. Bang standen die beiden Frauen am Esstisch und wagten nicht zu atmen. Aber der Lärm weckte auch Bonifaz, der nicht lange fackelte. Er schnellte hoch, packte die Schürstange, die neben der Herdstelle in einem Fass steckte, und stapfte zum Eingang. Anna und die Köchin folgten in gebührendem Abstand.

Cettini war blutüberströmt gewesen, Giacomo sah unverletzt aus. Nur seine Haare hingen ihm wirr ins Gesicht, und die Kleider waren klitschnass, obwohl es den ganzen Tag nicht geregnet hatte.

Bonifaz schaute fragend nach Anna und der Köchin. Die hob die Schultern, sie hatte diesen Menschen noch nie gesehen. Und Anna rührte sich nicht. War das die List, vor der sie Angst hatte? Wie sollte sie Gewissheit bekommen?

»Lasst mich rein, bitte!«

Endlich gab Anna nach. Giacomo schlüpfte durch die Tür und drückte sie sofort wieder hinter sich ins Schloss. Dann blieb er im Türrahmen stehen.

»Es tut mir leid, dass ich euch Unannehmlichkeiten bereite, aber sie sind hinter mir her.«

»Bring ihn in die Küche«, sagte Anna zur Köchin. »Lass ihn nicht aus den Augen«, setzte sie leise hinzu. »Und, Bonifaz, du weckst Matthias und Severin, sie sollen sich nicht blicken lassen, aber auf der Hut sein. Resa kann weiterschlafen.«

Die Geschichte, die Giacomo erzählte, war so abenteuerlich, dass Anna sich im Stillen fragte, ob er ihnen nicht einen Bären aufband.

Kurz vor Dunkelheit sei er von seiner Tour über die Märkte in die Spielmannsgasse zurückgekommen. »Die beiden Männer hatten schon auf mich gewartet. Übrigens weiß ich inzwischen, wie sie heißen. Der Wirt nannte den Langen mit dem seltsamen Gang Kastert und den anderen Zündorfer. Sie wollten die Tageseinnahmen aus meinen Verkäufen. Was sollte ich tun? Sie haben uns in der Hand. Ich bin froh, dass Ihr mein Geld habt. Ihr habt es doch noch?«, fragte er Anna. Sie beruhigte ihn. Johanna und Bonifaz verstanden überhaupt nichts. Sie würde ihnen die Zusammenhänge später erklären müssen.

Dann wollten sie ihn zu dem Versteck bringen, wo sie die englische Seife lagerten, nach der er gefragt hatte. Er konnte schlecht Nein dazu sagen, aber der gemeinsame Gang hinunter zum Rhein entpuppte sich als Falle. Kurz vor dem Bayenturm lockten sie ihn auf einen im Wasser liegenden Nachen, rissen ihn zu Boden, fesselten ihn an Händen und Füßen und warfen ihn in den Fluss. Er hatte Glück im Unglück gehabt. In einem der Boote daneben hatte jemand geschlafen, jemand, der wie er keinen festen Wohnsitz hatte und durch das unruhige Geschaukele aufgewacht war.

»Der hat mich zu packen gekriegt und irgendwie in sein Boot hineingehievt. Dass ich noch lebe, ist ein Wunder.« Giacomos Zähne schlugen aufeinander. Jetzt erst kam die Köchin mit Decken und befahl ihm, seine nassen Kleider auszuziehen. Anna drehte sich um und passte auf, dass die Milch überm Feuer nicht überlief. Die Köchin rührte noch einen dicken Löffel Honig hinein und stellte Giacomo den Becher hin.

»Trink, du wirst dir sonst den Tod holen.«

»Ich weiß nicht, ob Kastert und der Zündorfer sich sofort aus dem Staub gemacht haben oder ob sie gesehen haben, dass mich jemand aus dem Wasser gefischt hat.«

Er trank in kleinen Schlucken, sein Gesicht begann zu glühen.

»Ich habe zuerst im Boot eine Weile gewartet, in die Spielmannsgasse habe ich mich nicht mehr zurückgetraut. Also bin ich hierhergekommen.«

Anna sagte nichts. Giacomo hatte Fieber. Seine Augen glänzten. Konnte man Fieber vortäuschen?

»Diese Männer schrecken vor nichts zurück, und sie arbeiten für einen Menschen, der keine Skrupel kennt«, murmelte Giacomo noch. Dann sackte er zusammen, kippte fast vom Stuhl, die Köchin bekam ihn gerade noch zu fassen. Mit vereinten Kräften trugen sie ihn in eine Kammer im Hinterhaus, ein Stockwerk über der Knechtstube. Würde er aufstehen und den Raum verlassen, müssten Matthias und Severin ihn hören. Am Anfang schauten die Köchin und Anna fast jede halbe Stunde nach ihm und machten kalte Wadenwickel. Sein Körper glühte, im Schlaf redete er unverständliches Zeug. Erst allmählich wurde er ruhiger und schien in einen tiefen Schlaf zu fallen.

Anna holte ihr Bettzeug aus der Dachkammer herunter und machte es sich, so gut es ging, in der Küche bequem. Noch immer traute sie Giacomo nicht. Es war besser, hier unten zu bleiben, um sofort zu hören, falls noch mehr ungebetene Gäste ins Haus wollten. Bonifaz hatte sich längst wieder auf die Ofenbank gelegt und war mit der Schürstange in der Hand eingeschlafen. Die beiden Frauen schauten sich an und konnten nicht umhin, zu lachen.

»Was für ein Held«, spöttelte die Köchin und legte ihm fürsorglich eine Decke über.

Draußen im Hof hörte Anna, wie Matthias und Severin sich leise unterhielten. Sie hatten versprochen, wechselseitig Wache zu halten. Irgendwann musste sie doch eingedöst sein.

FÜNFUNDZWANZIG

Als Diedrich von Merzen am nächsten Vormittag seine Aufwartung machte, war es noch still im Haus. Anna hatte sich zur Arbeit gezwungen. Die Unterbrechung kam ihr gelegen, eine Tasse Kaffee, ihm zu Ehren zubereitet, würde auch ihr guttun.

»Ich habe vor einer Stunde mit dem alten Farina gesprochen. Er hat alles zugegeben«, verkündete von Merzen. Er ließ sich in den Sessel neben dem kleinen Besuchertischchen fallen, triumphierend.

Anna blieb stehen, sie war sprachlos.

»Nun ja, nicht so direkt«, räumte der Spediteur ein. »Aber er war einfach ungeheuer wütend. Auf diesen Cettini. Auf das ganze italienische Pack, wie er sich ausdrückte.«

»Auf das italienische Pack? Aber er ist doch auch …«

»Na und, ich darf doch über meine Landsleute schimpfen, wenn sie Spitzbuben sind. Und du musst zugeben, diese Menschen machen sich überall breit. Im Rheinland und an der Mosel. Bis an den Niederrhein sind sie zu finden. Im Speditions- und Kommissionshandel schieben sie sich alle Aufträge zu, da hat ein anderer keine Chancen mehr. Und außerdem sind sie laut und rechthaberisch. Zumindest Cettini war es.«

»Und deshalb ließ er Cettini umbringen?«

Anna konnte es nicht fassen. Von Merzen rutschte ein wenig ungemütlich hin und her, sein rechter Fuß wippte aufgeregt.

»Nun, er war nicht unglücklich über dessen Tod.«

Anna fand, dass das etwas anderes war; außerdem war das jedem bekannt. Aber sie wartete ab, dass von Merzen weiterredete.

»Und er war wütend, dass Dalmonte sich Cettinis Meinung angeschlossen hat.«

Auch das war nichts Neues. Sie war enttäuscht. Unter einem Geständnis hatte sie sich etwas anderes vorgestellt. Aber wenn von Merzen es so verstanden hatte …

»Lass uns zu Simon Kall gehen. Auf dich wird der Bürgerhauptmann hören«, sagte sie, aber von Merzen hielt sie zurück.

»Langsam, Anna, Farina ist ein angesehener Kaufmann in Köln. Viele Ratsmitglieder machen mit ihm Geschäfte. Er wird sich herausreden, und man wird ihm glauben. Ein Simon Kall hat nichts zu melden, wenn wir nicht den ganzen Rat von unserer Sache überzeugen können. Lass mich erst mit meinen Leuten reden, mit Merckenich, mit Thelen und den anderen. Ich werde auch die italienischen Ratsherren mit einbeziehen. Gallo und Bianco. Und dann schlagen wir zu und setzen Farina hinter Schloss und Riegel.«

Anna wagte zu bezweifeln, dass von Merzens Idee gut war, aber sie widersprach nicht. Der Rat arbeitete unendlich langsam, er würde sich auch in diesem Fall nicht sonderlich beeilen. Gab es keine andere Möglichkeit, Farina zu überführen?

»Ich habe Angst«, gestand sie. »Sie haben versucht, Giacomo umzubringen, du weißt: den jungen Lombarden. Es ist ihnen nicht gelungen. Farina wird keine Ruhe geben, wenn er davon erfährt.«

»Giacomo? Den jungen Lombarden? So nennst du ihn mittlerweile? Du hast einmal anders über diesen hergelaufenen Hausierer geredet.« Von Merzens Stimme klang ungehalten. Er ist eifersüchtig, dachte Anna, das konnte sie jetzt nicht gebrauchen. Sie waren beide gereizt, aber war das ein Wunder? Sie ging nicht auf ihn ein.

»Was ist passiert?«, fragte von Merzen wieder, schon etwas ruhiger.

»Er ist in eine Falle gelockt worden, es hätte ihn fast das Leben gekostet, und er wusste nicht mehr, wohin. Wir haben ihn bei uns untergebracht.«

Von Merzens verärgerter Gesichtsausdruck verwandelte sich schlagartig.

»Er ist hier im Haus?«, prustete er. Als er sich von seiner Überraschung erholt hatte, bedachte er Anna mit einem zärtlichen Blick.

»Du hast ein großes Herz, mein Kind, und viel Mut, diesen Menschen hier aufzunehmen. Noch dazu, wo Dalmonte nicht zu Hause ist! Darf ich dir sagen, dass ich dich bewundere?«

Er nahm ihre Hand und strich zärtlich über den Ringfinger ihrer rechten Hand.

»Ihr erwartet Signor Dalmonte für morgen zurück, nicht wahr? Und wann wird dein Vater hier sein?«

Anna ließ ihre Hand in der von Merzens. Sie lehnte sich zurück und schloss die Augen. Draußen zwitscherten Vögel. Sie hörte Kindergeschrei auf der Straße. Johanna sang in der Küche. Sie schlug die Augen wieder auf und lächelte den Mann, der um ihre Hand anhielt, an.

»Ich muss mich fertig machen«, sagte sie. »Ich wollte heute Nachmittag Noithuven und Wassen aufsuchen.«

»Mach das, meine Liebe, ich wünsche dir Glück.«

Von Merzen zog sie an sich, sanft drückte er ihr einen Kuss ins Haar.

Sie hatte kein Glück mit ihren Besuchen. Die Herren waren nicht zu Hause. Hieß es. Anna glaubte es nicht. Als der Hausdiener von Noithuven ihr die Tür öffnete, hörte sie im Obergeschoss aufgeregtes Wispern, gleich darauf verhaltenes Türenschlagen. Sie hätte schwören können, dass die eine Stimme dem Seilermeister gehörte. Auch Wassens Magd behauptete, ohne mit der Wimper zu zucken, ihr Herr sei ausgegangen. Aber sein Spazierstock, auf den er wegen seiner kranken Hüfte angewiesen war, steckte im Schirmständer. Mag sein, dass er einen zweiten besaß, gestand Anna ihm zu und beschloss, sich nicht aufzuregen.

Giacomo lag im Bett, als sie mit Severin zurückkam. Johanna hatte darauf bestanden und ihn den ganzen Tag über mit Hühnerbrühe und Fiebertee versorgt. Als Anna den Kopf durch die Tür steckte, richtete er sich halb auf.

»Ich mach Euch viel Umstände.«

Anna winkte ab. »Morgen kommt Herr Dalmonte zurück. Er wird dir helfen. Erzähl, wann bist du aus dem Vigezzotal weggegangen? Dalmonte wohnt schon seit Jahrzehnten hier, aber je älter er wird, desto mehr Sehnsucht hat er nach seinen Bergen.« Anna geriet ins Träumen, während sie weiterredete. »Vor ein paar Jahren ist er noch einmal hingereist. Ich würde auch so gern einmal die Berge sehen …«

Nur ein einziges Mal war sie mit den Eltern bis nach Basel gekommen. Da hatte sie eine Ahnung vom Süden bekommen. Wolken, die an Berge stießen. Tannenduft in der Nase. Orangengeschmack auf den Lippen. Giacomo musste verstehen, wovon sie redete. Aber er war schon wieder eingeschlafen.

Im Vorhaus wartete Ratsherr Merckenich auf sie. Sie freute sich, von Merzen hatte also schon mit ihm geredet. Vielleicht würde doch alles viel schneller gehen, als sie glaubte.

»Ich dachte, ich muss bei dem armen verwaisten Kind mal nach dem Rechten schauen«, begrüßte sie der Ratsherr und verbeugte sich. »Obwohl du ja kein Kind mehr bist, aber so ganz allein einem großen Haus vorzustehen, ist keine einfache Aufgabe. Wie geht es dir?«

Das Lob tat Anna gut. »Johanna, bringst du unserem Gast etwas zu trinken?«, rief sie in die Küche und bat den Ratsherrn, sich zu setzen.

»Du bist schon eine richtige Hausfrau. Von Merzen ist zu beneiden«, spaßte er, und sie konnte nicht verhindern, dass sie rot wurde. »Ich hoffe, er hat dich in diesen Tagen nach besten Kräften unterstützt.«

»Gerade vorhin war er hier. Er wollte mit Euch sprechen. Wegen Farina.«

»Mit mir? Wegen Farina?«

»Farina hat ihm gegenüber zugegeben, dass er die Diebstähle und die Morde eingefädelt hat. Um sich an Dalmonte zu rächen.«

Merckenich stellte vor Überraschung den silbernen Becher wieder zurück, aus dem er gerade trinken wollte.

»Das soll Farina gesagt haben? Zu von Merzen? Wann?«

»Heute Morgen. Er hat ihn heute Morgen aufgesucht, gleich danach kam er hierher.«

»Heute Morgen?«

»So sagt er.«

»Farina ist gestern nach Frankfurt abgereist.«

Es wurde ganz still im Raum. Anna hielt ihre Hände im Schoß gefaltet, sie rührte sich nicht. Droben im Kontor hörte man den Papagei traurig vor sich hin krächzen, er vermisste seinen Herrn.

»Dann hat von Merzen gelogen«, sagte Anna. Weiter konnte sie nicht denken.

»Es tut mir leid, Anna. Er ist dein Verlobter. Das wird ein Missverständnis sein, das wird sich klären.«

Er stockte betreten.

Anna stand auf und trat ans Fenster. Sie sah draußen Leute vorübergehen und sah sie nicht. Sie zog ein Taschentuch aus den Poschen und wickelte es sich um den Zeigefinger. Wickelte es wieder ab und wieder darum. Dann drehte sie sich um.

»Nein, das ist kein Missverständnis.«

Sie ging zurück zum Besuchertisch und griff nach dem Weinkrug, ohne Merckenich anzusehen. Der hatte keine Chance, ihr einzuschenken. Sie hatte es schon selbst getan.

»Das ist kein Missverständnis«, wiederholte sie. »Ich bin es, die nichts begriffen hat! Nicht Farina ist der Verbrecher, wie er mir weismachen will. Er ist es.«

Sie trank, verschluckte sich, hustete und trank gleich noch mal.

»Ich habe ihm ja immer alles brühwarm erzählt. Von Tilman, von dem falschen Aqua mirabilis. Jetzt verstehe ich auch Wollheims seltsames Gebaren. Deshalb hatte von Merzen es auch nicht eilig, Farina verhaften zu lassen. Er wollte, wie schlau er sich das ausgedacht hat!, den Rat dazu bekommen, sich gegen Farina zu stellen. Und deshalb hat er sich auch so schnell aus dem Staub gemacht, als er hörte, dass Giacomo weiß, wer Moritz' Mörder sind.«

Anna fuhr hoch. »Giacomo! Ich habe ihm gesagt, dass der Lombarde hier bei uns ist. Wir sind alle in Gefahr.«

Es kostete Zeit, bis sie Merckenich die Zusammenhänge erklärt hatte.

»Wir müssen diese Männer kriegen, die sich Kastert und Zündorfer nennen. Und da ist noch etwas, das ich nicht verstehe: Was hat von Merzen gegen Herrn Dalmonte? Warum will er ihn mit aller Macht ruinieren?«

Hatte er sie nur heiraten wollen, weil er auf Dalmontes Geschäft spekulierte? Sie wäre beinahe darauf hereingefallen!

»Wie gut läuft seine Spedition?«, fragte sie laut.

Merckenich dachte nach. Er schien im Kopf den Umsatz der beiden Handelshäuser zu überschlagen.

»Wir sollten das herausfinden«, antwortete er. »Er wäre nicht der Erste, den der Neid blindwütig macht. Ich lasse Kall rufen. Er soll Männer abstellen, die von Merzen beobachten und nach diesen beiden Halunken suchen, und Euer Haus muss bewacht werden.«

Bevor Anna zu Bett ging, warf sie einen Blick in den Filzengraben. Gegenüber auf den Stufen unter dem Vorbau des Hauses »Zur gelben Lilie« erahnte sie zwei Gestalten. Sie grüßten herüber, als sie Anna bemerkten, und zogen sich dann in dunkle Mauerschatten zurück. Auch im Haus Dalmonte waren alle alarmiert, obwohl sie nicht wussten, auf was sie eigentlich warteten. Hatten von Merzen und seine Männer einen neuen Anschlag geplant? Giacomo hatte völlig unglücklich geschaut, aber als er aufstand, um sich mit Matthias und Severin beim Wachen abzuwechseln, versagten ihm die Beine, er musste sich wieder hinlegen.

Durch das offene Stubenfenster sah Anna Sterne blinken. Es würde noch eine Ewigkeit dauern, bis es hell wurde. Was könnte von Merzen vorhaben, jetzt, wo er wusste, dass Giacomo im Haus war? Und wenn alles ruhig blieb in dieser Nacht? Und in der nächsten? Wie lange würde der Bürgerhauptmann seine Schützen postieren? Ihr wurde heiß, sie stieß das Bettzeug von sich. Und fror sofort wieder.

Sie zog die Decke über den Kopf und versuchte, an nichts zu denken. Aber von Merzens Gesicht ließ sich nicht vertreiben. Und auch nicht Giacomos. Sie sah ihn vor sich, diesen mageren Kerl mit den dunklen Augen, den langen Fingern, die nach dem Brot griffen, das die Köchin ihm ans Bett gestellt hatte. Die feine Narbe an der linken Schläfe, die man nur sah, wenn er die Haare mit einer leichten, ein wenig ungeduldigen Handbewegung zurückstrich. Giacomo. Ihre Zunge stieß an den oberen Gaumen, lautlos formte sie den italienischen Namen, schrieb ihn im Kopf auf ein unsichtbares Stück Papier.

Im Haus knarzte und knackte es. Auf der Straße klirrte etwas, von irgendwoher schrie ein Käuzchen. Oder war es ein später Heimkehrer, der sich einen Scherz erlaubte? Schlaf überfiel sie.

Der Schiffsjunge zog den Anker aus dem Wasser und ließ ihn wieder in die Tiefe fallen, hoch und runter, hoch und runter. Dabei schrie er, als ob er damit die schwere Gerätschaft leichter an Bord bekäme. Aber von Mal zu Mal wurde der Rhein zähflüssiger, bald glich er einem Moor, das den Anker nicht mehr freigab, und der Junge kreischte so laut, dass das kleine Mädchen sich die Ohren zuhielt. Der Junge, der aussah wie Giacomo Felice und so dünn war wie das Tau, an dem der Anker hing, hörte nicht auf zu lärmen, und sein Zetern bohrte sich durch ihre Hände ins Gehirn.

Anna fuhr hoch, das Gekreische hielt an. Bis hier hoch unters Dach hörte sie das Krakeelen des Papageis. Und dann auch Schreie. Die Stimmen von Matthias und Severin. Johannas Schritte auf der Treppe. Sie sprang aus dem Bett, warf sich einen Umhang über und rannte nach unten.

Schon nach wenigen Stufen roch sie es. Dann sah sie es auch, einen flackernden Schein im Vorhaus. Die Flammen leckten an den Vorhängen hoch, auf ihrem Schreibtisch loderten Bücher und Papiere, die ganze Arbeit der letzten Tage brannte lichterloh.

Alle Bewohner waren auf den Beinen. In fiebriger Eile hatten sie Behälter herbeigeholt, Eimer, Schüsseln, Zuber, Suppentöpfe. Was für ein Glück, dass es im Hinterhof den Brunnen gab, der Dalmontes Haus und die Nachbarschaft mit Wasser versorgte. Matthias rannte hin und her, wies jedem seinen Platz zwischen Hof und Vorhaus zu, damit die gefüllten Gefäße lückenlos von Hand zu Hand gereicht werden konnten, wo der Letzte, Severin, sie verzweifelt in die Flammen goss. Aus dem Nebenhaus waren Männer und Frauen gekommen, die mithalfen. Kinder rannten, so schnell sie konnten, mit den leeren Eimern und Zubern wieder zurück zum Pütz. Bonifaz rettete die hölzerne Madonna von Re am Treppengeländer und schleppte sie in den Hof. Jemand schrie, die Brandknechte vom Holzmarkt seien schon unterwegs. Anna hatte sich zwischen der Köchin und dem alten Bonifaz eingereiht. Einen Wassereimer nach dem anderen wuchtete sie weiter. Bald spürte sie ihre Arme nicht mehr, auch nicht den Rücken, längst war ihr Umhang zu Boden gerutscht. Es war egal. Jemand öffnete dem Brandherrn und seinen Leuten die Eingangstür. Sie kamen mit Ledereimern und Feuerhaken, um die brennenden Folianten aus den Bücherschränken zu reißen. Zwei Männer machten sich an der Spritze zu schaffen, dann schoss Wasser aus dem Schlauch.

Anna atmete auf. Sie hatten Glück im Unglück gehabt. Zwar würde der eklige Brandgeruch tagelang in allen Stockwerken hängen, sodass einem übel werden konnte, aber das Vorhaus ließ sich säubern und neu tünchen, die Vorhänge ersetzen. Das Wichtigste war, dass niemand zu Schaden gekommen war. Anna blickte sich um. Wo war Giacomo? Sie konnte ihn in dem Durcheinander der

Leute nirgends finden. Und wo waren die Wachen geblieben, die Simon Kall im Filzengraben aufgestellt hatte?

»Warum haben die die Brandstifter nicht erwischt?«, schimpfte auch Bonifaz. Den meisten wurde jetzt erst bewusst, welcher Gefahr sie entronnen waren. Todmüde, aber viel zu aufgewühlt, um sich wieder schlafen zu legen, drängte sich alles in die Küche. Nur Anna blieb im Vorhaus beim Brandherrn, um mit ihm zwischen verkohltem Holz und glitschigen Löschwasserpfützen nach der Ursache des Feuers zu suchen.

»Wir haben drei Stockreste gefunden, die von Fackeln stammen«, erläuterte der Brandherr und zeigte ihr die Überreste von Holzstangen. Es passte genau, mit der ersten wurden die Papiere auf dem Schreibtisch angezündet, die zweite lag noch im Bücherschrank und die letzte am Boden, dort, wo der dicke Vorhang gehangen hatte. Von dort war das Feuer auf das Deckchen des Besuchertischs und auf die Bezüge der dazu gehörenden Sessel übergesprungen. Der Stoff war hinüber, aber Matthias und Severin hatten die Gestelle retten können. Der oder die Brandstifter mussten schnell gewesen sein, so schnell, dass alles leicht Entflammbare brannte, bevor die Knechte es bemerkten.

»Schaut Euch das hier an!« Der Brandherr zog Anna zum rechten Fenster. Einige wenige Scheiben waren durch die Hitze geborsten. Um den Verschluss herum aber waren Glas und Holzsprossen mit Gewalt herausgebrochen, hier waren keine Spuren des Brandes zu erkennen. Der Flügel stand offen.

»Sie haben die Fenster eingeschlagen und dann von innen den Riegel geöffnet. Hineinklettern, die Brandfackeln gezielt verteilen und auf demselben Weg wieder verschwinden, dürfte ein Kinderspiel gewesen sein. Der Wind hat das Seine dazu beigetragen, dass das Feuer gut brannte, vor allem hier am Fenster, den Vorhang hoch.«

»Ich habe etwas klirren hören.« Anna erinnerte sich an das Geräusch, dem sie keine Bedeutung beigemessen hatte. »Bevor der Papagei zu kreischen anfing.«

Wieso hatten die Knechte nichts gehört?

»Ihr könnt froh sein, dass der Vogel so gute Ohren hat«, bestätigte der Brandherr. »Ich habe schon einmal von einem Fall gehört, wo eine Gans ihrem Besitzer das Leben rettete.«

»Er wird eine Portion Nüsse extra bekommen«, gelobte Anna und schwor sich, Matthias und Severin zur Rede zu stellen.

An der Haustür klopfte es, Anna zuckte zusammen. Sie war zu schreckhaft geworden.

Es war Simon Kall, die beiden Wachtleute folgten ihm auf dem Fuß, und sie schoben nicht eben sanft einen Kerl vor sich her, der an Händen und Füßen gefesselt war.

»Der andere ist uns entwischt«, berichtete ein Wachtmann. »Als wir von unserer Patrouille gerade wieder nach vorn zum Filzengraben kamen, sprang der hier ...«, er trat dem Gefangenen in die Hacken, sodass dieser mit einem Schmerzensschrei zu Boden ging, »... gerade aus dem Fenster, während sein Kompagnon schon davonsauste. Dummerweise rannten beide in verschiedene Richtungen. Dann sahen wir, dass es im Haus brannte, was sollten wir zuerst machen? Wir waren ja nur zu zweit. Also alarmierte der Köpges die Brandknechte, und ich hab den Schuft hier verfolgt. Und hab ihn erwischt, als er am Malzbüchel einer Nachtpatrouille in die Arme gelaufen ist.« Wieder stieß er dem Gefangenen seinen Stiefel zwischen die Rippen.

»Ihr habt also die Diebstähle begangen und Tilmans Tod auf dem Gewissen! Und den des Journalschreibers und des kleinen Moritz?« Simon Kall herrschte den Gefangenen an, aber der schwieg.

»Warte nur, wir kriegen dich, und wenn du noch so stumm bist. Anna, wo ist dieser Giacomo? Er wird den Kerl hoffentlich wiedererkennen.«

Sie fand ihn in der Küche. Er saß am Tisch und fütterte den Papagei mit getrockneten Pflaumen. Seine Hände waren dick verbunden. Nur die Finger lugten aus dem Verband heraus.

»Es ist gar nicht so schlimm«, murmelte er, als Anna ihn fragend ansah.

»Red keinen Unsinn«, unterbrach ihn Johanna. »Er hat tiefe Schnitte in den Händen, weil er ununterbrochen Wasser geschöpft und das Seil sich ins Fleisch geschnitten hat. Und jetzt iss, um Himmels willen, sonst fällst du mir gleich noch mal um!«

»Nein«, widersprach Anna. »Wir brauchen ihn.«

»Kastert«, sagte Giacomo, als er den Gefangenen auf dem Fußboden liegen sah. Der funkelte ihn böse an.

»Du Schlange, wenn ich dich erwische ...«, zischte er.

Anna bewunderte Giacomo um seine scheinbare Gelassenheit.

»Das ist der Mann, den Tilman beschrieben hat«, sagte Giacomo wieder, »... der Mann mit dem seltsamen Gang. Der das Kind vom Schiff in den Rhein geworfen hat, der oder der andere. Oder beide zusammen. Es war unschuldig, dieses Kind«, schrie er plötzlich, und bevor die anderen begriffen, was geschah, begann er wie ein Wahnsinniger auf Kastert einzuschlagen. Die Schläge prasselten auf den Mörder. Giacomos Arme fuhren herab mit der Kraft eines Schlaghammers. Es kostete die Umstehenden Mühe, ihn von dem Gefangenen wegzuzerren.

»Es konnte doch nichts dafür, es war doch noch so klein«, schrie Giacomo noch einmal in den Raum hinein. Dann sackte er in sich zusammen. Seine Schultern begannen zu zittern, der ganze Körper bebte. Die anderen schauten hilflos drein, selbst Kastert starrte den jungen Lombarden mehr ungläubig als wütend an.

»Es war Diedrich von Merzen, der uns dafür bezahlt hat«, sagte er in die Stille hinein.

SECHSUNDZWANZIG

Das Kind schreit. Schrill und durchdringend hallt sein Kreischen durch die tief hängenden Wolken. Die mageren Fingerchen umklammern das dunkle Brot, bohren sich in den runden Laib. Sein Kinn zittert, der ganze kleine Körper bebt. Für einen kurzen Augenblick japst es nach Luft, dann heult es weiter und brüllt, dass es die Leute unten im Tal hören müssten.

Der große Bruder hat kein Mitleid mit dem Kleinen. Das Brot will er. Das Brot, das Mutter gestern unten in Druogno gebacken hat. Ein Festtag ist es gewesen. Die Frauen haben beisammen gesessen und gelacht wie selten, die Kinder sind ums Backhaus getollt und wurden nicht gescholten. Überall in den Gassen hing der Duft der frisch gebackenen Pani neri. Ein Duft, nach dem sich Giacomo das ganze Jahr über sehnt. Einen Laib nach dem anderen hat die Mutter aus dem Ofen gezogen und in ihre zwei großen Körbe geschichtet. Giovanna und er haben sie huckepack den Berg hochgeschleppt und die Brote in den Holzständern unterm Steindach verstaut. Ein ganzes Jahr müssen sie reichen.

Den halben Weg bis hinunter nach Albogno ist Giacomo hinter Angelino hergerannt, um ihm das Brot abzujagen. Alle müssen davon satt werden. Die Mutter und Giovanna, Rosa, Matteo, Carlotta und natürlich auch der Kleine. Vor allem aber er, denn er hat Hunger. Immer hat er Hunger. Morgens, wenn er aufsteht, und nachts, wenn er neben Matteo und Angelino in die Bettstatt kriecht. Dann kneift und beißt ihn der Magen. Die trockenen Buchenblätter in den Matratzensäcken rascheln und knistern, wenn er sich hin- und herwälzt. Es dauert lang, bis der Schlaf kommt.

Giacomo packt Angelino bei den Händen. Mit seinen acht Jahren ist er schon kräftig. Er will dem Kleinen die Finger aufbiegen, Daumen, Zeigefinger, Mittelfinger. Sie krallen sich um den Brotlaib, weiß spannt sich die Haut über die Knöchel. Angelino wehrt sich, Tränen kullern ihm übers Gesicht und hinterlassen dreckige Spuren, aber er kann sie nicht wegwischen, er muss seine Beute festhalten, das duftende schwarze Brot. »Mir!«, verteidigt er sich und weicht ein paar Schritte zurück. Da stolpert er, der linke Fuß tritt ins Leere. Der große Bruder sieht, wie Angelino strauchelt, sich rückwärts überschlägt. Wie er über die Böschung stürzt, der Kopf gegen einen Stein prallt. Die Hände können das Brot nicht mehr halten, sie lassen den Laib los, er fällt in unerreichbare Tiefe. Auch der schmächtige Körper des Kindes rutscht weiter, hoppelt und rollt den Hang hinab. Immer schneller und schneller, wie der Stoffball, den der Pfarrer den Geschwistern im September mitgebracht hat, als er sich nach Monaten einmal wieder der drei Familien erinnerte, die hier oben auf der Alm hausen, und er übellaunig den beschwerlichen Aufstieg nach Piodabella auf sich nahm. Um seinen Pfarrkindern den Segen Gottes zu erteilen und der alten Lucia Zanotti die letzte Ölung. Schon die dritte inzwischen, man kann ja nie wissen.

Endlich bleibt Angelino auf einem Felsvorsprung liegen. Die Beine seltsam verdreht, die dünnen Ärmchen abgewinkelt. Von hier oben sieht er aus wie Carlottas Lumpenpuppe. Er schreit auch nicht mehr. Totenstille herrscht unter der Nebeldecke. Nur ein Bussard zieht seine Kreise über den aschgrauen Wipfeln der Bäume.

»Ich habe ihn doch geliebt«, sagte Giacomo. Tonlos. Arme und Rücken von kaltem Schweiß bedeckt. Das Gesicht bleich. Er wusste nicht, wo er war. Er würgte, aber es kam nichts. In seinem Kopf drehte sich alles, es pfiff und surrte in den Ohren. Wieder würgte er. Dann legte er sich zur Seite, sein Kopf sank auf eine harte Unterlage, ein Stück Holz, ein Stein, Eis überzogen. Es kühlte seine Stirn.

Nur langsam kam er wieder zu sich. Er lag auf einer Bank, irgendjemand musste ihm eine Decke übergelegt haben, er hatte es nicht gemerkt. Das Eis war geschmolzen, die Berge verschwunden. Er erkannte Johanna neben sich, die Küche im Filzengraben. Er fror noch immer, aber das Ohrensummen war leiser geworden.

Die Köchin half ihm, den Kopf zu heben. Löffel für Löffel flößte sie ihm eine heiße Flüssigkeit ein. Wie einem Kind. Er schluckte widerspruchslos.

»Wen hast du geliebt?«, fragte sie. »Moritz?« Sie zündete einen zweiten Leuchter an. Schatten sprangen an der Wand hoch. Draußen war noch immer Nacht. Giacomo begann zu weinen.

Eine einzige Kerze flackert auf dem Tisch, um den alle versammelt sitzen. Die Schwestern mit Matteo, der wie immer spuckt und sabbert und unverständliches Zeug brabbelt, am Kopfende die Mutter mit verheultem, aufgequollenem Gesicht. Sie dreht sich weg, als er die Stube betritt. Auch die Nachbarn sind da, Nonna Zanotti mit ihren vier unverheirateten Töchtern, die nie einen Mann abbekommen haben. Die Kinder ihrer Söhne, die vor Jahren aus dem Tal weggegangen sind. Und die Ziegen-Maria mit ihrer Tante, deren Mann an der Mosel eine andere Frau gefunden hat und sich weigert, in die Berge zurückzukommen. Nicht einmal Geld schickt er mehr.

Sie gucken ihn an, als ob er Lepra hätte.

Mit Ausnahme des zuckenden Lichts ist der Tisch leer. Keine Schüsseln, keine Becher sind aufgetragen worden. Er hat Hunger, aber Angelino ist nicht mehr, und das Brot liegt irgendwo zwischen Gestrüpp und Geröll. Die Mäuse werden sich daran gütlich tun. Und die Mutter schaut ihn nicht an. Er wollte das Brot retten, das Angelino weggenommen hatte. Er wollte, dass alle satt werden. Er wollte Angelino nichts Böses tun. Er hat ihm doch auch nichts getan.

Giacomo schluchzt lautlos. Nur die Nonna sieht es. Sie steht auf und zieht ihn zu sich auf den Schoß. Aber er will nicht zur alten Zanotti, er will zur Mutter, sehnt sich in ihre Arme, dass sie ihn tröstet. Damit er weinen kann um den kleinen Bruder, der immer lustig war und vergnügt. Nonna Zanotti streicht ihm das Haar aus der heißen Stirn. Aus weiter Ferne hört er sie eine Ninna Nanna singen. »Fa la nanna, pargulin.« *Die zittrige Stimme lullt ihn ein.*

In dieser Nacht schläft er bei der Nonna. Sie hat ihm ein Bett neben der Feuerstelle gemacht. Er riecht noch die ungewohnte Umgebung, das verbrannte Holz, das modrige Wasser im Tonkrug. Ihre Röcke dünsten nach Zwiebeln und Rosmarin, als sie sich zu ihm setzt und seine glühenden Beine mit eiskalten Tüchern umwickelt. Dann sieht er wieder Angelino fallen, auch er fällt, jemand packt ihn an den Knöcheln und zieht ihn in die Tiefe. Dicke, weiche Wolkenberge umhüllen ihn.

Seit dieser Nacht hat er nie mehr neben Matteo auf dem Laubsack gelegen und hat die Mutter nie mehr mit ihm geredet. Als der Winter vorbei ist, nimmt ihn der Vater mit nach Cannobio an den großen See. Er zeigt ihm, wie man in die Kamine steigt, um den Ruß von den Schornsteinwangen zu kratzen. Eines Tages bekommt der Vater das Fieber, und als Giacomo am nächsten Morgen neben ihm in der zugigen Unterkunft aufwacht, ist er kalt wie eine Bachforelle.

»Angelino. Die Mutter mochte ihn lieber als alle anderen.«

Giacomo sagte es ganz ruhig. Auf einmal tat es nicht mehr weh. Er fühlte sich ganz leicht. Er zog die Wolldecke enger um den Körper. Die Köchin schob ihm den Becher mit heißem Wein hin. Er schmeckte bitter, sie musste Kräuter darunter gemischt haben. Wie die Nonna, wenn einer von ihnen auf der Alm krank gewesen war. Sie war sicher längst gestorben, die Nonna.

»Grazie.«

Der Verband an seinen Händen war schmutzig und verrutscht. Von überall her im Haus drangen Geräusche an sein Ohr. Durch die geöffnete Küchentür sah er die Knechte die angekokelten Möbel in den Hof schleppen. Einmal erschien Anna in der Küche, aber die Köchin schickte sie wieder weg.

»Mach dir keine Sorgen, ich kümmere mich um ihn«, rief die Köchin ihr hinterher, und er verlor sich wieder in vergessene Bilder. Langsam dämmerte der Tag herauf. Er dehnte den Rücken, streckte die Arme. Im Hof schlug eine erste Amsel. Einmal hatte er in Piodabella ein verletztes Bussardjunges gefunden. Fünf Tage lang hatte er es gepflegt und gefüttert, dann war es trotzdem gestorben. Angelino bastelte ein Kreuz aus Holzstöckchen, gemeinsam setzten sie es auf das winzige Grab und sprachen ein Gebet. *L'anima a Dio, la racumand.* Amen.

Er erhob sich steif. Im Vorhaus war die Magd dabei, die verrußten Steinfliesen zu schrubben. Der Brandgeruch hing beißend im Raum. Durch die geöffneten Fenster strömte kühle Morgenluft. Als Bonifaz die Truhe mit den Vorhängeschlössern in den Hof bringen wollte, packte er mit an.

Frau Gertrude fuhr am frühen Nachmittag vor, Herrn Dalmontes Reisewagen hielt gegen sechs Uhr abends im Filzengraben. Sie ersparten es Johanna, im Salon zu decken. Wie sonst nur sonntags bestand der Spediteur darauf, dass sich alle in der Küche zum Essen versammelten. Er hatte Merckenich dazu gebeten und auch den Brandherrn und Simon Kall mit ihren Männern, die sich auf eine gute Mahlzeit freuten. Nur der Ratsherr rutschte ein wenig unbehaglich auf seinem Platz hin und her. Er war die harten Sitzflächen nicht gewohnt.

Giacomo hatte einen Platz ihm gegenüber zugewiesen bekommen. Neben Merckenich saß Anna. Sie musste sich ausgeruht haben, denn er hatte sie den ganzen Nachmittag nicht mehr gesehen. Sie trug ein frisches Kleid und den Silberreif am Handgelenk. Er ähnelte dem goldenen Armring der Gentildonna. Nie mehr hatte er eine so schöne Frau gesehen. Aber nie zuvor war ihm auch ein Mädchen begegnet mit einem Punkt im Auge, der, wenn es ihn ansah, leuchtete wie Maronen im Herbst. Es roch nach Brot in der Küche, im Kessel über dem Feuer dampfte die Suppe. Abendmücken tanzten im letzten Sonnenlicht. Giacomo konnte sich nicht erinnern, wann er das letzte Mal an einer so üppigen Tafel gesessen hatte. Es würde spät werden. Auf dem Fenstersims standen Leuchter, die Magd hatte Kerzen bereitgelegt. Der rotbraune Fleck in Annas linkem Auge verwirrte ihn. Er versuchte, dem Bürgerhauptmann zuzuhören, der von der Festnahme Diedrich von Merzens durch den Gewaltdiener berichtete. Noch mitten in der Nacht hätten sie ihn aus dem Bett gezerrt und im Frankenturm eingelocht. Zwar habe der Mensch Zeter und Mordio geschrien und alles geleugnet. Aber als sie Kastert zu ihm in die Zelle warfen, sei er stumm geworden wie ein toter Fisch.

»Vielleicht bringen sie sich ja gegenseitig um«, ließ sich Resa vorwitzig vom Tischende her vernehmen.

»Das würde dem Henker viel Arbeit ersparen.« Simon Kall nickte ihr zu. »Am nächsten Morgen hat er alles gestanden«, verkündete er stolz und suchte Resas Augen.

Merckenich legte die Hand auf Annas Arm und flüsterte ihr etwas ins Ohr, worauf sie den Kopf schüttelte.

»Schlimm wäre es gewesen, wenn ich ihn wirklich geheiratet hätte«, hörte Giacomo sie antworten.

»Wir waren alle blind«, stellte Dalmonte nüchtern fest.

»Von Merzen selbst am allermeisten. Blind vor Hass und Neid auf Menschen, die erfolgreicher sind als er.« Der Ratsherr langte genießerisch nach seinem Wein. Gottfried Thelen habe ihn am Nachmittag aufgesucht, erzählte er. Nachdem er von den Ereignissen gehört hatte.

»In dieser Stadt bleibt nichts lange geheim«, stichelte er.

Von Merzen habe, laut Thelen, eine unbeschreibliche Wut auf die italienischen Spediteure entlang des Rheins gehabt.

»Tatsächlich soll er kaum noch Geld gehabt haben, aber nicht weil die anderen Spediteure ihm das Geschäft verdarben, wie er ständig behauptete, sondern weil er faul war. Er ist selten vor Mittag aufgestanden und verbrachte seine Tage am liebsten in Spielhöllen, Kaffeehäusern und in Lokalitäten, die ich mit Rücksicht auf die anwesenden Damen nicht beim Namen nennen möchte.«

Merckenich stand kurz auf und verbeugte sich vor Frau Gertrude und Anna, dann setzte er sich wieder, füllte seinen Weinbecher nach und redete weiter.

»Der Streit zwischen dir, mein lieber Dalmonte, und Farina wegen Feminis war ihm gerade recht gekommen. Er nützte ihn rücksichtslos aus für seine Zwecke. Bis zum vollständigen Ruin blieb ihm auch nicht mehr viel Zeit. Zuerst befahl er seinen Männern, dich zu beklauen, einfach nur um deine Kunden zu verunsichern. Zungenfertig, wie er ist, war es ihm dann ein Leichtes gewesen, sie abzuwerben. Dass zur selben Zeit andere Diebe die Stadt unsicher machten, wundervoll! Etwas Besseres konnte ihm gar nicht passieren. Als er Anna kennenlernte, kam ihm die Idee, sich deinen ganzen Handel einzuverleiben. Wir wissen, wie er sich das vorgestellt hatte.«

»Entweder war er in einem unerträglichen Maß von sich überzeugt, oder er fühlte sich in seinem tiefsten Innern klein und minderwertig.«

»Vielleicht von beidem etwas. Eine ungesunde Mischung …«, bestätigte Merckenich. Der Bürgerhauptmann fiel dem Ratsherrn fast ins Wort, was dieser aber angesichts der vorgerückten Stunde und des vielen Weins, den sie alle schon getrunken hatten, nicht übel nahm.

»Sie hätten Cettini nicht töten wollen, behauptet Kastert. Es sollte nur wie eine Rache Farinas aussehen. Und dann sei er unglücklich gestürzt. Sagt Kastert.«

»Und Moritz war wahrscheinlich auch nur ein Unglücksfall«, bemerkte Anna bitter.

»Er war ihnen im Weg«, bestätigte Kall.

»Und wo ist der zweite Mann, dieser Zündorfer?«

»Keine Ahnung. Weg. Wahrscheinlich längst über alle Berge, dorthin, wo die Kölner Gerichtsbarkeit keine Befugnisse mehr hat.«

Sie schwiegen, jeder hing seinen Gedanken nach. Hin und wieder schmatzte jemand. Ein Löffel kratzte über den Teller.

»Und den Dottore wollte von Merzen sich kaufen, um mit dem billigen Aqua mirabilis viel Geld zu machen und gleichzeitig Farina eins auszuwischen. Damit hätte er einen weiteren lombardischen Kaufmann vernichtet.« Giacomo sprach so leise, dass die, die am Ende des Tisches saßen, ihn kaum verstanden hatten.

»Wer ist der Dottore?«, fragte Matthias, aber niemand klärte ihn auf.

»Und wo ist er jetzt, dieser Dottore?«, erkundigte sich Anna.

Simon Kall kratzte sich verlegen am Kopf.

»Da sind wir leider zu spät gekommen. Wir haben viel Zeit verloren, das Gartenhaus zu suchen. Und als wir dann eines fanden, von dem wir vermuteten, dass es das war, war es leer geräumt.«

»Standen Tabakpflanzen im Hof?«, fragte Giacomo dazwischen.

»Ja, rechts hinterm Eingang.«

»Das war es.«

»Aber im Haus gab es nichts mehr …«

»Nur den Duft von Pomeranzen, Bergamotte, Limetten, Thymian, Lavendel …« Giacomo brach ab. Das gehörte wirklich nicht hierher.

Der Bürgerhauptmann war überrascht. »Stimmt. Nur in dem Moment habe ich nicht darauf geachtet.«

Giacomo fühlte Annas Blick auf sich, ihre Augen begegneten sich. Dann wandte Anna sich wieder dem Bürgerhauptmann zu.

»Später erzählte mir die Wache am Severinstor, mehrere Männer hätten die Pforte mit einer großen Karre mit Hausrat passiert. Auch eine junge Frau sei dabei gewesen, eine hübsche Rothaarige, haben sie erzählt und eindeutige Gesten gemacht. Aber es habe keinen Grund gegeben, die Leute aufzuhalten. Sie sollen ordentliche Passierscheine gehabt haben.«

»Aqua mirabilis herzustellen ist nicht verboten«, warf Merckenich ein.

»Nein«, befand auch Dalmonte. »Solange ich als Spediteur und Kaufmann die Ingredienzien liefern darf und der Destillateur sie mir nicht von meinen Schiffen herunterklaut, habe ich auch nichts dagegen. Der alte Farina dürfte allerdings weniger glücklich über die Konkurrenz sein.«

Bei der Wendung, die das Gespräch nahm, wurde Giacomo unbehaglich zumute. Hatte Anna den anderen gesagt, welche Rolle er in der ganzen Geschichte gespielt hatte? Zumindest Dalmonte würde sie die Wahrheit sagen. Oder hatte es vielleicht schon getan. Das Gesicht des alten Herrn verriet nichts. Genauso hätte sein Vater aussehen können, wenn er nicht viel zu früh gestorben wäre. Plötzlich wollte er reden. Mit Dalmonte und mit Anna. Vor allem mit Anna. Er würde ihr von Faustino erzählen, den der Wolf gerissen hat, von Piodabella und der Nonna. Und von Angelino. Er würde über alles sprechen, er würde es endlich tun.

Ob der windige Hehlerwirt mit dem Dottore mitgegangen war? Irgendwann wollte er in die Spielmannsgasse gehen und nachfragen. Er hatte dem Bürgerhauptmann nichts von der zwielichtigen Örtlichkeit erzählt. Warum auch? Der Wirt war unfreundlich gewesen, aber getan hatte er ihm nichts. Nur um Griet machte er sich Sorgen. Vielleicht hatte sie einen Gönner gefunden, einen spendablen Freier. Er hoffte es für sie.

Simon Kall meldete sich wieder zu Wort.

»Die Geschichte geht noch weiter. Kastert versucht, seine Haut zu retten. Nützen wird es ihm nichts, aber wenigstens die Folter erspart er sich. Er hat nämlich das Versteck verraten, wohin sie die gestohlenen Waren verbracht haben.«

Der alte Spediteur horchte auf.

»Heißt das, dass …?«

»Nicht alles, aber einiges ist noch vorhanden. In einem geheimen Keller unter von Merzens Spedition. Er hatte dort eine ganze Menge Waren gelagert, die meisten davon hat er ganz offensichtlich am Kassenhaus vorbei heimlich in die Stadt geschleust. So etwas nenne ich Hinterziehung der Stapelgebühren.« Simon Kalls Gesicht glänzte vor Stolz und Alkohol. Er beugte sich vor und suchte wieder nach Resas Augen. Sie erwiderte seinen Blick.

Dalmonte war aufgestanden. Mit dem Messer klopfte er an seinen Weinbecher und bedankte sich wortreich bei Kall, dem

Brandherrn und den Wachtmännern. Dann bat er Johanna, einen kleinen schwarzen Reisekasten aus dem Gang zu holen. Er lachte verschmitzt.

»Auf der Heimreise von Frankfurt habe ich Crotoni in Bonn besucht. Ich habe ihm für jede meiner Damen eine Bouteille Aqua mirabilis abgeschwatzt. Das echte von Farina.«

Der Spediteur zauberte vier Rosolien unterschiedlicher Größe, aber alle mit dem unverwechselbaren Etikett versehen, auf den Tisch.

»Für Madame und Anna die beiden größeren. Die zwei kleinen für Johanna und Resa.«

Dann langte er noch einmal in das Kästchen. »Die fünfte Flasche ist für deine Frau, Merckenich. Sagtest du nicht, sie nimmt regelmäßig davon?« Dalmonte strahlte. Er schenkte gern.

»Von Crotoni in Bonn?« Giacomo beugte sich über den Tisch und betrachtete die schmalen dunklen Flaschen aufmerksam.

»Sag nur, sie sind nicht echt!«, warnte ihn Dalmonte und drohte ihm, halb im Ernst, halb im Scherz mit dem Finger.

»Nein, nein, sie werden schon echt sein.« Giacomo lehnte sich zurück.

»Verzeiht, darf ich probieren?« Anna wartete eine Antwort gar nicht erst ab. Sie öffnete geschickt das Fläschchen, das Dalmonte vor sie hingestellt hatte, und roch. Dann sprang sie auf.

»Ich bin sofort wieder da«, rief sie und verschwand nach draußen.

Als sie wieder zurückkam, winkte sie mit einem Stoffpäckchen in der Hand.

»Das ist der Duft des Aqua mirabilis von Feminis. Ihr erinnert Euch, Herr Dalmonte, wir haben damals festgestellt, dass es wahrscheinlich dieselben Ingredienzien hat wie das von Farina. Und jetzt riecht mal hier dran!«

Das Fläschchen und die Scherben im Tuch wanderten von Hand zu Hand. Jeder schnupperte, roch, schnüffelte. Ein leichter Fichtennadelölgeruch entströmte der Rosoli, schwach, aber deutlich. Frau Gertrude gab einen winzigen Tropfen aus der geöffneten Flasche auf den Handrücken und saugte ihn geräuschlos auf.

»Es ist anders als der Duft hier auf dem Stoff. Und schwächer«, urteilte sie dann.

»Es ist das Aqua mirabilis des Dottore.« Giacomo konnte sich die Bemerkung nicht mehr verkneifen. Crotoni musste die Fläschchen über den Brühler Mittelsmann bekommen haben, den er angeworben hatte. Aber das sagte er lieber nicht.

»Also ist sogar Crotoni auf das falsche Wasser hereingefallen. Oder ich vielleicht auf Crotoni?« Dalmonte lachte, bis ihm die Tränen kamen.

»Eines ist klar«, prophezeite er. »Wenn sie diesen sauberen Dottore nicht dingfest machen, dann werden auf Farina schwere Zeiten zukommen.«

SIEBENUNDZWANZIG

Gut, dass ich von allen Papieren immer eine Abschrift gemacht habe, dachte Anna, als sie am nächsten Tag eine Liste der zerstörten und der geretteten Warenbücher, Rechnungen und Lieferscheine erstellte. Sie verglich sie mit den Kopien, die der Spediteur im Keller neben dem Warenlager aufbewahrte. Sie würde mehrere Tage brauchen, um die Kopien noch einmal zu kopieren, aber es hätte schlimmer kommen können. Es hätte aber vielleicht gar nicht so weit kommen müssen, wenn Matthias und Severin nur ein Quäntchen aufmerksamer gewesen wären. Der eine hatte geschlafen, und der andere, der gerade dran war mit Wachehalten, war mit seinen Gedanken sonst wo gewesen. Erst das Gekreische des Papageis hatte ihn aufgeschreckt. Anna wollte nicht in Severins Haut stecken. Wenn das ganze Haus abgebrannt wäre, wäre er seines Lebens nicht mehr froh geworden. Jetzt arbeitete er doppelt, um den Schaden wiedergutzumachen.

Alle Fenster und die Eingangstür standen weit auf, trotzdem roch es im Vorhaus unangenehm nach Putzmittel und Ruß. Es würde dauern, bis der Geruch verschwunden war. Sie wollte nachher Frau Gertrude um ein paar Lavendelsäckchen bitten. Draußen jagten sich Kinder mit lautem Geschrei um die Stipen des Hauses »Zur gelben Lilie«. Dort hatte er gestanden. An einem Freitag wie heute. Nur dass es damals Bindfäden geregnet hatte und heute strahlender Sonnenschein herrschte. Die Welt könnte nicht schöner sein.

Sie hatte ihn im Hof gesehen, wie er mit Bonifaz an vom Brand beschädigten Möbeln arbeitete. Anna entkorkte die Rosoli, die Herr Dalmonte mitgebrachte hatte, und sog tief den würzigen Duft ein. Das Odeur von Neroli und Bergamotte. Ein Hauch von Neroli. Und von Fichtennadelöl. Echt oder unecht, es war ihr egal. Sie rieb sich zuerst die Stirn mit dem Wasser ein, dann den Nacken.

Janne musste ihr sagen, wo auf ihrem Körper sie sonst noch das göttliche Aqua mirabilis verteilte.

Die Hexe fiel ihr ein. Sie sei keine Hexe, nur ein bisschen wundersam, hatte Janne immer gesagt. Vielleicht. Denn eine Hexe hätte sich ja wohl nicht geirrt. Nicht ein schöner Mann war ihr beinahe zum Verhängnis geworden, sondern ein unscheinbarer. Und nicht nur ihr. Von Merzen sah so alltäglich aus, dass sie sich noch immer alle wunderten, was in seinem Kopf vorgegangen war. Giacomo dagegen ... Sie schloss die Augen und sah ihn vor sich. Er war ... nicht unschön. Obwohl er viel zu dünn war. Vorsichtig verschloss sie die Flasche wieder, kein noch so kleiner Tropfen sollte dieses Mal verloren gehen. Vielleicht würde sie das Wasser eines Tages brauchen. Der Dottore war ein Betrüger, aber er verstand sein Handwerk.

Auf der Empore öffnete sich die Tür des Kontors.

Frau Gertrude kam mit dem Frühstücksgeschirr herunter. Der Morgenkaffee der Eheleute hatte ungewöhnlich lang gedauert. Fast zwei Stunden. Zwischendurch war das Gespräch lebhaft geworden. Manchmal steigerte sich Madames Stimme erregt und brach dann empört gicksend ab, worauf er antwortete, sein dunkles Timbre zwischen Nachgiebigkeit und Rechtbekommenwollen. Anna kannte die beiden gut genug, um zu wissen, um was es ging.

»Ruf diesen Giacomo!«, befahl ihr Frau Gertrude auf der letzten Treppenstufe. »Und dich will er auch sprechen.« Es klang so barsch, wie ihr Gesicht missmutig dreinschaute.

Dalmonte hatte sich hinter seinen Schreibtisch verschanzt, als Anna und der neue Hausbewohner eintraten. Wie immer thronte der Papagei auf der Schulter seines Herrn, brabbelte vor sich hin oder zog an dessen wenigen verbliebenen Haaren. Der gönnte es ihm.

»Ich glaube, er hat eine Belohnung verdient«, brummte der Spediteur, und Anna fragte sich, wen er meinte: den Papagei, der das Haus aus dem Schlaf geweckt, oder Giacomo, der bis zum Umfallen Wasser geschöpft hatte.

»Und nun zu euch beiden.«

Anna linste zu Giacomo, der halb hinter ihr stand. Gleich läuft er davon, dachte sie und machte einen Schritt zurück, sodass sie zwischen ihm und der Tür zu stehen kam. Dabei fürchtete sie sich selbst vor dem, was Dalmonte gleich sagen würde.

»Bleib du ruhig hier, Anna. Was hast du dir dabei gedacht, einen wildfremden Menschen nachts ins Haus zu lassen, wo niemand da war?«

Mit dieser Frage hatte sie nicht gerechnet. Sie hatte es ihm doch erklärt. Warum also dieser Vorwurf? Sie wich ihm aus.

»Johanna war da. Auch Bonifaz, Matthias und Severin. Resa hat geschlafen«, gab sie zu.

»Und du glaubtest, du konntest so einem hergelaufenen Kerl trauen?«

Anna schwieg. Giacomo vor ihr rührte sich nicht, nur seine rechte Hand ballte sich zur Faust. Sie spürte seine Angst.

»Ihr habt doch Tilman auch vertraut. Und all den Jungen, die aus dem Vigezzotal kamen und für Euch gearbeitet haben«, erwiderte sie leise.

»Einmal bin ich reingefallen.«

»Aber nur einmal.«

Dalmonte hüstelte. Er verschwand mit seinem Kopf hinterm Schreibtisch, wo er in der untersten Lade die Tüten mit Trockenfrüchten für den Papagei aufbewahrte. Der Vogel war auf den Boden geflogen, trippelte hin und her und schnarrte aufgeregt. Als Dalmonte wieder nach oben kam, war er etwas rot im Gesicht, um seine Mundwinkel zuckte es noch. Aber er bemühte sich um ein ernstes Gesicht, als er Giacomo ansprach:

»Dein Vater war Carlín Felice?«

Giacomo nickte kaum merklich.

»Meine Mutter hat ihn gekannt. Als ich sie vor ihrem Tod das letzte Mal besucht habe, hat sie mir von dem Unglück erzählt.«

»A l'o mia tucò.«

Giacomo sagte es in der Sprache seiner Heimat. Anna verstand nicht.

»Ich habe ihn nicht gestoßen«, wiederholte Giacomo.

Dalmonte kam um den Schreibtisch herum und blieb vor Giacomo stehen.

»Ich glaube dir«, sagte er, nachdem er ihn lange angeschaut hatte. Es war sehr still im Kontor. Selbst der Papagei oben auf dem Schrank rührte sich nicht. Nach einer Ewigkeit kehrte Dalmonte zu seinem Schreibtisch zurück und setzte sich. Wie von einem Bann erlöst, kam der Vogel herabgeflogen und kroch unter

Dalmontes Hausrock. Er ruckte hin und her, bis er mit dem Kopf wieder zum Vorschein kam und Giacomo herausfordernd beäugte.

»Signur …?«

»Sì?«

»Leben meine Geschwister noch?«

»Ich weiß es nicht.«

Aus der Küche kam das leise Klappern von Töpfen und Tellern, der Geruch von Gebratenem und heißem Fett.

»Was hast du jetzt vor?«, fragte Dalmonte.

»Noch einmal von vorne anfangen. Weg von der Straße. Etwas lernen.«

»Ich mache dir einen Vorschlag.«

Anna klopfte das Herz bis zum Hals bei Dalmontes Worten.

»Du begleitest meine nächste Lieferung nach Süden. Ich glaube, ich habe da etwas, das bis nach Basel muss. Mai, Juni, Juli sind gute Reisemonate. Du lieferst die Ware ordnungsgemäß ab und reist dann weiter ins Vigezzotal, nach Craveggia. Ich wollte schon lange der Schule dort Geld zukommen lassen. Wenn du das erledigt hast, geh nach Piodabella! Aber vor Wintereinbruch will ich dich wieder hier in Köln sehen. Bonifaz ist nicht mehr der Jüngste, und ich glaube, er wäre froh, wenn du ihm unter die Arme greifst.«

Anna atmete auf. Sie hatte es gewusst, Herr Dalmonte würde alles tun, um einem Landsmann zu helfen. Obwohl er schon einmal reingefallen war, aber nur ein einziges Mal. Farina kam ihr in den Sinn. Auch ein Vigezzino. Die Frage lag ihr auf der Zunge, als Giacomo ihr zuvorkam.

»Ich möchte Euch etwas geben«, sagte er und war schon zur Tür hinaus.

»Farina ist also völlig unschuldig?«, fragte sie vorsichtig.

»An dem Tod von Cettini, Moritz und Tilman ja. Auch mit den Diebstählen hatte er nie etwas zu tun. Da habe ich ihm Unrecht getan. Gott sei Dank, möchte ich sagen. Immerhin ist er mein Landsmann. Aber jeder weiß, dass ihm Cettinis Tod nicht ungelegen kam, doch lassen wir das. Ich möchte nicht mehr darüber nachdenken müssen. Was wirklich gewesen ist zwischen ihm und Feminis, woran Johanna Catharina so plötzlich gestorben ist – wir werden es wohl nie erfahren. Lassen wir die Toten ruhen, Anna.

Auch Farina wird nicht ewig leben, wer weiß, wie es dann mit seinem Aqua mirabilis weitergeht. Kinder hat er ja keine, und nichts deutet darauf hin, dass er jemals heiraten wird. Er scheint die Frauen zu meiden wie der Teufel das Weihwasser.«

Dalmonte rieb sich vergnügt die Hände, wahrscheinlich dachte er an einen unterhaltsamen Abend mit Pfarrer Forsbach. Er kicherte noch immer vor sich hin, als Giacomo zurückkam. In der Hand den abgewetzten Geldbeutel, den Anna ihm zurückgegeben hatte. Er legte ihn vor den Spediteur auf den Kontortisch.

»Ich möchte, dass Ihr das Geld nehmt, Signore.«

Dalmonte kratzte sich am Kopf. Dann nahm er den Sacchettino, schüttete die Münzen aus und zählte sie bedächtig.

»Ich hätte da eine Idee«, sagte er, als er damit fertig war.

Er machte eine kleine Pause.

»Für dieses Geld ...«, Dalmonte schob ein paar Münzen nach rechts und stapelte bedächtig eine über die andere, bis da ein winziger, wackeliger Turm stand, »... werden wir Pfarrer Forsbach bitten, eine Messe für Tilman, Moritz und Cettini zu lesen.«

Dann formte er zwei kleinere Haufen.

»In einer zweiten Messe wollen wir Gott danken, dass wir alles überstanden haben, und die dritte Messe ist für Angelino. Den Rest ...«, Dalmonte klaubte die letzten Münzen zusammen und schüttete sie zurück in den Beutel, »... den Rest nimmst du mit nach Piodabella. Irgendjemand dort oben wird das Geld gebrauchen können.«

In diesem Augenblick riss Frau Gertrude die Tür auf und streckte den Kopf hindurch.

»Dalmonte«, rief sie aufgebracht. »Wie soll aus dem mageren Kerl je was werden, wenn du ihm das Essen vorenthältst!? Johanna hat Polentaschnitten gebraten, wenn ihr nicht bald kommt, kann sie alles in den Ascheimer werfen.«

Nachwort

Schon lange vor dem Dreißigjährigen Krieg sind »Italiäner« – die im strengen Sinn damals noch keine Italiener waren, weil es den Staat Italien noch nicht gab – über die Alpen nach Norden ausgewandert. Auch danach, Ende des 17. Jahrhunderts sowie im 18. und 19. Jahrhundert, siedelten sich »Italiäner« vor allem entlang der großen Handelsstädte an Rhein und Mosel bis hinunter zum Niederrhein an, aber auch in Frankreich, Luxemburg, im heutigen Belgien und in den Niederlanden. Die meisten waren als Hausierer und Krämer (»Pomeranzenhändler«, »Bauchladenhändler für Französisch oder Italienisch Kram«) unterwegs, viele verdingten sich als Kaminfeger, Bauarbeiter und Zinngießer. Daneben gab es aber auch hoch angesehene Kaufleute, Spediteure und Kommissionäre, Steinmetze und berühmte Baumeister. Mit zunehmender gesellschaftlicher Anerkennung, Eingliederung und sozialem Aufstieg passten sie ihre italienischen Namen dem Deutschen an. Bereits 1711 unterschrieb Giuseppe Brentano mit Joseph Brentano.

Die überwiegende Mehrheit der Einwanderer kam aus den wirtschaftlich armen Alpentälern, insbesondere aus den Gegenden um den Comer See und den Lago Maggiore, aber auch aus Handelsmetropolen wie Mailand oder Venedig. Zur Vermeidung umständlicher und langer Aufzählungen (Lombarden, Piemontesen, Venezianer, Mailänder etc., aber auch Waliser und Savoyer) wurden die Einwanderer aus dem Süden in zeitgenössischen deutschen Edikten und Verordnungen einfachheitshalber oft als »Italiäner«, seltener als »Italiener« bezeichnet. Was die Menschen von südlich der Alpen miteinander verband, war – trotz erheblicher dialektaler Unterschiede – ihre gemeinsame Sprache, das Italienische.

Das Handwerk der Kaminfeger hat seinen Ursprung im 15. Jahrhundert in den italienischen und südschweizerischen Alpentälern, einschließlich Savoyen. Schornsteine waren in Norditalien schon sehr früh bekannt. Da die Technik der geschlossenen Kamine von dort aus nach Frankreich und Deutschland kam, waren es auch die Italiener, die sich um die Reinigung kümmerten. 1331 kehrte ein in Prag in Gefangenschaft befindlicher Italiener die dortigen Feuerkanäle. 1661 ließen sich erste Kaminkehrer aus Locarno in Basel nieder. Bald fanden sich überall im Süden Deutschlands Schornsteinfegerfamilien mit italienischen Namen, so in Nürnberg, Kaiserslautern, Biberach, Mainz, Rottenburg, Heidelberg, Mannheim, Sankt Goar, Bonn und Düren, um nur einige wenige Orte zu nennen. In vielen Fällen wurde das Handwerk vom Vater an den Sohn weitergegeben. Im 18. Jahrhundert schlossen sich in deutschen Landen die Schornsteinfeger zu Zünften zusammen.

Die Lehrbuben waren im Durchschnitt dreizehn bis vierzehn Jahre alt, aber oft auch viel jünger. Vor allem in den Alpen, wo die Familien ums Überleben kämpften, wurden schon Acht- bis Zehnjährige von ihren Eltern saisonweise oder ganz gegen Entgelt an Schornsteinfegermeister verkauft. Je kleiner und dünner, desto besser. Noch bis in die dreißiger Jahre des 20. Jahrhunderts stiegen Kinder aus den Alpentälern die Kamine hoch. Auch in Deutschland war das Kehren der Schornsteine durch Besteigen lange Zeit übliche Praxis. Am 1. Dezember 1967 wurde in Berlin bei der Meisterprüfung das letzte Mal »gestiegen«.

Einen Eindruck von diesem gefährlichen und entbehrungsreichen Handwerk vermittelt das Schornsteinfegermuseum (Museo dello Spazzacamino) in Santa Maria Maggiore im Vigezzotal. Jedes Jahr im September findet dort ein großes, internationales Schornsteinfegertreffen statt, zu dem Vertreter der Zunft aus ganz Europa zusammenkommen.

Die folgenden Personen haben zur Zeit der Geschichte tatsächlich in Köln gelebt. Ihre Charakterisierung im Roman entspricht nicht der Wirklichkeit.

Johann Paul (Giovanni Paolo) Feminis, geb. um 1666 in Crana, gest. 1736 in Köln, beerdigt in Sankt Laurenz. Lebte in Mainz, Rheinberg und vermutlich seit ca. 1694 in Köln, seit 1713 im »Haus Newerburg« in »Unter golden Wagen«, heute Hohe Straße. In zeitgenössischen Briefen finden sich mehrere Hinweise, dass Feminis vor Farina »Aqua mirabilis« in Köln hergestellt hat. Er war mit der Rheinbergerin Anna Sophia Ryfarts verheiratet. Sie hatten neun Kinder, von denen jedoch nur das letzte, Anna Maria Theresia, in einem Kölner Klarissenkloster die Eltern überlebte. Es gab keine Erben.

Johann Maria (Giovanni Maria) Farina, geb. 1685 in Santa Maria, gest. 1766 in Köln, beerdigt in Sankt Laurenz. Seine Brüder waren Johann Baptist (1683–1732) und Carl Hieronimus (1693–1762). Johann Baptist Farina gründete gemeinsam mit seinem Schwager Franz Balthasar Borgnis 1709 »in der großen Bottengassen und Goldschmidts orth« einen Laden mit »Französisch Kram«, also Galanterie- und Seidenwaren. Dazu betrieben sie einen Kommissions- und Speditionshandel. 1714 trat Johann Maria in das Geschäft ein, 1716 Carl Hieronimus. Um 1723 bezogen die Fratelli Farina den neuen Laden im »Haus zum Morion«, Obenmarspforten gegenüber dem Jülichplatz, wo die Firma »Farina gegenüber« auch heute ihren Sitz hat. Ungefähr um diese Zeit begann Johann Maria Farina, Aqua mirabilis zu produzieren. Ab 1733 führte er das Haus allein. Der Handel mit Aqua mirabilis war zunächst gering; der Schwerpunkt des Hauses lag auf dem Speditions- und Kommissionsgeschäft. Erst Mitte des 18. Jahrhunderts wurde dieses zugunsten des gewachsenen Kölnisch-Wasser-Verkaufs aufgegeben. In einem Brief von 1742 findet sich erstmalig der französische Begriff Eau de Cologne, 1764 dann die deutsche Bezeichnung Kölnisch Wasser. Der unverheiratete Johann Maria Farina starb kinderlos. Haupterbe war sein Neffe Johann Maria Farina (1713–1792), Sohn seines Bruders Johann Baptist.

Aqua mirabilis (= Wunderwasser) galt zunächst als Heilwasser. Nach 1794 verfügten die Franzosen die Offenlegung der Zusammensetzung aller medizinischen Produkte. Da Ingredienzien und Zusammensetzung von Duftwässern auch weiterhin Unternehmensgeheimnis bleiben durften, deklarierte die Firma »Farina gegenüber« ihr Wasser zu einem Duftwasser. Traditionell besteht Aqua mirabilis bzw. Eau de Cologne aus Bergamott-, Orangen-, Neroli-, Portugal-, Rosmarin-, Zitronen- und Limettenöl.

Erst im 19. Jahrhundert, also lange nach dem Beginn der Aqua-mirabilis-Produktion des ersten Johann Maria Farina, begann – unabhängig von »Farina gegenüber« – die Firmengeschichte von 4711.

Johannes Forsbach, Pfarrer an Sankt Maria Lyskirchen von 1706 bis 1746 (mit kurzer Unterbrechung 1706/07). Er starb im Oktober 1746.

Die Ratsherren:

Laurenz Anton Bianco, geb. in Genua 1658, Ratsherr von 1710 bis 1737, vereidigt auf Fischmengergaffel, Heirat mit Anna Cath. Cominot aus Trier. Schon sein Vater, der Quartiermeister im Türkenkrieg unter Leopold I. war, ließ sich 1640 in Köln nieder.

Johannes Maria Gallo, Ratsherr von 1733–1766, Gaffel Fischamt, Heirat mit Sofia Levesberg

Paul Merckenich, Ratsherr von 1724–1751, Bannerherr des Fischamts, vereidigt auf Fischmengergaffel, Senator und Brückenmeister, Provisor von Sankt Maria Lyskirchen von 1718–1752, Heirat mit Maria Elisabeth Pützmann, wohnt 1704 und 1707 im Katharinengraben

Johann Badorf, Ratsherr von 1730–1751

Peter Bürvenich, Ratsherr von 1724–1739

Nikolaus de Groote, mehrere Male Ratsherr und Bürgermeister zwischen 1701–1737

Weitere historische Personen sind:

Giuseppe Mattia Borgnis, Maler, geb. 1701 in Craveggia, gest. 1761 in England nach einem Sturz von einem Malergerüst

Leopoldo Retti, Architekt und Baumeister, geb. 1704 in Laino, Oberitalien, gest. 1751 in Stuttgart, Planungen u.a. für das Neue Schloss, Stuttgart, und für das Karlsruher Schloss

Donato Giuseppe Frisoni, Architekt und Stuckateur, Onkel von Leopoldo Retti, geb. 1683, gest. 1735, tätig in Deutschland, Ludwigsburger Schloss

Zu den großen Namen »italienischer« Einwanderer nach Mitteleuropa im 18. Jahrhundert gehören neben den oben genannten auch Bolongaro, Bona, Brentano, Cassinone, Cetto, Fabri, Guaita, Mainone, Mellerio, Tosetti. Im ausgehenden 17. und im 18. Jahrhundert gab es etliche Ratsherren im Kölner Rat mit italienischen Namen.

Untergegangene Orte in Köln

Die Straßburgergasse

Die Straßburgergasse lag in dem Bereich, wo sich heute die südliche Auffahrt zur Deutzer Brücke befindet.

Laut Mercator-Karte von 1571, dem Reinhardt-Plan von 1753 und dem Stadtplan von 1797 war es ein kurzes, zwei Häuserblock langes Sträßchen, das etwa in Höhe der Eingangsfront des heutigen Maritim Hotels verlief. Genauere Angaben finden sich jedoch bei Dr. Hermann Keussen in seiner Topographie der Stadt Köln (Historisches Archiv der Stadt Köln), die er zwischen 1890 und 1910 erstellte. Danach handelte es sich bei der Straßburgergasse um eine andere Straße im selben Viertel, die aber näher zum Rhein gelegen und um einiges länger war. Sie mündete in ihrem südlichen Ende auf die Rheingasse, etwa zwischen Börsengässchen und Kuhgasse. Daneben gab es aber noch eine fast gleichlautende Straße, das Straßburgergässchen, das von der Straßburgergasse nach Westen abging, zwei Ecken machte und auf dem südlichen Heumarkt endete. Dieses verwinkelte Straßburgergässchen entsprach in seinem mittleren Teil der Straße, die Mercator, Reinhardt u.a. als Straßburgergasse bezeichneten. Bei Keussen führt diese Straße den Namen »Im Himmelreich«.

Die Straßburgergasse besaß in früheren Jahrhunderten verschiedene andere Namen.

Als Anfang des 20. Jahrhunderts in dem Viertel die neue große Markthalle gebaut wurde, verschwanden die Straßburgergasse, das Straßburgergässchen und andere Straßen der Umgebung vom Stadtplan.

Unter golden Wagen (oder Unter Guldenwagen)

Sie war ein Teil der heutigen Hohe Straße. Andere Abschnitte waren »Vor (oder Gegenüber) den Augustinern«, »Unter Pfannenschläger«, »Unter Wappensticker«, »An den vier Winden«, »Unter Spormacher«, »An der hohen Schmiede« (Helmut Signon: Alle Straßen führen durch Köln, Greven Verlag, Köln 1982, S. 123)

Die Kirche Sankt Laurenz

Romanische Kirche, erbaut vermutlich im frühen 12. Jahrhundert, abgerissen im März 1817. Sie stand an der Stelle des heutigen

Laurenzplatzes. Johann Paul Feminis, seine Frau Anna Sophia und die Tochter Johanna Catharina sowie Johann Maria Farina wurden in Sankt Laurenz beerdigt.

Die Kirche Sankt Magdalena
Sie wurde vor 1196 als Pfarrkapelle des Severinsstifts errichtet und befand sich gegenüber Sankt Severin am Severinskirchplatz, Ecke An Sankt Magdalenen. Ihr Abbruch erfolgte 1805.

Der Elendsfriedhof
Er lag neben der sogenannten Elendskirche, der Kirche zum Heiligen Gregorius, in der heutigen Straße An Sankt Katharinen, und war Friedhof für Fremde, Arme, Hingerichtete, ab dem 16. Jahrhundert verschiedentlich auch für Protestanten. 1678 gründete die Familie de Groote eine Stiftung zur Abhaltung öffentlicher Gottesdienste in der daneben liegenden Kapelle. 1764 begann die Familie mit dem Bau der jetzigen Kirche. Sie ist bis heute in Familienbesitz.

Die Weingärten
Ein großer Teil des Stadtgebiets innerhalb der Mauern wurde landwirtschaftlich genutzt. Neben Gemüse- und Obstgärten gab es auch große Flächen, auf denen Wein angebaut wurde. Die Angaben über die Menge des in Köln angebauten Weins differieren beträchtlich. Nach einem Verzeichnis von 1681 kann man von ca. 113 Hektar ausgehen, das entspräche ungefähr 246.000 Liter Wein (Clemens Graf von Looz-Corswarem: Das Finanzwesen der Stadt Köln im 18. Jahrhundert, Köln 1978, S. 81).

Der Wein war damals im Allgemeinen leichter als heute, weil er meist mit Wasser verdünnt wurde. Auch wurde er mit Gewürzen angereichert.

Die Stadtmauer
Mit ihrem Bau wurde 1180 begonnen. Sie war insgesamt rund neun Kilometer lang und umschloss Köln vollständig. Mit zwölf Torbogen zur Landseite, bis zu zwanzig Toren und Pforten zur Rheinseite und zweiundfünfzig Wehrtürmen war sie die größte Stadtbefestigung im Mittelalter innerhalb des damaligen Heiligen Römischen Reichs Deutscher Nation. In den Toren waren die Gefängnisse untergebracht, das Gereonsloch galt als das schlimmste.

Im Frankenturm saßen Schwerverbrecher ein, und im Kunibertsturm warteten die Folterknechte mit ihren Werkzeugen. Zu unterschiedlichen Zeiten gab es auf zwei Toren und einem Turm Windmühlen: die Kartäusermühle auf der Ulrepforte, die Pantaleonsmühle auf dem Bachtor (Am Weidenbach) und die Gereonsmühle auf einem Wehrturm. Auf einer Plattform am Severinswall stand die Bottmühle. Ende des 19. Jahrhunderts störten sich die Stadtväter an der einengenden Mauer, mit ihrer Schleifung wurde 1881 begonnen. Zu sehen sind heute nur noch die Eigelsteintorburg, das Hahnentor, die Ulrepforte mit Stadtmauerresten am Sachsenring und das Severinstor. Außerdem erhalten sind Teile der Stadtmauer am Hansaring, das Türmchen am Rheinufer, Teile der Bottmühle und der wieder hergestellte Bayenturm.

Die Kölner Rheinmühlen
Über mehrere Jahrhunderte waren im Rhein ungefähr auf der Höhe des südlichen Endes des Holzmarkts dreißig bis zweiunddreißig Wassermühlen zum Mehlmahlen in der Flussmitte festgemacht. Jede Mühle bestand aus drei kastenförmigen Schiffen, die das Mühlhaus trugen. Das zu mahlende Getreide wurde auf Nachen angeliefert. Bei Eisgang im Winter mussten die Mühlen ans Ufer gezogen werden.

Die fliegende Brücke
Bis ins 19. Jahrhundert hinein war die fliegende Brücke die wichtigste Verbindung zwischen Köln und Deutz. Sie bestand aus zwei parallel liegenden Schiffen, die mit Balken verbunden waren. Durch Seile und Ketten in der Flussmitte verankert, pendelte die Brücke im Halbkreis zwischen den beiden Ufern.

Im Buch erwähnte Orte des Vigezzotals

Santa Maria, das heutige Santa Maria Maggiore
Crana, heute Stadtteil von Santa Maria Maggiore
Albogno
Blitz
Coimo, wo noch immer das traditionelle Schwarzbrot gebacken wird
Craveggia
Druogno
Londrago
Piodabella, eine Alm oberhalb Albognos
Re mit dem Santuario della Madonna del Sangue, der Wallfahrtskirche mit der Madonna von Re

Das Tal gehört heute zum Piemont, unterstand aber in der Zeit, in der die Geschichte spielt, dem Herzogtum Lombardei.

Glossar

Aqua mirabilis – Lateinisch für »Wunderwasser«. Der Begriff wird seit vielen Jahrhunderten als Sammelbegriff für alkoholische und nicht-alkoholische Heil- und Duftwässer verwendet.

Bergamotte – Zitrusfrucht, aus der das Bergamottöl gewonnen wird

Börtschiff – Die Börtschifffahrt war eine durch Fahrpläne genau geregelte Verbindung zwischen benachbarten Rheinhäfen, zum Beispiel zwischen Köln und Düsseldorf.

Diligence – Postschiff

Engageantes – lange aus den Ärmeln des Frauenkleids herunterhängende Spitzen

Faìsc (ausgespr.: faisch) – Ausdruck in der Sprache des Vigezzotals für das italienische »padrone«, Herr und Meister

Fichu – leichtes, transparentes Brusttuch der Frau

Forestiers – Die Fremden

Französisch Kram – Zeitgenössischer Sammelbegriff für Seifen, Duftwässer, Schmuck und andere Luxusartikel, dazu Kurzwaren wie Knöpfe, Schnallen, Bänder und dergleichen mehr

Gängler – Hausierer, Bauchladenhändler

Gentildonna – Vornehme Dame, Edeldame

Halfe (Pl.: Halfen) – Pächter eines Bauernhofs, der die Hälfte seines Ertrags dem Grundherrn abgeben musste. Im Kölner Raum gab es sehr viele solcher Halfen oder Halbwinner. Grundherren waren oft Kirchen und Klöster.

Hausarme – In der Stadt ansässige Arme im Unterschied zu vagabundierenden Bettlern. Städte und Institutionen wie Kirchen oder Klöster kümmerten sich in ihren Mauern bzw. in ihrem Kirchspiel um die Hausarmen und versorgten sie mit dem Notwendigsten.

Hübschlerin – Dirne

Jupe, der – Frauenrock, der über dem Reifrock getragen wird und zwischen dem vorn offenen Manteau zu sehen ist

Justaucorps – Der Ausgehrock des Mannes

Koller – Hemd des Schornsteinfegers

Lauertanne – grob gezimmertes einfaches Frachtschiff, das im Zielhafen auseinandergebaut und als Nutzholz verkauft wurde

Manteau – Das mantelähnliche, in weiten Falten geschnittene Oberkleid der Frau
Münzen – In Köln waren im frühen 18. Jahrhundert hauptsächlich Reichstaler, Stüber, Albusstücke, Heller und Fettmännchen, kleine Münzen mit geringem Wert, in Umlauf; aber man rechnete auch mit Gulden und manchmal mit Dublonen, hochwertigen Silbermünzen.
Muratori – Maurer
Neroli – Blütendestillat aus der Pomeranze, manchmal auch aus der Orange
Niederländer – Bauchiges Segelschiff für die Fahrten von Köln bis in die Niederlande. Zu den Niederländern zählen u.a. die Samoureuse, der Bönder, die Aak.
Oberländer – Schiff mit geringem Tiefgang für die Fahrt auf dem Oberrhein bis Köln. Es besaß einen Treidelmast, der nicht fürs Segeln geeignet war.
Pomeranze – Zitrusfrucht, die der Orange ähnelt, aber bitterer ist
Portugalwasser – Ein Wasser mit Zitrusölen, das zur Desinfektion nach der Rasur verwendet wurde
Posche, die (Pl.: Poschen) – Flache Stofftaschen mit Eingriffsschlitz unter den verschiedenen übereinanderliegenden Frauenröcken. Sie waren um die Taille gebunden und wurden über dem langen Unterhemd getragen. Die Röcke hatten seitlich ebenfalls Schlitze, durch die man in die Poschen langen konnte.
Roof, der oder das (ausgespr.: ruf) – Deckhaus, Wohnhütte auf Deck des Schiffes (manchmal liest man auch »die« Roof)
Rosoli, die (Pl.: Rosolien) – Schmale, meist dunkelgrüne Flaschen mit auffallend langem Hals, in die Johann Maria Farina sein Aqua mirabilis abfüllte
Rüsca – Ausdruck in der Sprache des Vigezzotals für das italienische »spazzacamino«, Schornsteinfeger; »il piccolo rüsca«, der Schornsteinfegerjunge
Sacchetto – Der Beutel der wandernden Schornsteinfeger, in dem sie ihre Habseligkeiten und ihr Geld mit sich trugen
Schrein – Kasten, bzw. Lade, in der in Köln zwischen ca. 1130 und 1798 die Schreinsbücher, d.h. die Verzeichnisse von Grundstücksgeschäften, Vererbungen, Schenkungen, Verpfändungen u.ä. aufbewahrt wurden. Erfüllte der Käufer die rechtlichen Voraus-

setzungen für den Erwerb eines Grundstücks oder eines Gebäudes, wurde der Akt durch den Eintrag ins Schreinsbuch rechtmäßig (»Qualifizierung zum Schrein«). Die Kölner Schreinsbücher gelten als die ältesten Beispiele eines Grundbuchs.

Schröder – Kölner Bezeichnung für die Weinfassträger

Spazzacamino – Schornsteinfeger

Stapel – Schon im Mittelalter mussten wegen der unterschiedlichen Fahrrinnentiefe des Rheins Waren in Köln auf andere Schiffstypen umgeladen werden. Diesen Umstand machte sich die Stadt zunutze und führte den Stapelzwang ein, eine Steuer auf die umzuladenden Güter. Erzbischof Konrad von Hochstaden billigte 1259 diese Gebühr; sie wurde bis zur Herrschaft der Franzosen 1794 erhoben. »Fremde Kaufleute mussten in Köln Halt machen, ihre Waren ausladen und drei Tage lang den Kölnern zum Kauf anbieten. … Erst nach Ablauf dieser Frist durfte das nicht verkaufte Handelsgut wieder verladen werden, allerdings auf andere Schiffe. … Vom Kölner Stapelrecht profitierte … vor allem der Kölner Zwischenhandel … Der Kölner Stapel war bis in die frühe Neuzeit *die* Grundlage der städtischen Wirtschaftskraft.« (Carl Dietmar/ Czaba Peter Rakoczy: Köln, der Rhein, das Meer, Emons Verlag, Köln 2002)

Unschlitt – Talg zur Herstellung billiger Kerzen. Wachskerzen waren teuer.

Vorhaus – In vielen Häusern des alten Kölns der erste Raum von der Straße aus. Es konnte einfach nur ein Durchgang zur Treppe in die oberen Stockwerke, zum Hinterhaus und in den Hof sein. Sehr oft wurde das Vorhaus aber auch als Ladengeschäft oder Ausschank genutzt.

Wannläpper – Wannenflicker

Welsch, der Welsche – Steht für Menschen und Dinge, die aus der Fremde nach Deutschland gekommen sind, vor allem aus Italien und Frankreich. Bezeichnet allgemein fremde Herkunft und fremden Kultureinfluss, »gegen deren übermacht schon im 16. und noch mehr im 17. jahrh. die freunde der angestammten art ankämpfen …« (aus: Der Digitale Grimm, Deutsches Wörterbuch von Jacob und Wilhelm Grimm, Zweitausendeins, 2004)

Zoccoli – Holzpantinen

Übersetzungen

Aus dem Italienischen und dem Dialekt des Vigezzotals

Accomodati! – Setz dich!

Alla fin fine, siamo tutti vigezzini – Letztendlich sind wir alle Vigezziner

A l'o mia tucò (Dialekt) – Ich habe ihn nicht gestoßen

»Avemaria par ul nést Signur« – (Dialekt) »Ein Avemaria für unseren Herrn«

Bene, rüsca, ben fatto – Gut, Rüsca, gut gemacht

Brontolone – Nörgler, Meckerer

Caro Farina – Lieber Farina

Carissima, Carissimo – Liebste, Liebster (sehr betont)

Caséla – (Dialekt) Häuschen, Almhütte

Che cosa vuoi? Qui dentro, siamo vigezzini – Was willst du machen? Hier drin bleiben wir Vigezziner

Chiesa parrocchiale – Gemeindekirche

Cu vaia a cà du diaul! (Dialekt) – Er soll sich zum Teufel scheren!

Cuiún (Dialekt), ital.: *coglione* – Saukerl

Cun Cristo Salvatur e cun la Madona Santa! (Dialekt) – Der Herr sei mit uns und die heilige Madonna!

Cun la Madona di Re! (Dialekt) – Die Madonna von Re sei mit dir / mit uns!

Dio ci ha dimenticati – Gott hat uns vergessen

Eh, le donne, che mistero divino! – Ach, die Frauen, welch göttliches Mysterium!

Gugnin (Dialekt) – Kleiner Junge

L'anima a Dio, la racumand (Dialekt) – Seine Seele Gott befohlen

»L'acqua miracolosa della gentildonna!« – Das Wunderwasser der vornehmen Dame

Scusami – Entschuldigung, entschuldige mich

Se Carlo Battista fosse ancora qui ... – Wenn Carlo Battista noch hier wäre ...

Va al diavolo – Zum Teufel mit dir

Valle Vigezzo – Vigezzotal

Vigezzino – Bewohner des Vigezzotals, Vigezziner

Porca vaca dul Blitz! ... Dul Blitz! Non mi dire! – Ungefähr: »Verdammt noch mal, du Blödmann aus Blitz ... Aus Blitz! Das gibt es gar nicht!« (Blitz ist ein Ort im Vigezzotal.)

Signur (Dialekt), ital.: Signore – Herr

Aus dem Französischen

La marmotte voyante – Das Murmeltier mit hellseherischen Fähigkeiten

Mon très cher Farina – Betont für: »Mein lieber Farina«

Aus der kölschen Sprache

Blötschkopp – Idiot, Dummkopf

Buteljen – altes kölsches Wort für Flaschen, vom französischen »bouteille«

Dä, nemm de Ming, ich kann waade – Da, nimm meine, ich kann warten

Dat es Dress, wat do verzälls – Das ist Quatsch, was du sagst

Dich han ich doch ald e paar Mol he gesinn – Dich habe ich doch hier schon ein paarmal gesehen

Do soll mich der Himmel vür bewahre – Da soll mich der Himmel davor bewahren

Ene riche Kääl us der Minoritestroß – Ein reicher Kerl aus der Minoritenstraße

Grüß mir et Jannche – Grüß Janne von mir

Jecker Doll – Närrischer Kerl

Jeder, dä en Kölle wonnt, sollt deutsch schwaade – Jeder, der in Köln wohnt, sollte deutsch reden

Mer passen op, maach der kein Sorg – Wir passen auf, mach dir keine Sorgen

Mi Leevche – Mein Liebchen, meine Liebe

Nöttelefönes – Nörgler

Plackfisel – kommt von »Plack« = Ausschlag, Schorf. Schimpfwort für eine schmutzige, unangenehme Person

Sproch – Sprache

Süch aan, unse Maatverkäufer – Sieh da, unser Marktverkäufer

Aus dem Niederländischen

Geen idee – Keine Ahnung

Juffrouw – Jungfer

Lekkerbekje, lust je ook groene zeep – Leckermäulchen, magst auch grüne Seife?

Weet je nog? – Weißt du noch?

Literatur und Quellen

In den Kölner Archiven, Bibliotheken und im Internet gibt es eine schier unendliche Anzahl von Arbeiten zur Kölner Geschichte. Unmöglich, alle Schriften aufzuzählen, die für dieses Buch gelesen und als wichtig erachtet wurden. Hier wird nur eine kleine Auswahl von Büchern, Aufsätzen und Artikeln genannt, die – auf unterschiedliche Art und Weise – besonders inspirierend waren und die Phantasie der Autorin anregten:

Augel, Johannes: Italienische Einwanderung und Wirtschaftstätigkeit in rheinischen Städten des 17. und 18. Jahrhunderts, Ludwig Röhrscheid Verlag, Bonn 1971

Der historische Atlas Köln, Emons Verlag, Köln 2003

Ebeling, Dietrich: Bürgertum und Pöbel, Wirtschaft und Gesellschaft Kölns im 18. Jahrhundert, Böhlau Verlag, Köln, Wien 1987

Feldenkirchen, Wilfried Paul: Der Handel der Stadt Köln im 18. Jahrhundert, Inaugural-Dissertation, Bonn 1975

Finzsch, Norbert: Der Kölner Bürgerhauptmann als sozialpolitisches Amt vom 16.–18. Jahrhundert, in: Geschichte in Köln, Bd. 26, 1989

Hieronymi, Adolf: Maria Sybilla Wahlers, Leben einer Kölnerin aus der Schicht der Zünfte in der zweiten Hälfte des 18. Jahrhunderts, in: Jahrbuch 68 des kölnischen Geschichtsvereins e.V., 1997

Jilka, Richard: Aspekte des bürgerlichen Wachdiensts in Köln, in: Geschichte in Köln, Bd. 28, 1990

Küntzel, Astrid: »Herrenloses Gesindel« und »Unqualificirte« – Fremde in der freien Reichsstadt Köln im 18. Jahrhundert, in: Geschichte in Köln, Bd. 53, 2006

Kuske, Bruno: Die Rheinschiffahrt zwischen Köln und Düsseldorf vom 17. bis 19. Jahrhundert, Sonderabdruck aus: Beiträge zur Geschichte des Niederrheins, Band XX, Verlag Ed. Lintz, Düsseldorf 1906

Looz-Corswarem, Clemens Graf von: Das Finanzwesen der Stadt Köln im 18. Jahrhundert, Verlag der Buchhandlung Dr. H. Wamper GmbH, Köln 1978

Mazzi, Benito: Fam, füm, frecc, il grande romanzo degli spazzacamini, Quaderni di cultura alpina, Priuli & Verlucca, editori, 2000, 2006

Mönckmeier, Wilhelm / Schaefer, Hermann: Die Geschichte des Hauses Johann Maria Farina gegenüber dem Jülichs-Platz in Köln, Kurt Vowinckel Verlag, Berlin-Grunewald 1934

Neuhoff, Stephan: Chronik der Kölner Feuerwehr, unveröffentlichtes Manuskript, Köln 2008

Paas, Theodor: Die Pfarre St. Maria-Lyskirchen zu Köln, Buchdruckerei Max Welzel, Köln 1932

Rosenbohm, Ernst: Kölnisch Wasser, Albert Nauck & Co, Berlin, Detmold, Köln, München 1951

Rossi, Luigi: Aqua mirabilis & Eau de Cologne, in: Piemonte Parchi, mensile di informazione e divulgazione naturalistica, numero 133, 2004

Rossi, Luigi: J.P.F. aqua mirabilis, linea ags edizioni, 1995

Tetzner, Lisa: Die Schwarzen Brüder, Sauerländer & Co, Aarau 1941

Utescher, Ernst Aug.: Der Mailand-Prozess, Dokumente und Argumente zur Geschichte des »Kölnischen Wassers«, Carl Heymanns Verlag KG Berlin, München, Detmold, Köln 1951

Vogts, Hans: Das Kölner Wohnhaus bis zur Mitte des 19. Jahrhunderts, Bd. 1 + 2, Verlag Gesellschaft für Buchdruckerei AG, Neuss 1966

www.das-alte-koeln.de: Die Stadtmauer und ihre Tore in Gemälden des Malers Siegfried Glos

Ganz großen Dank an …

… Freunde und Bekannte, die mich beim Recherchieren, Grübeln und Schreiben immer wieder anspornten und mir mit wichtigen und wertvollen Ratschlägen zur Seite standen. Gefreut habe ich mich auch über all die hilfsbereiten Mitarbeiter und Mitarbeiterinnen von Museen, Historischen Archiven, der Schornsteinfeger-Innung Köln, der Kölner Feuerwehr und über viele andere, die geduldig Auskunft erteilten, wenn ich sie mit Fragen löcherte. Ihnen allen sage ich Dankeschön. Besonders erwähnen möchte ich die Damen und Herren der Gruppe »Au Cour des Roses« und die Bewohner von Santa Maria Maggiore, von denen ich sehr viel Unterstützung bekommen habe.

Petra Reategui
FALKENLUST
Broschur, 304 Seiten
978-3-89705-456-1

»Es entsteht ein sanfter Sog, der einen hineinzieht in die Verflechtungen und Verirrungen der einfachen Menschen, um die sich die Geschichte dreht.« Rhein-Erft Anzeiger

»Ein Lesegenuss für alle, die historisch genaue, aber trotzdem anregend erzählte, spannungsvolle Kriminalromane lieben.« Stilistico Schreibkultur

»Ein wahrer Genuss.« Kölner Stadt-Anzeiger

www.emons-verlag.de